Spiel ohne Regeln

Mia Faye

ISBN-13: 978-1718752771

ISBN-10: 1718752776

Dieses Buch ist reine Fiktion. Alle in diesem Buch geschilderten Handlungen und Personen sind frei erfunden. Ähnlichkeiten mit lebenden oder verstorbenen Personen wären zufällig und nicht beabsichtigt.

Spiel ohne Regeln

Für meine Leser

Inhaltsverzeichnis

Kapitel 1

Seine Sicht

Sie war unterwegs, um irgendetwas zu feiern; ich bin mir nicht sicher, was es war. Ich beobachtete sie, während ihre Freundinnen ihr einen Drink nach dem anderen über den Abend hinweg kauften. Die Bewegungen ihres Körpers wurden immer unsicherer, je mehr der Alkohol die Kontrolle über sie gewann. Es machte nicht den Eindruck, als würde sie oft trinken.

Ich wollte mir es eigentlich nur von weitem anschauen und hatte nicht gar nicht vor, mit ihr zu reden. Ich konnte es nicht riskieren. Zurzeit war zu viel los in meinem Leben und das letzte, was ich gebrauchen konnte, war die Veröffentlichung eines Fotos von mir mit einem jungen Ding wie ihr.

Meine Kiefer pressten sich zusammen als ich sah, wie sie von einem Jungen aus der Studentenverbindung von ihren Freundinnen weg und auf die Tanzflächen gezogen wurde. Seine Hände bewegten sich schnell zu den Rundungen ihres Hinterns, aber sie schob sie wieder nach oben zu ihrer Taille. Sie lächelte ihn dennoch an und ich glaubte, ein Verlangen in ihren Augen zu erkennen.

Mein Blick blieb an ihrem Körper haften, während sie sich wieder zu ihm bewegte. Im Vergleich zu seiner Footballer-Statur war sie klein. Ihre zierliche Taille wurde von einem Gürtel über einem Kleid, das wie ein Männerhemd aussah, eng zusammengezogen. Noch nie hatte ich einen so verführerischen Hemd-Look gesehen.

Am oberen Ende waren drei Knöpfe offen und entblößten den

Saum eines weißen Spitze-BHs. Ihre üppigen Brüste flehten regelrecht nach Aufmerksamkeit, und dieser Typ ließ sich nicht lange bitten. Seine Augen sahen sie kaum an, sondern waren stattdessen damit beschäftigt, auf ihre Rundungen zu starren, während sie tanzte.

Der Alkohol hatte ihr anscheinend sämtliche Hemmungen genommen, um die Tanzfläche zu erobern. Es war ein Vergnügen sie anzusehen. Nur, dass sie es mit diesem Hohlkopf von einem Footballstar tat statt mit jemand Erfahrenem wir mir, was den Moment wirklich ruinierte.

Doch ich konnte während meiner Woche zuhause, weg aus D.C., nicht mit einer so jungen Studentin entdeckt werden. Die Presse würde einen Mordsspaß mit einer solchen Story haben. Oh ja, ich hatte schon eines auf dem Kerbholz, wenn es um Fehler in Bezug auf Frauen ging. Ich wurde mit einer verheirateten Frau abgelichtet, einer Senatskollegin, und selbst mit einer heißen, jungen Schauspielerin. Doch ich konnte mir solche Fehler nicht mehr erlauben. Ich musste einem Plan folgen und eine Frau wie sie würde mich zu sehr von meinen politischen Zielen ablenken.

Ich musste eine Frau finden, mit der ich ausgehen konnte und die meiner Glaubwürdigkeit bei den Menschen helfen würde. Ja, sie musste hübsch sein, aber sie musste auch politisch genug sein, um das große Ganze zu sehen. In der Politik heißt das, fünf oder sogar zehn Jahre vorauszusehen.

Ihr Hintern.

Dieser verdammte Hintern hörte nicht auf mich verrückt zu machen, während sie sich zur Musik bewegte.

Das Hemdkleid war kurz. So verflucht kurz, dass ich ab und zu eine ihrer Arschbacken darunter hervorblitzen sehen konnte. Entweder trug sie gar kein Höschen oder einen winzigen Stringtanga, der gerade so ihre wichtigsten Stellen bedeckte.

Warum zur Hölle tanzte sie mit so einem unerfahrenen Kind?

Eine Frau wie sie brauchte einen Mann, keinen Jungen.

Seine Hände begrapschten sie wie ein Spielzeug und sie ließ es einfach geschehen. Ihr Gesicht war vom Alkohol gerötet und ich beobachtete sie, wie sie sich nach ihren Freundinnen umsah. Sie waren weg. Tolle Freundinnen, die sie da hatte. Sie hatten sie einfach mit einem merkwürdigen Typen tanzend zurückgelassen.

Während ihr Football-Tanzpartner nicht aufhörte sie zu betatschen, hatte mein süßes Mädel plötzlich genug von ihm und schob ihn weg. Gutes Mädchen, dachte ich mir. Du musst dich nicht auf so einen Vollpfosten einlassen. Sie musste sich auf niemanden einlassen. Ich hasste es, junge Frauen zu sehen, die sich bereitwillig solchen Idioten hingaben. Auch wenn ich manchmal dieser Idiot war, auf den sie sich einließen. Ich hatte zumindest das Wissen, um sie richtig zu behandeln und die Erfahrung, die sie brauchten. Es war immer ein Vergnügen, wenn sie die Nacht mit mir verbrachten.

Endlich schaltete sich ihr Verstand ein.

Ich beobachtete sie, während sie sich erneut im Club nach ihren Freundinnen umsah. Schließlich fand sie einige von ihnen in der Nähe der Bar. Sie umarmten sie und schienen ihr zu gratulieren, aber sie blieb nicht lang bei ihnen. Als sie sich ihren Weg nach draußen auf die Straße bahnte, folgte ich ihr. Sie sah so unschuldig, so verloren, so fehl am Platz in Downtown Chicago aus.

Sie sollte in diesem Viertel nicht in einem solchen Outfit herumlaufen. Das war gefährlich.

Ihre Sicht

Ich hatte meinen Traumjob bekommen, was der Grund für diese unglaubliche Partynacht war. Wir gingen Abendessen und anschließend in den Club. Meine Freundinnen aus dem Buchladen waren einfach klasse.

Es brauchte vier Jahre Uni und das Ergattern meines Traumjobs, damit ich zum ersten Mal locker und entspannt mit ihnen Feiern gehen konnte. Es war die Party wert; ich hatte gerade erst erfahren, dass ich die Position in Senator Storms Büro in Washington D.C. erhalten hatte.

Eine Stelle in Washington gleich nach dem Studium war unglaublich. Das hatte noch niemand geschafft! Nun ja, niemand außer mir. Meine perfekten Noten, die Wohltätigkeitsarbeiten und mein Engagement an der Universität hatten mir das Vorstellungsgespräch ermöglicht. Ich war fast durchgedreht vor meinem Skype-Telefonat mit Phillip Warren die Woche zuvor.

Phillip war der Personalmanager für Senator Storm und für mich der so ziemlich einzige Weg, um den Job zu bekommen. Zu meinem Glück standen die Sterne richtig und Phillip mochte mich und meine Arbeitsmoral. Er schien es amüsant zu finden, dass ich zwei Nebenjobs hatte, in Vollzeit studierte und nebenbei noch Zeit für Wohltätigkeitsarbeit fand. Ich hatte gar nicht erst erwähnt, wie mies mein Leben wäre, wenn ich nicht so hart arbeiten würde. Für mich war harte Arbeit mein einziges Ventil.

Ja, ich hatte mit George getanzt. Er war der beschissene Star unseres Football Teams. Ein Typ wie er drehte sich normalerweise nicht nach einem Mädchen wir mir um; ich musste diesen Moment also nutzen.

Der Alkohol hatte mir den Mut gegeben um ja zu sagen. Ohne das mehrstündige Vortrinken wäre ich definitiv zu schüchtern gewesen.

Während ich über die Tanzfläche flog, bemerkte ich schnell, dass das einzige, was für ihn sprach, seine Muskeln waren. Meine vier Jahre voller Verlangen darauf, von einem Typen wie ihm begehrt zu werden, verflüchtigten sich rasch, als er den Mund aufmachte. Nichts als Blödsinn kam heraus. „Hey Mädel, du siehst gut aus“, hatte er gesagt. Wie originell. Ich nahm an, dass er jede Frau gefickt hätte, die bereitwillig ihren Rock vor ihm hob. Das war nicht mein Typ Mann.

Schließlich signalisierte mein Körper mir, dass er diese Menge Alkohol, die ich verschlang, nicht gewohnt war. Als ich merkte, dass viele meiner Freundinnen bereits den Club verlassen hatten, war es auch Zeit für mich nach Hause zu gehen. Ich musste morgen schließlich noch für meinen Trip nach Washington D.C. packen.

Ich umarmte meine letzten noch verbliebenen Mädels und machte mich dann zum Haupteingang, um ein Taxi zurück zu meiner Studentenbude zu bekommen. Die Nacht hatte mich fertig gemacht und alles, woran ich denken konnte, war, wie gut sich mein Bett anfühlen würde, wenn mein Kopf ins Kissen fiel.

Ein Taxi in der Innenstadt von Chicago zu finden war eigentlich keine große Sache. Die sind eigentlich überall; nur nicht in dieser Nacht.

Ich stand etwa eine Minute vor dem Haupteingang und gab dann ziemlich schnell auf, um mich für die U-Bahn zu entscheiden. Das war nicht gerade mein Transportmittel Nummer eins, besonders in High Heels und aufgetakelt. Aber die U-Bahn in Chicago war sicherer als die meisten Leute glaubten. In meinem zweiten Job war ich Hostess in einem

Restaurant im Stadtzentrum und schaffte es manchmal vor Mitternacht rauszukommen; ich hatte nie Probleme gehabt, wenn ich mit der U-Bahn nach Hause gefahren bin.

Dummerweise konnte ich nicht herausfinden, wo die nächstgelegene U-Bahnstation war. Ich lief drei Blocks in die Richtung, in der ich sie vermutete, allerdings war dort nichts zu sehen. Zugegeben, der Alkohol spielte auch eine Rolle und machte es mir schwer, mich an meine sonstige Strecke hin und zurück zur U-Bahn zu erinnern.

Ich beschloss, mich für eine Minute vor einem Shop hinzusetzen, um mich wieder orientieren zu können. Dann erinnerte ich mich, dass meine Freunde ein Apartment für uns gemietet hatten, in dem wir uns austoben konnten. Verdammt, ich musste wirklich ziemlich betrunken sein, dass ich das vergessen hatte. Aber ich konnte mich beim besten Willen nicht an den Namen des Hotels erinnern. Allerdings wusste ich noch, dass es in der Nähe eines Einkaufszentrums auf der anderen Seite des Clubs war.

Meine Füße schmerzten so sehr, dass ich kaum die Kraft fand, aufzustehen. Aus der Ecke meines Blickwinkels sah ich einen übel aussehenden Typen auf mich zukommen. Instinktiv wollte ich aufstehen und schnellstens hier weglaufen, aber der Schmerz in meinen Füßen, den die Zehn-Zentimeter-Absätze verursachten, ließ mir nur als einzige Möglichkeit sitzen zu bleiben. Ich hoffte, dass er mich nicht belästigen und einfach an mir vorbeilaufen würde.

Leider hatte ich wenig Glück.

„Also, wenn das mal nicht ein süßer Arsch ist“, sagte der Mann, als er sich neben mich auf die Bank setzte.

Wegzulaufen schien zwecklos. Da er allerdings offensichtlich betrunken war, hoffte ich, dass er nicht sonderlich gefährlich wäre. Betrunkene Typen waren typisch für die Innenstadt und ich hatte reichlich Erfahrung darin sie abzuwimmeln. Ich hatte keine Angst vor ihm, zumindest vorerst. Er wirkte wie ein ganz normaler Typ, der einfach ein bisschen zu viel getrunken hatte.

„Ich werd dann mal weiter gehen“, sagte ich und stand auf. „Gute Nacht.“

Der Schmerz in meinen Füßen war furchtbar, aber ich stand auf und ging los.

Seine Hand ergriff mein Handgelenk und hielt es fest; so fest, dass ich nun doch Angst bekam. Er war mindestens 1,80 Meter groß und definitiv stärker als ich. Ich sah mich hastig um und konnte niemanden sehen, den ich hätte um Hilfe bitten können. Panik durchschoss meinen Körper.

Ich hatte vier Jahre Universität ohne Übergriff hinter mir und war nicht bereit, es diesen Typen überhaupt erst versuchen zu lassen. Es waren nur noch wenige Tage, bis ich für meinen Traumjob nach Washington D.C. flog.

„Lass es“, sagte ich höflich.

„Oh Baby, aber deine Muschi ruft meinen Namen“, sagte er, als seine Hand zwischen meine Oberschenkel glitt.

„Nein!“

„Los jetzt. Ich werde dir mehr Spaß bereiten als du dir jemals vorstellen kannst", sagte er, während seine andere Hand damit begann, die Knöpfe seiner Hose zu öffnen.

Mit beiden Händen versuchte ich von ihm loszukommen, aber sein Griff wurde immer fester. Zum allerersten Mal überhaupt in meinem Leben hatte ich Todesangst.

„Schatz, da bist du ja; ich habe überall nach dir gesucht", sagte ein unglaublich sexy aussehender Mann, während er seinen Arm um mich legte.

Regungslos stand ich da und starrte ihn an. Ich hatte keine Ahnung, wer zur Hölle dieser Typ war, aber ich war unglaublich froh, dass er hier gerade aufkreuzte.

Der übel aussehende Trunkenbold ließ von meinem Arm ab und stand auf. Seine Hosen waren zur Hälfte aufgeknöpft, doch mit einem flüchtigen Blick zu dem Mann neben mir entschied er sich abzuhauen.

Erleichterung durchströmte mich und ich spürte, wie meine Knie weich wurden.

„Setz dich", sagte der Mann und half mir auf die Bank.

„Um Gottes Willen, danke", sagte ich, während meine Hände zitterten. „Ich wusste nicht, was ich machen sollte."

Er war gebaut wie ein junger Gott. Einer von der Sorte, der weit muskulöser war als jeder normale Mensch sein sollte. Als ich mich setzte, spürte ich den festen, definierten Körper, den er unter seinem T-Shirt verbarg. Seine Augen waren dunkel, ich vermutete dunkelbraun, aber in der dunklen Nacht war es unmöglich es genau zu erkennen. Nie zuvor war ich einem augenscheinlich so gutaussehenden Mann so nah. Es machte mich sprachlos.

Noch immer schoss die Angst durch meinen Körper. Ich spürte das Adrenalin und fühlte mich absolut nicht mehr betrunken, wenngleich ich es auf jeden Fall noch war.

„Es ist nicht gerade sicher für eine so heiße Frau, allein in der City umherzulaufen“, sagte er zu mir.

Scheiße, er war sexy und er hatte mich HEIß genannt!

Seine Hand hielt immer noch meinen Ellenbogen, seit dem Moment als er mich beruhigte. Seine Berührung ließ mich schwach werden und ich konnte nicht aufhören, ihn anzusehen. Er hatte etwas Vertrautes, etwas Beruhigendes, und doch war er sexy und mysteriös.

„Es tut mir leid“, sagte ich.

Er lachte. Die Art, wie er mich ansah, machte mich feucht. Seine Augen straften mich ab. Ich hatte einen schrecklichen Fehler gemacht, allein im Stadtzentrum herumzulaufen. Es war dumm und das wusste ich.

„Was tut dir leid, Schätzchen?“

„Ähm, ich … also … dass ich allein hier draußen umherlaufe.“

Sein Lächeln ließ mein Gehirn aussetzen. Ich konnte nicht mehr klar denken.

„In Ordnung, also ich denke, wir sollten dich nach Hause bringen. Wo wohnst du?"

Oh nein, ich wollte diesem gottverdammt heißen Typen nicht sagen, dass ich auf dem Unigelände in einer Studentenbude wohnte. Scheiße! Und ich konnte mich nicht mehr an den Hotelnamen erinnern, in dem meine Freundinnen waren.

„Ich wohne nicht hier in der Gegend", sagte ich, während ich mein Telefon herausholte und versuchte den Text von meinen Freundinnen zu finden, in dem etwas von dem Hotel stand. Mein Telefon glitt mir aus der Hand und knallte auf den Boden.

„Scheiße", platzte es aus mir heraus. „Meine Freundinnen… wir sind in einem Hotel. Gottverdammt, ich weiß nicht welches."

Es schien ihn in keiner Weise zu kümmern, dass ich gerade mein Telefon zerstört hatte. Offensichtlich gehörte er nicht zu den Leuten, die sich über ein $500 Telefon den Kopf zerbrechen. Seinem Aussehen zufolge hatte er Geld, und zwar nicht zu wenig. Wenngleich er in T-Shirt, Jeans und einem Paar Sneakers daherkam, war seine Uhr doch eine Rolex, und mir war klar, dass die nicht billig sind.

„Was schlägst du vor, sollen wir machen? Ich werde dich nicht auf der Straße zurücklassen", sagte er, während er mein Telefon aufhob und mir zurückgab.

„Ist ok, ich kann auf mich aufpassen", antwortete ich und schaute in seine unglaublich schönen Augen.

Er schmunzelte mit einem halben Lächeln und es schien, als amüsierte er sich über mich. „Oh, ja. Das habe ich gesehen."

„Ehrlich, es geht mir gut. Ich meine, danke, dass du mir den Widerling vom Hals geschafft hast, aber ich werde zurechtkommen."

„Ja, du kommst klar", sagte er mit einem Lachen.

Es hatte etwas Unglaubliches, wie seine Augen in mich eindrangen. Es fühlte sich an, als konnte er durch mich hindurch direkt in meine Seele blicken. Aber es lag auch eine Spur Arroganz in seinem Blick, auf eine Art, die zu sagen schien, dass er stets bekam, was er wollte. Das war offensichtlich und möglicherweise glaubte er auch, dass er mich genauso einfach haben könnte.

„Okay, ja, danke."

Ich wollte gerade aufstehen, dann passierte es. Ein langsamer, aber stetig stärker werdender Schwindel überkam meinen Körper. Ich suchte nach Halt und griff nach den Armen des heißen Fremden, als ich spürte, wie ich zu Schwitzen begann und merkte, dass ich gleich umkippen würde. Mein Körper entschied sich, den Alkohol und das Essen der letzten Nacht loszuwerden; direkt hier auf dem Boden.

Erbrochenes spritzte überall hin, auch auf die Sneaker meines fremden Retters. Seine Hände griffen nach meinen Haaren und zogen sie zurück, kurz darauf entledigte sich mein Magen von allem, was noch an Resten drin gewesen war. Ich konnte nichts sagen; ich sah ihn einfach nur an und schüttelte mit dem Kopf. Mein Auftritt war an Peinlichkeit nicht zu überbieten.

Jegliche Ausreden waren nutzlos. Natürlich war das heute einfach zu viel Alkohol oder aber es war die Kombination aus Alkohol und dem Adrenalin durch den Zwischenfall mit diesem Ekelpaket; doch letztlich war das nebensächlich, denn ich hatte offiziell auf den heißesten Typen in Chicago gekotzt.

„Ich glaube, jetzt muss ich dich mit nach Hause nehmen. Ich kann ein kotzendes heißes Mädel nicht allein in Chicago lassen."

„Oh, nach dem gerade musst du jetzt nicht auch noch nett zu mir sein. Gott, es tut mir so leid."

Mit seinen Händen hielt er immer noch meine Haare und er zog meinen Kopf nach oben, sodass ich ihn ansah. Ich bin ziemlich sicher, dass ich immer noch Kotze um meinen Mund hatte.

„Komm schon, du kommst mit zu mir. Ein Nein als Antwort lasse ich nicht gelten", sagte er, während er mich am Ellenbogen griff und mir auf die Füße half.

Oh, meine schmerzenden Füße. Ich schaute herunter zu meinen Schuhen und wünschte, dass ich sie hätte einfach ausziehen können, aber die ekligen Straßen Chicagos waren nicht gerade der Ort, an dem ich barfuß laufen wollte.

Ich schaute auf seine Schuhe und sah die Überreste meiner Kotze darauf. Der Typ musste ein Heiliger sein, wenn er immer noch auf mich aufpassen wollte, obwohl ich mich überall auf ihm übergeben hatte. Oder er war einfach nur ein viel besseres Raubtier als der kriminell aussehende Kerl von vorhin?

Ich hielt inne und schaute ihn an. Er war so verdammt gutaussehend. Ich kam einfach nicht darüber hinweg. Sein kantiger Kiefer war nur mit einem Hauch Stoppeln bedeckt. Sein dunkles Haar war schnörkellos gekämmt, er sah aus wie jemand, den ich kannte, aber ich konnte ihn nicht zuordnen. Vielleicht war er einer der Nachrichtensprecher, die ich im Fernsehen gesehen hatte. Ja, Fernsehen könnte passen. Total gutaussehend, ein wahrer Adonis.

„Ich kann nicht mit einem völlig Fremden mitgehen“, sagte ich. Ich war kaum in der Lage zu stehen und immer noch musste er mich halten, damit ich nicht hinfiel.

„Ich bin kein Fremder, ich bin Matthew. Wie heißt du?“

„Ich bin Kayla. Naja, Michaela, aber ich mag es, wenn man mich Kayla nennt. Woher weiß ich, dass du kein Axtmörder bist?“

„Na ja, guck dir meine Hände an“, sagte er und zeigte eine seiner Hände. „Siehst du wie geschmeidig die ist? Ich habe in meinem Leben noch nicht einmal eine Axt gehalten.“

Ich lachte so heftig, dass ich hingeflogen wäre, wenn mich Matthew nicht gehalten hätte.

„Ich gehe nicht mit Typen nach Hause, die ich nicht kenne.“

So gerne ich auch mit ihm nach Hause gegangen wäre, ich war völlig fertig und wusste, dass es keine gute Idee war, in diesem Zustand mit zu seinem Haus mitgenommen zu werden. Gleichzeitig brauchte ich dringend ein Bett.

„Kayla", sagte er mit ernsten Lachen, „ich werde dich jetzt mit zu meinem Apartment nehmen. Ich werde dir die Möglichkeit geben, dich zu duschen und werde dir ein Shirt geben, aber ein sauberes. Ich werde nichts mit dir versuchen. Ich lasse dich in meinem Bett schlafen und werde mich selbst auf die Couch legen. Genau so wird es jetzt ablaufen."

Matthew wartete meine Antwort gar nicht erst ab, er legte einen Arm um meine Taille, mit dem anderen stützte er mich. Wir liefen etwa zwei Blocks, dann gingen wir in ein Gebäude. Es war ein schickes Apartmenthochhaus und ich konnte nicht anders als erstaunt umherzuschauen. Ich lag richtig bei ihm, er war sicher reich.

Als sich die Fahrstuhltüren schlossen, merkte ich, wie sein Körper näher an mich heranrückte. Seine Hand drückte meine Taille in seine Richtung. Zu meiner großen Verwunderung meldete sich in mir eine Stimme, die mehr davon wollte. Das Gefühl von seinen Händen auf meinem Körper elektrisierte mich.

„Ab mit dir in die Dusche", sagte Matthew, als wir sein gigantisches Apartment betraten.

Lächelnd schaute ich zu ihm herüber. Wollte er mit mir zusammen duschen? Falls ja, zog ich es ernsthaft in Erwägung. Angesichts seines privaten Penthouses befand ich ihn schlussendlich für gutmütig. Kein Axtmörder könnte sich eine Rolex und ein Penthouse leisten. Außerdem hatte er etwas. Er war freundlich, witzig und hatte ein Lächeln, für das man sterben könnte.

Sofort dachte ich an Ted Bundy und wie all die Frauen, die er ermordet hatte, sich womöglich den gleichen Kram eingeredet hatten. Aber Matthew war anders. Ich konnte es zwar nicht genau beschreiben, aber er war sympathisch. Mit Sicherheit kein Mörder. Ich wusste es.

„Ich meinte, dass ich dir helfe dich zurechtzufinden, sodass du eine Dusche nehmen kannst.“ Er schenkte mir dieses verschmitzte Lächeln, hinter dem so viel mehr steckte.

Er setzte mich auf die Bank im Bad und verschwand für eine Minute. Ich warf einen flüchtigen Blick durch das Bad und konnte nicht glauben, dass ich dort gleich duschen würde. Das Badezimmer war riesig. Dieser eine Raum war größer als mein gesamtes Studentenzimmer, in dem ich die ganzen letzten vier Jahre verbracht hatte.

„Hier“, sagte er und reichte mir ein frisch gebügeltes weißes Hemd, ähnlich dem, das ich als Kleid getragen hatte. „Oder, wenn du lieber das bevorzugst.“ Das andere Shirt war ein weißes Unterziehshirt.

„Danke“, sagte ich und schaute auf den Boden.

Er zog die Schublade unter der Spüle hervor. In dieser waren etwa ein halbes Dutzend neue Zahnbürsten und diverse andere weibliche Hygieneartikel. Plötzlich fühlte ich mich wie in einer komplett anderen Liga. Dieser Typ hatte so viele Frauen zum Übernachten bei sich, dass er eine eigene Schublade für sie hat. Scheiße!

„Ich überlasse dich nun ihr“, sagte er mit einem Lächeln und deutete auf die Dusche.

Rückwärts laufend verließ er das Badezimmer, mit seinem Blick fest auf meinen gerichtet. Es war ein komisches Gefühl, von einem Mann so direkt in die Augen geschaut zu werden. Insbesondere nach meinem kaum an Peinlichkeit zu überbietenden Auftritt eben. Aber genau das war es, weshalb ich ihn haben wollte. Und wie ich ihn wollte.

Matthew hatte etwas in mir ausgelöst. Mit seinem guten Aussehen fühlte ich mich automatisch wie ein verknalltes Mittelstufen-Schulmädchen. Vielleicht hatte ich mir nur eingebildet, dass er mich mit gewisser Begierde anschaute, aber ich hätte schwören können, dass er es tat. Vielleicht war er aber auch einfach nur ein netter Typ. Ich hatte nicht gerade mit vielen dieser Art zu tun. Es war also schwierig für mich, einen zu erkennen, wenn er direkt vor mir stand.

Kapitel 2

Kayla

Die Dusche war herrlich und ich genoss sie in vollen Zügen. Meine winzige Studentendusche hatte heißes Wasser für gerade einmal fünf Minuten, bevor sie einen verjagte. Ganze zwanzig Minuten unter kochend heißem Wasser zu stehen war näher am Himmel, als ich in den ganzen vergangenen vier Jahren je rangekommen war.

Ich versuchte mir zu überlegen, was ich nun machen sollte. Sollte ich versuchen mit ihm zu flirten? Er wirkte weltgewandt; ganz sicher brauchte er keine Studentin, die sich plump an ihn ranmachte. Nein. Ich musste bei Sinnen bleiben. Er war einfach nur nett.

Es war sehr viel wahrscheinlicher, dass er einfach nur nicht wollte, dass mir draußen auf der Straße etwas zustieß. Wahrscheinlich hatte ich mir auch den verführerischen Blick nur eingebildet, von dem ich dachte, dass ich ihn in seinen Augen gesehen hatte. Gewiss musste sich ein Mann wie er nicht nach einer Studentin wie mir umdrehen. Nein, ich wollte mich nicht einfach so ihm an den Hals werfen. Ich würde mich einfach nur anziehen und dann auf die Couch legen.

„Geht es dir besser?", fragte Matthew, als ich aus der Dusche kam.

Meine triefnassen Haare tropften auf das weiße T-Shirt, das er mir gegeben hatte, und meine Nippel wurden durch den Kontakt mit dem Wasser hart wurden. Ich versuchte selbstbewusst zu sein; nicht gerade etwas, in dem ich außerordentlich gut war.

In den vergangenen vier Jahren hatten mich die Uni und die Arbeit völlig vereinnahmt. Ich konnte die Zahl der Dates, die ich dieser Zeit gehabt hatte, an einer Hand abzählen. Das Studium galt immer als meine oberste Priorität, nicht die Jungs. Die Zahl der Mädchen, die aufgrund des Dramas in ihren Beziehungen schlechte Leistungen erbrachten, wurde immer größer. Doch ich bereute das Leben, das ich während meiner Studienzeit hatte, nicht. Aber ich war nicht gerade selbstbewusst, wenn ich mit einem Mann allein war; besonders wenn es ein Mann wie Matthew war.

„Oh, ja. Sehr viel besser. Danke“, sagte ich, als ich zu ihm rüber in die Küche ging.

„Also keine Kotzattacken mehr?“, fragte er und blickte Richtung Eingang, wo die vollgebrochenen Schuhe standen. Es sah aus, als hätte er sie abgewischt und nun standen sie auf einem sauberen Handtuch.

„Nein, nicht mehr. Es geht mir besser. Tut mir leid.“

„Oh, mir sind schon viel schlimmere Dinge passiert. So ein bisschen Körperflüssigkeiten machen mir nichts aus.“

Sein verräterisches Lächeln blitzte auf und zum allerersten Mal, seit ich ihn getroffen hatte, sah ich, wie sein Blick runter auf meine Brüste wanderte. Vermutlich, weil mein triefendes Haar mein T-Shirt in eine Art Wet-T-Shirt-Trink-Contest verwandelte. Doch ich unterdrückte jeglichen Drang mich bedecken zu wollen.

Ein Mann wie Matthew hatte es nicht auf ein Mädchen abgesehen, der jegliches Selbstbewusstsein fehlte. Mädchen…ich war kein Mädchen mehr. Ich musste wirklich aufhören mich selbst so zu bezeichnen. Ich war immerhin fast zweiundzwanzig Jahre alt und dabei eine Stelle in

Washington D.C. anzutreten. Ich war eine Frau und ich musste mich endlich auch so verhalten.

„Tja, es geht mir jetzt besser. Das Bad, das du da hast, ist echt großartig."

„Hat dir die Dusche gefallen?"

„Äh, ja. Meine Dusche ist etwa sechzig mal sechzig Zentimeter, und heißes Wasser gehört nicht gerade zu den Stärken meiner Bude", sagte ich, während ich an dem Kaffee nippte, den er mir reichte.

Augenkontakt! Denk an den Augenkontakt, sagte ich zu mir selbst.

„Freut mich, dass es dir besser geht", antwortet Matthew und kam auf mich zu.

Mein Herz rutschte mir in die Hosen, als er immer näher an mich herankam. Seine Augen waren groß und ich spürte definitiv so etwas wie Verlangen in ihnen. Als er neben mir stand und herunter auf meine Nippel blickte, die durch mein Shirt blitzten, wusste ich, dass ich in Schwierigkeiten war.

„Ja", sagte ich, als ich gerade ein klein wenig Luft zum Reden fand.

Es war sehr schwer klar zu denken, während er so neben mir stand. Mein Verstand raste, als ich versuchte die Situation abzuschätzen. Aber es ging nicht. Alles woran ich denken konnte waren seine Lippen, die aussahen, als wären sie bereit mich zu küssen.

„Hast du Hunger? Ich habe nicht viel, aber vielleicht findest du was zum Essen.“

Er öffnete den Kühlschrank und es war der traurigste Kühlschrank, den ich jemals gesehen hatte. Es gab ein paar Frühstückswürstchen, Kohl, Tomaten und Eier. Nichts anderes.

„Wow, bist du in einem Hungerstreik?“, fragte ich, als ich mich hinter ihn drängte, um in den riesigen, vom Boden bis zur Decke reichenden Kühlschrank zu blicken.

„Ich bin nicht viel zu Hause.“

„Das ist gut. Andernfalls würdest du vermutlich verhungern.“

Er schien mich unterhaltsam zu finden und ich versuchte, die Unterhaltung aufrecht zu erhalten. Reden konnte ich. Ich liebte es mit Leuten zu reden. Für gewöhnlich wollte ich jedoch nicht deren Lippen überall auf meinem Körper spüren. Das war in diesem Fall aber anders. Und normalerweise redete ich auch nicht mit Männern, die ich gerade mal eine Stunde zuvor kennengelernt und dann noch bespuckt hatte.

Verdammt, diese Lippen. Ich konnte einfach nicht aufhören an sie zu denken. Ich wollte einfach nicht aufhören mir vorzustellen, wie sie sich auf meine drückten.

„In der Regel finde ich etwas zum Naschen, wann immer ich es möchte.“

Mein Gesicht wurde rot. Er sagte es so, als wollte er mich vernaschen. Scheiße. Meine Gedanken rasten bei dem Versuch wieder in die Spur zu kommen, aber ich konnte nicht klar denken. Ich stand einfach da und lachte wie so eine Verrückte.

„Was isst du gerne?“, fragte ich in einer völlig unpassenden Art.

Ich konnte nicht glauben, was ich da sagte. Ich benahm mich wie ein Kind! Ganz offensichtlich flirtete er mit mir und ich redete fortwährend übers Essen.

Er lächelte mich an und kam näher.

Der Kühlschrank war geöffnet und ich stand zwischen ihm und seiner sehr überschaubaren Auswahl an Lebensmitteln. Die kalte Luft aus dem Kühlschrank ließ meine Nippel, die sich gerade etwas beruhigt hatten, erneut hart werden und ich merkte, wie sie Matthews Aufmerksamkeit erregten.

„Ich habe dich angelogen, tut mir leid“, sagte er.

„Was?“, ich lachte. Er sah sehr ernst aus. „Wir haben uns vor gerade mal einer Stunde getroffen, wobei hättest du mich anlügen können?“

Seine Augen waren auf meine Lippen gerichtet und ich stand in Schockstarre da, als er auf mich zukam. Meine Lippen waren völlig unvorbereitet für den Kuss, den er mir aufdrückte.

Langsam öffnete ich meinen Mund und nahm sein Zunge in mir auf. Unsere Lippen vereinigten sich und als ich ihn schmeckte, merkte ich, wie meine Knie schwach wurden. Er hob seine Hand unter mein Shirt, was mich erzittern ließ.

Mit seinen Fingern kniff er einen kurzen Moment in meine Nippel, ehe er sie wieder unter dem Shirt hervorzog und weiter nach oben zu meiner Wange wanderte. Als er seine Hand auf meine Wange legte, drückte er mich von sich und schaute mich an.

Ich war wie benommen. Wahrscheinlich durch den Schock. Er schmeckte so gut, ich hätte ihn tagelang küssen können. Ich schaute zu ihm und atmete tief ein. Es schien, als grübelte er, was als nächstes zu tun war. Er sah mich an, als würde er mich so unbedingt haben wollen, dass er explodieren könnte. Aber irgendetwas hielt ihn zurück.

„Es tut mir leid, dass ich sagte, nicht mit dir schlafen zu wollen. Es war gelogen“, sagte er.

Plötzlich griff er nach unten, packte mich am Hintern und hob mich auf die kleine Insel in der Mitte seiner Küche. Ich stieß einen kurzen Schrei aus und lachte. Er hob mich hoch, als wäre ich eine Stoffpuppe.

Meine Hände lagen an seinem Bizeps und ich spürte, wie stark er war. Er war mindestens doppelt so schwer wie ich, wahrscheinlich über neunzig Kilo pure Muskeln. Mit einem Meter neunzig war er groß und sein Selbstbewusstsein versprühte die gleiche dominante Ausstrahlung wie seine Statur.

„Oh, du versuchst mit mir zu schlafen?“, kicherte ich.

„Scheiße, das war auch gelogen.“

„Warum? Du schläfst also nicht mit mir?“

Er konnte nicht anders als zu lachen. Er hatte ein lausbübisches

Grinsen, das hervorblitzte, als er mich hielt. Mein blanker Hintern auf seiner Arbeitsfläche, seine Augen auf einer Linie mit meinen.

„Ich werde es keineswegs versuchen. Ich werde es einfach machen", sagte er mit Betonung auf *machen*.

Er zog mich an sich heran und hob mich in seine Arme. Meine Beine umschlungen ihn und meine Arme griffen um seinen Nacken um mir Halt zu geben, auch wenn das wahrscheinlich nicht nötig gewesen wäre. Ich wog vermutlich weniger als die Gewichte, die er im Fitnessstudio hob.

Behutsam ging Matthew in sein Schlafzimmer und ließ sich rücklings auf sein Bett fallen, mit mir auf ihm. Ich musste grinsen. Es war einfach verrückt, dass er mich wollte, doch ich wollte mich ihm keineswegs verwehren. Warum auch?

Nur wenige Tage trennten mich von Washington D.C. und ich würde diesen Typen wohl nicht wiedersehen. Eine heißer One-Night-Stand mit ihm war genau das, was ich brauchte, um zu realisieren, dass aus der Studentin eine Frau geworden war.

„Du wirst rot", sagte er, während seine Hand sanft über meine Wange fuhr. „Bist du nervös?"

Scheiße ja, ich war nervös. Neben mir lag ein richtiger Mann. Er war nicht irgendein Sportie von der Uni. Dieser Typ wusste, was er wollte und sicherlich wusste er weit mehr als ich, wenn es um Sex ging. Ich war verdammt nervös.

„Nein", log ich.

Ich beugte mich runter und küsste ihn, mit dem Versuch die Kontrolle zu übernehmen. Seine Lippen erfüllten meinen Körper mit Erregung, wie ich sie noch nie gespürt hatte. Ich wollte ihn in mir spüren.

„Zieh dein Shirt aus“, befahl er mit einem Lächeln.

Er legte seine Hände hinter seinen Kopf und schaute zu, wie ich tat, was er verlangte. Seine tiefbraunen Augen durchdrangen meinen Schutzschild und ich konnte seinem Blick nicht standhalten.

Sein lächelnder Gesichtsausruck hatte etwas Kindliches, und doch war er solch ein Mann. Ich vermute, dass er knapp an die vierzig Jahre alt war, wobei er sich gut gehalten hatte.

„Soll ich noch irgendetwas anderes ausziehen?“, fragte ich.

„Mein Shirt, meine Hose, zieh uns beide einfach komplett aus“, grinste er.

Seine unbeschwerte Art gefiel mir und war erheiternd. Er schien die Art von Mann zu sein, den man an einem schlechten Tag bei sich wünschte.

Langsam zog ich ihm sein Shirt über den Kopf, wo ich es, mit den Armen noch drinnen, beließ. Ich ging tiefer, an seine Jeans und schaute zu ihm hoch während ich den ersten Knopf öffnete.

Er begann seine Arme aus dem Shirt zu ziehen.

„Oh, nein, nein, nein. Du behältst diese Arme schön da“, sagte ich mit autoritärer Stimme.

Er gehorchte mir und behielt seine Arme über seinem Kopf.

Für eine Minute fühlte ich mich wie die heißeste Verführerin in ganz Chicago.

Entschlossen ließ ich meine Augen zu Matthew hinaufschauen, während ich seine Hose, einen Knopf nach dem anderen, öffnete. Ich zog sie runter, gerade soweit, dass ich seine Schwellung sehen konnte. Mit meiner Hand griff ich hoch und fühlte seine Härte.

„Oh, ja", flüsterte er außer Atem, als meine Hand ihn erneut berührte.

Langsam zog ich ihn heraus und sah, wie er in Stellung sprang. Seine Größe ließ mich sofort feucht werden. Mein Mund positionierte sich über ihm und ich ließ die Spitze seines Penis langsam zwischen meine Lippen gleiten. Er grunzte vor lauter Erregung und ich sah, dass er seine Arme aus dem Shirt genommen hatte.

Gezielt, ganz langsam reizte ich ihn mit meinen Lippen. Langsam glitt ich sein Gemächt hinunter, so tief, wie ich ihn aufnehmen konnte. Dann glitt ich genauso langsam wieder hoch.

Ich sah ihn an, wie er von meinem Mund gequält wurde. Er hielt seine Augen geschlossen und stöhnte erregt. Es berauschte mich und gab mir ein Gefühl von Macht. Ein Mann wie er, vernascht von einem Mädchen wie mir.

Mein Drang ihm zu zeigen, dass ich kein kleines Mädchen war, hielt an. Aus der Position zwischen seinen Beinen bewegte ich mich neben ihn. Dann spreizte ich meine Beine über seinem Gesicht. Wenn er wirklich die Kontrolle über Frauen haben wollte, dann war es genau das, was ich ihm geben wollte.

Mein Mund bewegte sich mit einer Kraft an seinem Penis hoch und runter, der seine Hüften in die Höhe schnellen ließ. Ich benutzte eine Hand, um seine Eier zu halten, die andere um seinen riesigen Penis zu stimulieren. Immer härter und schneller bewegte ich mich, bis seine Lippen mein Zentrum berührten.

Abrupt stoppte ich.

Das Gefühl seiner Lippen an meiner Muschi schickte Lustsignale an mein Gehirn, die es mir unmöglich machten, mich zu bewegen. Er bewegte seine Zunge und ließ sie mit solcher Wucht über mich gleiten, dass ich mich nicht konzentrieren konnte.

„Oh, so eine ist sie also“, sagte er, als ich stöhnte.

Ohne Vorwarnung schnappte er sich meine Beine und zog mich hoch zu ihm. Meine Muschi saß genau auf seinem Gesicht. Er hielt mich an meinen Hüften fest, so, dass ich mich nicht nach vorne beugen und an ihm herumspielen konnte. Er hielt mich so fest, dass ich mich überhaupt nicht mehr bewegen konnte.

Seine Lippen, sein Mund und seine Zunge saugten und leckten mit solch kraftvoller Lust an mir, dass ich die Kontrolle verlor.

„Oh, ja“ stöhnte ich, mit der entsprechenden Reaktion meines Körpers.

Mein Hirn war wie eingefroren und ich konnte an nichts anderes denken, als die Lust, die er mir bescherte. Meine Hüften begannen vor lauter Verlangen zu beben und ich spürte, wie sich eine Explosion anbahnte. Ich versuchte mich davon abzuhalten. Ich versuchte die Ekstase, die er verursachte, hinauszuzögern, aber es ging beim besten Willen nicht.

Als seine Hände meine Muschi an sein Gesicht drückten, erbebte ich in einer Explosion epischen Ausmaßes. Ich versuchte mich wegzudrücken. Ich versuchte das Zittern meines so erregten Körpers zu stoppen. Doch er hatte mich fest im Griff und machte keine Anstalten mich loszulassen.

Wieder, ohne jegliche Vorwarnung, packte er mich und drehte mich auf meinen Bauch. Er ließ mich nackt daliegen, während er sich die restlichen Klamotten auszog. Ich hörte, wie er eine Schublade öffnete und sah, wie er sich ein Kondom über seinen Penis rollte.

Mein Verlangen, seinen prallen Umfang in mir zu spüren, ließ mich meinen Hintern in die Luft drücken. Ich mochte es, dass er mich von hinten nehmen wollte.

Er ergriff meinen Hintern, und zog mich zu sich heran, um sich dann doch anders zu entscheiden. Mit einer kräftigen Bewegung schob er seine Hände unter meine Hüften und drehte mich auf meinen Rücken.

Das Bild von ihm über mir kniend mit seinem prallen Penis würde ich nie wieder aus dem Kopf kriegen. Die Muskeln an seinem Bauch waren angespannt, als er sich zu mir herunter lehnte.

„Ich möchte sehen, wie du kommst“, sagte er mit diesem

dreckigen Grinsen.

„Oh, du denkst, du kannst es mir noch einmal besorgen?“

„Ich weiß es.“

Er lächelte, als er seinen Penis in mich hineinschob. Ich spürte, wie sich meine Wände bei seiner Größe schockartig um ihn schlangen. Mein Verlangen, ihn in mich eindringen zu lassen, war größer, als das was ich bewältigen konnte. Ich winselte, als er ihn tiefer reinschob.

„Alles ok?“, fragte er einfühlsam.

Seine Lippen neigten sich herunter und glitten zärtlich über meine. Ich nickte mit dem Kopf und schlang meine Arme um seinen Hals, um ihn fest an mich zu drücken.

Ich war nicht ganz sicher, ob es mir gut ging, aber sobald sich mein Körper entspannte, bewegte ich meine Hüften, sodass er fortfahren konnte.

Langsam bewegte er sich weiter und wir küssten uns. Während mein Körper ihn aufnahm, begann ich mich immer härter gegen ihn zu drücken.

Die Lust kam schnell zurück, schneller als ich es wollte. Er sah, wie sich mein Körper immer schneller aufbäumte und stoppte. Wir küssten uns. Zärtlich berührten seine Lippen meine, dann zog er sie weg. Seine Hand glitt über meine Wange und dann entlang meines ganzen Körpers, so, als wollte er sich jede Rundung einprägen.

Ich versuchte meine Hüften gegen ihn zu pressen. Ich versuchte ihn dazu zu bewegen, fortzufahren, aber sein Wille war stärker als der meine. Er liebkoste meine Lippen und arbeitete sich dann zu meinem Ohrläppchen vor. Seine Hand fuhr seitlich an mir entlang, von meiner Hüfte zu meiner Brust.

„Du bist eine hübsche Frau, Michaela“, sagte er zwischen den Küssen.

„Danke.“

„Lass dich ja nie auf einen Idioten wie mich ein.“

Er begann härter zu stoßen und mein Körper reagierte im Einklang mit seinem. Ich spürte, wie sich die Erregung ausbreitete, von meiner Wand bis hin zu meinem gesamten Becken. Es hörte auf mich zu küssen und versteckte seinen Kopf hinter meinem Ohr.

Seine Stöße ließen seinen Penis immer tiefer in mich eindringen. So tief, dass ich schließlich mit dem ganzen Körper zitterte, als der Orgasmus über mich kam. Ich hielt mich an ihm fest, während er zielstrebig auf sein Finale zustieß.

Die Erregung, die mein Körper spürte, ging weiter als alle Erfahrungen zuvor. Ich wollte, dass er kräftig in mich stieß. Ich wollte spüren, wie mein Körper ihm nachgab, immer und immer wieder.

„Versprich es mir.“

„Was? Was soll ich dir versprechen?“

Mein Atem raste und ich brachte die Worte kaum heraus. Was sollte ich ihm versprechen?

„Versprich mir, dass du dich nie dauerhaft auf einen Mann wie mich einlassen wirst. Finde deinen Traummann."

Ich dachte zwar, dass ich gerade voll dabei war von meinem Traummann gefickt zu werden, aber das wollte ich so natürlich nicht zugeben.

„Okay", sagte ich in der Hoffnung, dass es ihm genügte.

Ich hatte wirklich keine Ahnung, was ich ihm da gerade versprach. Er war alles andere als ein Idiot. In meinen Augen war er sehr unterhaltsam und ein absoluter Gentleman. Vielleicht war es nicht das, was er in Wahrheit war, aber der Matthew, den ich in dieser Nacht traf, war ganz sicher kein Idiot.

Seine Bewegungen wurden schneller und ich bewegte meine Hände auf seinen Hintern, um mich an diesem festzuhalten, während er sich hart in mir bewegte. Sein Hintern war steinhart und ich spürte die Kontraktionen, als er in einem finalen Stoß seine ganze Lust in mich ergoss.

Er beugte sich herunter und küsste mich sanft ein letztes Mal, ehe er aufstand und ins Badezimmer ging. Ich lag auf dem Bett, in einem Moment, in dem ich mich völlig losgelöst von meinem Körper fühlte. Dies war der Beginn meines neuen Lebens. Nun war ich kein Mädchen mehr, das war sowas von klar. Ich war eine Frau.

Soeben hatte ich den Typen gefickt, der der heißeste Mann in ganz

Illinois gewesen sein musste. Es fühlte sich an, als ob mein weibliches Mojo vollkommen war und ich sogleich die Weltherrschaft übernehmen würde. Mein neuer Job begann in wenigen Tagen und ich spürte das Selbstvertrauen, dass ich verdammt gut darin sein würde.

Mit diesem Job erreichte mein Wunsch, noch mehr ins politische Geschehen einzugreifen, seinen Höhepunkt und ich hatte nicht vor, mir diese Chance entgehen zu lassen. Nach vier ganzen Jahren, in denen ich Politik studiert hatte, stand ich kurz davor, selbst Teil dieses Spiels zu werden.

„Ich werde kurz duschen, dauert nur eine Sekunde“, sagte Matthew und öffnete die Badezimmertür.

Mit einem Handtuch umwickelt stand er da und sah dabei aus wie eines dieser Covermodells aus einem Magazin. Hätte ich nicht bereits Pläne gehabt nach Washington D.C. zu gehen, wäre ich liebend gern in Chicago geblieben, um mich weiterhin mit Matthew zu treffen. Zwar bezweifelte ich, dass er der Typ Mann für eine dauerhafte Beziehung war, aber mir hätte auch schon eine Freundschaft mit gewissen Vorzügen gereicht.

Der Gedanke, wie er mit mir an der Seite in ein Restaurant eintrat, brachte mich zum Lächeln. Es hätte die Leute automatisch dazu gebracht zu denken, dass ich eines dieser geldgeilen Sugarbabes war. Doch es würde mich nicht stören. Ich wette, es wäre ziemlich lustig, mit ihm durch die Stadt zu ziehen, während die anderen uns anstarrten.

Aber das spielte alles keine Rolle. Von nun an würde mein Leben in die Politik alter Männer in Washington D.C. eingebettet sein und in mein Verlangen, es dort zu versuchen und meinen Platz zu finden. Das würde schwer genug werden, denn ich hatte keinerlei Absichten mich nach oben zu schlafen. Ich wollte mir eine solide Karriere aufbauen, auf die ich stolz sein konnte, und dafür kamen nur harte Arbeit und Hingabe in Frage.

Plötzlich überkam mich eine intensive Erkenntnis: Ich musste hier weg.

Die peinliche Situation, wenn Matthew aus der Dusche kommen würde, wollte ich vermeiden. Ich wusste, dass es mit einem Mann wie ihm keine Zukunft gab. Es gab keinen Grund darauf zu hoffen, dass er mich anrufen würde.

Ich schnappte mir sein T-Shirt und griff eine seiner auf dem Boden liegenden Jogginghosen. Ich schlüpfte hinein und ging ins Wohnzimmer um meine Handtasche und Schuhe zu schnappen.

Der Kühlschrank stand immer noch offen und ich musste lächeln, während ich ihn schloss. Wie erbärmlich er aussah, so leer. Wie in einer Junggesellenbude. Das einzige, was noch mehr dem Klischee entsprochen hätte, wäre, wenn er jede Menge Bier im Kühlschrank gehabt hätte.

Ich schnappte mir ein Glass Wasser und stürzte es hinunter, um der Trockenheit, die meinen Mund überkam, Herr zu werden. Der Gedanke daran Matthew zu verlassen, ohne ihm jegliche Kontaktdaten von mir zu hinterlassen, machte mir schwer zu schaffen. Ich wollte nicht für irgendeine Schlampe gehalten werden, die mit jedem schlief, also schaute ich mich nach etwas Papier um.

Auf dem Küchentisch erblickte ich ein kleines Notizbuch und einen Stift.

„Matthew, vielen Dank für die wunderbare Nacht. Ich werde mein Versprechen halten, Kayla.“

Ich stand auf, um den Zettel ins Wohnzimmer zu bringen, und sah etwas auf seinem Tisch, das wie ein Bild von Matthew aussah, auf dem Titelblatt eines Magazins.

Langsam legte ich den Zettel auf den Tisch und griff völlig geschockt nach dem Magazin. Hatte ich gerade mit irgendeiner Berühmtheit geschlafen? Um Gotteswillen! Mich traf der Schlag. Plötzlich wusste ich, wer er war.

„Er ist dabei die Welt im Sturm zu erobern“, war auf dem Titelblatt zu lesen.

So schnell ich nur konnte blätterte ich durch das Magazin, um die Story zu finden. Vielleicht war er gar nicht der, von dem ich dachte, dass er es wäre. Vielleicht war er irgendein Investor? Vielleicht gehörte ihm irgendeine große Firma oder sowas in der Art.

Meine Hände zitterten und ich blickte ins Schlafzimmer, hoffend, dass er nicht herauskommen würde. Ich blätterte so schnell durchs Magazin, dass ich den Artikel nicht finden konnte.

Meine Gedanken rasten, während ich langsamer blätterte, um endlich doch noch zu finden, wonach ich suchte.

„Matthew Storm, der heißeste Jung-Senator in Washington, blickt in Richtung Weißes Haus.“

Der erste Satz des Beitrags war alles, was ich lesen musste. Er war es. Ich hatte gerade mal eben Senator Matthew Storm gefickt, meinen neuen Boss. Als er gerade aus dem Badezimmer kam, rannte ich aus der Wohnung. Was zum Teufel sollte ich jetzt machen?

Kapitel 3

Matthew

Ich war zurück in D.C. und es war Zeit sich an die Arbeit zu machen. Es würde Jahre dauern, um meinen komplexen Plan vollständig umzusetzen, aber ich war noch nie jemand gewesen, der sich vor ein bisschen Arbeit drückte.

Für die neue Legislaturperiode hatte ich Unmengen an Listen mit Leuten, unter die ich mich mischen musste. Der erste davon war Senator Joel Edwards. Er war ein Neuling auf dem Gebiet der Politik und hatte in Iowa einen erdrutschartigen Sieg geholt. Es kam nicht sehr oft vor, dass wir einen Neuen in unserer Mitte hatten, und ich wollte einer der ersten sein, die ihn begrüßten.

Ich hoffte, dass eine Beziehung zu ihm mir die Tür zu seinem Mentor öffnen würde, Senator Stickney. Andrew Stickney war härter zu knacken als jeder andere Senator in Washington. Er saß im Waffenausschuss des Senats und war äußerst bekannt dafür zu bestimmen, wer berücksichtig wurde und wer nicht. Dennoch musste ich unbedingt einen Termin mit dem Mann bekommen.

Senator Stickney hatte kein Interesse an der Politik von Washington, vielmehr betonte er, dass er im Auftrag seiner Wähler arbeitete. Dies war eine bewundernswerte Art seine Arbeit zu machen, wenngleich es ihm niemals gelingen würde, in Washington seine eigenen Vorstellungen durchzusetzen. Der einzige Weg, der in dieser Stadt zum Ziel führte, war über Beziehungen.

Joel hatte in seiner kleinen Stadt gewonnen und leistete eine

Amtszeit als Gouverneur ab, sodass er, im Senat angekommen, als ziemliches Frischfleisch galt. Für gewöhnlich waren die meisten der neuen Jungs und Mädels bereits mindestens zehn Jahre in einer kleinen Stadt oder auf Bundesstaatsebene auf der politischen Bühne, ehe sie schlussendlich in Washington landeten.

Ich hatte Joels Kampagne aus der Ferne beobachtet und bewundert. Er war ein engagierter Social Media Experte im Bereich der Politik, eine großartige neue Möglichkeit, um Publicity zu betreiben. Ich selbst war fasziniert von der Macht der sozialen Medien und konnte es kaum erwarten, diese in meinen eigenen Plan einzubauen, sobald die Zeit reif dafür war.

Für mich selbst galt die Zehn-Jahre-Regel ebenfalls nicht, das hatten wir also gemeinsam. Da ich allerdings aus einer politischen Familie kam, war es logisch, dass ich schneller die politische Leiter hinaufstieg als andere. Nachdem mein Vater verstorben war, suchten die Leute nach jemandem, der seine Nachfolge antreten könnte; sowohl in der Wirtschaft als auch in der Politik. Ich war für diese Herausforderung bereit. Ich hatte bereits geplant, mich nach der Wirtschaftsschule innerhalb der Firma nach oben zu arbeiten. Sein Tod beschleunigte diese Entwicklung lediglich. Ich war mir ziemlich sicher, dass ich genau diese Position erreicht hätte, hätten ich und mein Vater mehr Zeit gehabt. Leider konnte ich die Tatsache, dass er von uns gegangen war, nun nicht mehr ändern.

Washington war eine komplizierte Subkultur, in der viele Senatoren Probleme hatten. Jeder, mit dem man sich unterhielt, war auf eigene Rechnung unterwegs. Ich brauchte ein ganzes Jahr, um genau das zu verstehen. Du wirst nach einem gemeinsamen Mittagessen gefragt und denkst, derjenige meint es ernst, und zack, wirst du gebeten einem Komitee beizutreten oder einen Gesetzentwurf zu unterstürzen.

Am Ende war ich wegen meines mangelnden Verständnisses zu Beginn meiner Zeit in D.C. in acht Komitees. Diese Zahl sank zwar noch auf sechs, dennoch war es schrecklich viel Zeit außerhalb meines eigentlichen Terminkalenders. Ausgerechnet das Komitee, das ich unbedingt brauchte, beachtete mich allerdings immer noch nicht. Der Waffenausschuss war nur den alten Hasen vorbehalten, doch genau dort musste ich in diesem Jahr rein.

Langfristige Planungen außerhalb einer politischen Karriere war ungefähr so erfolgversprechend als wollte man eine Eiskugel bei 40 Grad essen. Immer wieder musste ich meine Pläne ändern und mich darauf vorbereiten, was als nächstes kam. An vielen Tagen versuchte ich einfach nur zu verhindern, dass das Eis auf den Boden tropfte; oder anders gesagt, dass die Kacke nicht ins Dampfen geriet. Politik war schmutzig und ich war oftmals die Reinigungskraft.

Wichtig war vor allem, nicht selbst Dreck am Stecken zu haben. Nur ohne Fehler könnte ich es ins Waffenkomitee schaffen. Für meine Zukunft in der Politik war es unabdingbar. Zuallererst musste ich mich aber mit den Senatoren arrangieren, die ich bereits zu meinen Freunden zählte. Sie mussten mich als jemanden ins Gespräch bringen, der letztlich eine leere Stelle besetzen könnte.

„Senator Edwards. Joel, schön dich zu treffen“, sagte ich bei unserem Händeschütteln in der Cafeteria.

So gerne wir uns auch regelmäßig in schicken Restaurants treffen wollten, waren die meisten Senatoren einfach zu beschäftigt. Treffen zur Mittagszeit wurden für gewöhnlich in unseren Büros oder in der Cafeteria abgehalten.

„Matthew, klasse dich zu sehen“, sagte er, begleitet von einem starken Handschlag.

Der Junge war noch ganz Grün hinter den Ohren. Ich spürte Nervosität in seinen Händen, als er meine schüttelte. Nun ja, ich konnte es ihm nicht verdenken, nervös zu sein. Mein Plan war es ihn zu verschlingen und am Ende des Jahres wieder auszuspucken. Für mein Vorhaben benötigte ich einen Bauern, und Joel Edwards war genau der Richtige für diese Rolle. Natürlich hätte ich auch Andrew Stickney benutzen können, aber für den waren meine Pläne sehr viel schmerzvoller als für Joel.

Während wir so saßen und unser Mittagessen aßen, tauschten wir uns aus und unterhielten uns darüber, wie das Leben am Kapitol sein würde. Es ging um so viel mehr als nur Gesetze zu erlassen und diese auf die Gesellschaft anzuwenden. Es gab einen dunklen Untergrund, vor dem ich Joel warnte. Ich konnte es mir nicht erlauben, dass er dem zum Opfer fiel, denn ich musste sicherstellen, dass er das Frischfleisch blieb und somit vertrauenswürdig. Jemand, den ich für meine Ziele benutzen konnte.

„Also Joel, irgendwelche großen Pläne für deine erste Amtszeit?“, fragte ich ihn.

„Nicht wirklich. Ich weiß, dass viele Leute sich um Gesundheitsvorsorge und den Kram Sorgen machen, aber ich werde mich erst einmal zurücklehnen und mir alles ansehen. Es gibt viel auszuprobieren und zu verstehen.“

„Auf jeden Fall. Ich denke, das war mein größter Fehler, als ich hier anfing. Ich hab versucht alles an mich zu reißen. Die Alteingesessenen haben das gehasst und sich zurückgezogen. Sich zurücklehnen und warten bis die anderen zu dir kommen, das ist ein viel besserer Plan."

„Danke, Matthew. Hey, ich habe die Nachricht über deinen Vater sehr bedauert. Er war ein guter Mann."

„Ja, das war er. Danke."

Ich hasste es, wenn Leute meinen Vater erwähnten. Ja, er war ein guter Mann. Aber er war nun seit vier Jahren tot und ich wollte nach vorne schauen und weitermachen. Leider war ich damit der einzige. Die anderen liebten es, über meinen Vater und seine Politik und seine Geschäfte zu reden.

„Glaubst du, dass du eine ähnliche Art hast wie er?"

„Ich habe meine eigene Art, es ist…"

Ich unterbrach mich. Mein Gehirn konnte nicht verarbeiten, was ich gerade sah. Ich hätte schwören können, dass das gerade Kayla gewesen war, die auf der anderen Seite der Cafeteria durch den Flur ging und zusammen mit einer Ladung neuer Mitarbeiter eine Einführungstour bekamen.

Doch das konnte nicht sein. Sie war nach unserer gemeinsamen Nacht in Chicago geflohen, aber mit Sicherheit nicht bis nach Washington D.C. Mein Verstand musste mir einen Streich gespielt haben.

Seit dieser Nacht hatte ich oft an sie gedacht. Wahrscheinlich, weil sie so süß gewesen war und wirklich nichts von mir gewollt hatte.

Immerhin ging sie ohne ein „leb wohl“. Trotzdem war etwas an ihr anders. Ich konnte mich so lebhaft an sie erinnern. Ihre Berührung. Ihre Lippen. Der Geruch ihres Körpers. Mein Schwanz reagierte bei dem bloßen Gedanken an sie. Normalerweise hatte ich mehr Körperkontrolle als jetzt, und nun hatte ich auch noch Halluzinationen, dass sie hier in Washington D.C. wäre.

Vielleicht wollte mein Verstand mir auch einfach zeigen, dass ich es einfach schön gefunden hätte, sie dort zu sehen? Ich war immer noch sauer, dass sie einfach so abgehauen war, ohne ihre Nummer da zu lassen. Sie hatte keine Möglichkeit mich zu kontaktieren und ich keine, um sie zu erreichen. Das passte nicht ins Bild meiner üblichen One Night Stands. Normalerweis musste immer ich eine Entschuldigung finden, warum ich mich nicht mehr meldete.

Noch nie hatte eine Frau versucht mich loszuwerden, bevor ich sie abserviert hatte. Aber anscheinend gab es für alles ein erstes Mal. Irgendetwas musste Kayla verjagt haben, doch ich konnte einfach nicht herausfinden was. Es hatte mir den ganzen nächsten Tag keine Ruhe gelassen.

Ich hielt die Vorstellung, dass Kayla hier in D.C. war, nicht länger aus. Was, wenn sie es wirklich gewesen war? Ich entschuldigte mich für einen Moment und ging in Richtung des Flurs, in den ich die Runde der neuen Berater verschwinden gesehen hatte. Ich musste herausfinden, ob sie es war. Mein Verstand sagte, dass es unmöglich war, aber mein Körper sagte mir, dass ich richtig lag.

Als ich um die Ecke kam, sah ich sie in der Gruppe stehen. Sie war es. Einhundert prozentig war es Kayla.

Scheiße!

Ich ging zurück, um mein Mittagessen mit Joel zu beenden. Ich konnte Kayla auf keinen Fall um mich herum haben. Es gab viel Arbeit, die ich während dieser Legislaturperiode zu erledigen hatte, und ein Hintern wie ihrer bedeutete viel zu viel Ablenkung.

Hoffentlich war sie einem Senator in einem der anderen Gebäude zugeteilt und nicht in meinem.

Kayla

Mein Herz überschlug sich regelrecht, als ich den Flur zu Senator Storms Büro hinunterging. Ich hatte keine Ahnung, wie ich diese Situation meistern würde.

Generell hatte ich keinerlei Probleme im Umgang mit meinen Exfreunden. Normalerweise machten wir im Guten Schluss und waren in der Lage noch miteinander zu arbeiten oder uns zufällig über den Weg zu laufen und vernünftig miteinander umzugehen. Doch sowas wie heute war auch für mich eine Premiere. Noch nie hatte ich etwas mit meinem Boss gehabt.

Ich wäre niemals mit ihm nach Hause gegangen, wenn ich gewusst hätte, wer er war. Auch wenn ich etwas angetrunken war, als wir uns trafen: Hätte ich ihn erkannt, wäre ich niemals mit ihm mitgegangen. Ich hätte ihn über meine Pläne, mit ihm in Washington zusammenzuarbeiten, aufgeklärt. In mir wäre der totale Streber durchgekommen und ich hätte versucht, die ganze Nacht über Politik zu reden.

Gleichzeitig bereute ich es auch nicht, mit ihm mitgegangen zu sein. Noch immer geisterten seine Hände in meinem Kopf herum, als ich an diese Nacht zurückdachte. Alles an ihm war perfekt. Sein Körper, seine Lippen, sein Penis. Matthew war die Art von Mann, von dem ich träumte, ihn zu haben. Allerdings auf Kosten meines Traumjobs in der Politik. Beides wäre unmöglich miteinander zu vereinbaren.

Sobald ich ihn im Büro sehen würde, würde ich einfach erklären, dass ich nicht gewusst hatte, wer er war. Ich musste das Thema von Anfang an offen angehen. Auf keinen Fall wollte ich, dass er dachte, dass ich nur mit ihm gevögelt hatte, weil er Senator war. Allerdings gab es auch keinen Grund für ihn das anzunehmen. Oder? Er war es, der mich auf der Straße ansprach, nicht anders herum.

Vielleicht könnte ich mich auch zu einem anderen Senator versetzen lassen. Es gab schließlich mehr als genug hier und ich war ziemlich zuversichtlich, dass andere Frauen ebenfalls Interesse an einer Zusammenarbeit mit Mister Storm hätten, schließlich war Matthew der heißeste Senator in Washington D.C. Es war nicht sehr wahrscheinlich, dass jemand eine Einladung zur Zusammenarbeit mit ihm ablehnen würde. Vielleicht sollte ich einfach umdrehen? Fuck.

Ich blieb stehen und kehrte um in Richtung Lift. Es hätte einfach nicht gepasst. Ich konnte nicht als Unterstützung für einen Mann arbeiten, mit dem ich geschlafen hatte und vor dem ich dann abgehauen war. Niemals. Es wirkte wie in einem schlechten Film. Ich musste herausfinden, wie ich den Senator wechseln konnte.

Oder sollte ich ganz gehen und nicht mehr in der Politik arbeiten? Wie sollte ich das erklären?

Ich war hin- und hergerissen. Der Gedanke daran, dass ich einfach aufgestanden und gegangen war, ohne eine Verabschiedung oder Nachricht an Matthew, war ziemlich schlimm. Aber an diesem Punkt nun einfach zu gehen wäre viel schlimmer. Ich musste mir also eine Begründung einfallen lassen, warum ich nicht einmal eine Info hinterlassen hatte, wie er mich erreichen könnte.

Ich stand am Fahrstuhl und spielte verschiedenste Szenarien in meinem Kopf durch. Keines davon erschien mir wirklich gut.

„Hey, bist du eine der Neuen? Brauchst du Hilfe bei der Orientierung?“, fragte ein gut angezogener Typ, als er aus dem Fahrstuhl stieg.

„Äh, ja, irgendwie. Ich bin Beraterin im ersten Jahr. Ich arbeite mit Senator Storm.“

„Oh, hey, das ist klasse. Ich bin Steven. Ich arbeite auch mit Senator Storm. Komm, hier lang.“ Steven schien sehr aufgedreht und sprühte nur so vor Energie.

„Ich bin Michaela Wilson“, sagte ich, während ich ihm zum Büro folgte.

Sofort schaute ich mich um, um zu sehen, ob Matthew da war. Seine Bürotür war offen und es schien, als sei niemand da. Endlich konnte ich für einen Moment Luft holen.

„Schön dich kennenzulernen, Michaela. Wie ich schon sagte, ich bin Steven. Und das sind Sarah und Jeannette. Wir alle waren im letzten Jahr die Neuen. Ich glaube, unsere jetzigen Titel lauten legislative Berater, aber sicher bin ich nicht. Sarah, weißt du, was deine Jobbezeichnung ist?“

„Nee, nicht wirklich. Werden wir nicht Sklaven genannt?“

Ich musste lachen. Die drei schienen super miteinander klarzukommen und hatten einen guten Sinn für Humor. Vielleicht war es doch nicht so übel hier. Die Zusammenarbeit mit einer Gruppe unterhaltsamer Kollegen wäre eine super Möglichkeit, meine Gedanken von den Problemen mit Matthew abzulenken.

„Also, bist du die Praktikantin oder Beraterin?", fragte Jeanette.

„Ich bin Beraterin. Ich bin gerade mit der Uni fertig geworden."

„Verdammt, das bedeutet der Azubi hat sich verlaufen. Sarah, kannst du schauen, ob du sie findest?"

„Da unten hat ein Mädchen geweint", sagte ich.

„Alles klar, also dein Name war Michaela?", fragte Steven.

„Ja, aber du kannst mich gern Kayla nennen."

„Okay, Kayla, also so läuft's: Auch wenn du einen winzigen Schritt über dem Azubi stehst, bist du doch so ziemlich die letzte in der Kette. Sollten ich oder Sarah oder Jeannette dich um etwas bitten, machst du es einfach. Sollte dich Senator Storm um etwas bitten, muss es so schnell wie möglich gemacht werden."

„Okay."

„Ernsthaft. Mr. Storm ist absolut kein Freund von Lahmärschen. Du musst deinen Job zügig erledigen oder er wird dich rausschmeißen und schon morgen einen Ersatz haben. Da ist er knallhart."

„Alles klar."

Die Art und Weise, wie Steven über Matthew redete, entsprach ganz und gar nicht dem Mann, mit dem ich die Nacht verbracht hatte. Ich konnte mir nicht einmal vorstellen, dass Matthew auch nur ansatzweise ein solch harter Boss war, wie Steven ihn darstellte. Vielleicht war er streng, aber sicher niemand, vor dem die Leute Angst haben würden.

„Kayla, sieh mich an. Wenn er auch nur einen Hauch von Schwäche bei dir riecht, wird er dich bei lebendigem Leibe fressen."

Ich kicherte.

Nicht, weil ich vor Matthew, vor Senator Storm, Angst hatte. Sondern, weil Matthew mich bereits buchstäblich vernascht hatte. Sein Mund war überall auf meinem Körper gewesen, jeden Zentimeter abschmeckend. Oh, wie Steven durchdrehen würde, wenn er wüsste, dass ich seinen geliebten Senator Storm schon gefickt hatte. Allerdings war das mitnichten etwas, das ich irgendwem erzählen würde. Solange ich hier arbeitete, musste es mein kleines Geheimnis bleiben.

„Es tut mir leid, dass ich lache. Ähm, arbeitet der Senator des Öfteren auswärts?"

„Das ist kein Spiel, Kayla. Das ist ernst. Wir schuften mindestens achtzig Stunden die Woche, ohne dass es einem groß gedankt wird. Als Erstie kannst du davon ausgehen die Akten zu hüten, Essen zu bestellen und sonstige Besorgungen zu erledigen. Und du musst es mit einem Lächeln machen. Und ja, Senator Storm arbeitet sehr oft außerhalb des Büros."

„Ich werde sicherstellen, dass ich alles erledige, worum ich gebeten werde."

„Jetzt, wo das klar ist, sorge ich dafür, dass du dich der nächsten Tour für die Azubis und Ersties anschließt. Es gibt ziemlich viel zu lernen."

„Klingt gut."

Wir gingen zurück die Treppe hinunter, wo Sarah sich um das weinende Mädchen kümmerte. Es sah nicht so aus, als würde sie es zu der Tour schaffen. Ihr Makeup lief ihr Gesicht herunter und sie weinte so stark, dass sie schon hyperventilierte.

„Sie wird definitiv nicht lange durchhalten", sagte Steven, als wir über die Straße zum Hauptgebäude gingen.

„Warum weint sie?", fragte ich, wohlwissend, dass er es auch nicht wusste.

„Viele Studenten sind es nicht gewohnt von zu Hause weg zu sein und sind nun ein ganzes Semester lang hier. Doch normalerweise brechen sie immer erst dann zusammen, wenn sie von Senator Storm angebrüllt werden."

„Er brüllt?"

„Lass es mich so sagen: Stell dich bloß gut mit ihm. Ansonsten kann das hier die Hölle auf Erden für dich werden."

„Wow, er klingt wie ein Arsch."

„Oh, das ist er."

Das schmeckte mir überhaupt nicht. Mein Verstand kam einfach nicht mit der Vorstellung klar, dass Matthew ein Idiot war. Das war nicht der Mann, den ich getroffen hatte. Der Mann, den ich in Chicagos Straßen traf, war höflich und einfühlsam gewesen. Ein echter Gentleman.

Steven ließ mich bei all den anderen neuen Mitarbeitern und Praktikanten, damit ich die Einführungstour durch das Hauptgebäude mitmachen konnte. Es faszinierte mich. Ich hatte es zuvor schon einmal besucht, als ich in der Oberschule gewesen war. Doch nun, wo meine Karriere in der Welt der großen Politik durchstartete, bekam diese Tour eine ganz neue Bedeutung für mich.

Jeder Raum, jeder Flur, alles schien größer als es zu meiner Zeit am College gewesen war. Wenn ich nun so durch das Hauptgebäude lief, dachte ich an all die Macht, die jedem dieser Räume innewohnte. Die Männer und Frauen, die hier arbeiteten, gehörten zu den mächtigsten des Landes. Sie hatten die Macht über Gesetzentwürfe abzustimmen und darüber, wie wir Bürger uns in unserem alltäglichen Leben verhalten. Es war faszinierend.

Kapitel 4

Kayla

„Wie war die Tour?", fragte Steven, als ich endlich zurück ins Büro kam.

„Es war anstrengend. Ich wusste nicht, dass es so viel zu entdecken gibt. Mein letzter Rundgang war wohl die Light-Version", antwortete ich und setzte mich erschöpft hin.

Meine Füße schmerzten höllisch und alles, woran ich denken konnte, war, wie klasse es gewesen wäre, wenn ich meine Schuhe hätte ausziehen und meine Füße hochlegen könnte. Aber ich vermutete, dass dies nicht gerade der professionellste Einstieg an meinem ersten Arbeitstag gewesen wäre. Vielleicht am zweiten, lachte ich innerlich.

„Sorry, keine Zeit zum Ausruhen. Ich möchte, dass du in Mr. Storms Büro gehst und diese Kisten mit Bücher in sein Bücherregal einräumst."

Bei der Erwähnung von Matthews Namen war ich sofort hellwach. Ich hatte ihn immer noch nicht gesehen und musste ihm unbedingt erklären, warum ich mich nach unserer gemeinsamen Nacht so daneben benommen hatte. Auch wenn es unangenehm werden konnte, hoffte ich zumindest, dass er Verständnis zeigen würde, sobald ich ihm erklärt hatte, dass ich hier war, um zu arbeiten.

„Ist er hier?"

„Mr. Storm ist noch im Treffen mit dem Komitee. Ich denke

nicht, dass wir ihn heute oft sehen werden. Du wirst später noch genug Zeit haben ihn zu treffen, keine Sorge."

„Alles klar."

Ich machte mich auf den Weg in sein Büro und begann die Kisten auszuräumen. Während ich sie ins Regal sortierte, schaute ich mich immer wieder um, um sicherzugehen, dass er nicht auf einmal reinkam. Das letzte, was ich wollte, war ihn mit meinem Hintern in die Luft gestreckt zu begrüßen, während ich Bücher aus Kisten holte.

Mein Herz schlug bei dem Gedanken daran, Matthew wiederzusehen. Ich wusste nicht, warum ich so aufgeregt war. In der Nacht, als ich abgehauen war, hatte ich Angst vor diesem Moment, vor diesem Tag gehabt und nun konnte ich an nichts anderes denken, als ihm wieder in die Augen zu schauen. Mein Herz hämmerte vor lauter Verlangen ihn zu sehen und ich spürte, wie mein Gesicht rot wurde.

Noch immer ließ der Gedanke seines nackten Körpers auf meinem ein Prickeln durch mich hindurchgehen. Ich hatte ihn so sehr gewollt, dass ich fast in der Sekunde gekommen war, in der er in mich geglitten war. Noch Tage später konnte ich mich an seinen Blick erinnern, wie er mir beim Orgasmus zusah.

Als ich mit der Kiste fertig war, bemerkte ich jemanden hinter mir. Ich hielt inne. Ich wusste, dass er es war, noch bevor er auch nur ein Wort sagte. Sein Duft war einzigartig. Ich wusste zwar nicht, welches Parfüm er benutzte, aber es war unverkennbar.

„Sieht so aus, als würdest du hart arbeiten. Das sehe ich gerne bei den neuen Azubis", hörte ich Matthew von hinten sagen.

Langsam stand ich auf und drehte mich um, um ihm in die Augen zu schauen. Es waren nur ein paar Tage vergangen, aber ich hatte vergessen, wie schwach er mich auf den Beinen werden ließ. Ich lächelte ihn an, während ich versuchte die richtigen Worte zu finden, um zu erklären, warum ich in seinem Büro stand.

„Hi“, sagte ich und versuchte nun seinem Blick auszuweichen. Mein Plan, ihm alles ohne Umschweife zu erklären, verpuffte, als ich ihm direkt gegenüberstand. Es verschlug mir die Sprache. Ich stand einfach nur da. Seine Augen drangen durch mich hindurch und, obwohl ich wegsah, spürte ich sie.

„Ich bin Matthew Storm“, sagte er und hielt mir seine Hand zur Begrüßung hin. „Bist du die neue Auszubildende?“

Wusste er nicht wer ich war? Warum stellte er sich mir vor? Natürlich wusste er, wer ich war. Spielte er ein Spiel? Ich wusste nicht, was ich sagen sollte.

„Ähm, hi“, sagte ich und gab ihm die Hand.

„Du bist also die neue Auszubildende?“

„Nein, ich bin die neue Beraterin im ersten Jahr. Mein Name lautet Michaela“, sagte ich.

Als wenn er nicht genau wusste, wer ich war! Möglicherweise wollte er die Dinge auf der Arbeit einfach nur professionell halten. Vielleicht aber auch war es eine Art Spiel. Wie auch immer, es fühlte sich ziemlich beschissen an.

„Super. Schön, dich an Bord zu haben“, sagte er, als er sich umdrehte und zu seinem Tisch lief.

Ich hatte keine Ahnung, was gerade abging, aber die Schamesröte fuhr mir ins Gesicht und ich wollte so schnell wie möglich aus diesem Zimmer raus. Ich hatte erwartet, dass ich erklären müsste, warum ich dort war, und nicht, dass er keinen blassen Schimmer hatte, wer ich war.

Schlief er wirklich mit so vielen Frauen, dass er sich nicht einmal daran erinnerte, mich nur ein paar Tage zuvor in seinem Bett gehabt zu haben? Es irritierte mich. Dann machte es mich wütend. Noch nie hatte ich einen Mann getroffen, der mich gleichzeitig so schnell verärgerte und begeisterte.

All meine wunderschönen Gedanken an die Nacht mit Matthew waren nun dahin. Stattdessen stand ich angsterfüllt und voller Selbstzweifel da, weil ich mit einem Mann geschlafen hatte, der sich nicht im Geringsten dafür interessierte, wen er in seinem Bett hatte. Wie konnte er sich wirklich nicht an mich erinnern? Ich dachte, es hätte eine besondere Verbindung zwischen uns beiden gegeben. Doch vielleicht hatte ich mir das alles nur eingebildet. Vielleicht gab es so eine Verbindung nicht einmal im Ansatz. Ich wusste es nicht. In diesem Moment ergab nichts für mich einen Sinn.

Ich stellte die letzten paar Bücher ins Regal und stürmte aus seinem Büro heraus, zurück an meinen kleinen Schreibtisch im anderen Raum.

„Ah, ich sehe, du hast Senator Storm kennengelernt“, sagte Sarah, als ich mich mit Tränen in den Augen an meinen Tisch setzte.

„Er ist ein Arsch."

„Du wirst dich an ihn gewöhnen. Er ist einfach nur effizient. Mach dir darüber nicht zu viele Gedanken. Er hat einen Assistenten, mit dem er die meiste Zeit zusammenarbeitet. Alex. Nicht mal Steven und ich arbeiten mit dem Senator wirklich viel. Du bist hier also sicher. Die meisten deiner Aufgaben bekommst du eh von uns."

„Okay", sagte ich und versuchte meine Wut zu beruhigen.

Es gab keine Möglichkeit Sarah zu erklären, warum ich so wütend war. Sie brauchte nicht zu wissen, dass ich nur ein paar Tage zuvor nackt in Matthews Bett gelegen hatte.

„Ich habe eine Liste mit Erledigungen, die wir bis morgen fertig haben müssen. Glaubst du, du schaffst das?", fragte mich Sarah, als sie mir die Liste reichte.

Ich wusste, dass sie mich nicht wirklich fragte. Es war eher eine Aufforderung. Aber ich war froh ein wenig aus dem Büro herauszukommen. Ganz sicher wollte ich nicht mehr mit Matthew reden müssen, besonders nach diesem Auftritt gerade.

„Klar, ich kann ein paar Erledigungen machen."

„Sammle das Zeug einfach nur zusammen und bring es hier her, dann kannst du für heute Feierabend machen."

„Klingt gut. Danke, Sarah."

Ich schnappte meine Jacke und ging in Richtung Hauptflur. Als ich auf die Liste schaute, kam es mir nicht wirklich schwierig vor. Das Problem war, dass ich mein Auto auf dem Park-and-Ride Parkplatz 15 Kilometer vor der Stadt abstellen musste.

Alles zu bekommen war um einiges schwieriger, als ich es erwartet hatte. Während ich so durch die Stadt ging, suchte ich verzweifelt nach einem Laden, der das ganze Zubehör hatte, das ich brauchte. Aber ich hatte nicht besonders viel Glück. All diese Läden im Stadtzentrum waren auf verschiedene Artikel spezialisiert, keiner hatte alles, was ich brauchte

Ein Laden hatte das spezielle Druckerpapier, das ich benötigte, ein anderer die Notizbücher, aber keiner der beiden hatte die decodierten USB-Sticks, die ich holen sollte. Ich schleppte meine Einkäufe von einem Laden zum nächsten auf der Suche nach dem letzten Gegenstand auf der Liste.

Drei Kilometer vom Zentrum entfernt fand ich endlich einen Laden, der die USB-Sticks hatte, die ich brauchte. Es war schon weit nach achtzehn Uhr als ich mich zurück zum Büro machte. Und wieder spürte ich die Anstrengungen des Tages.

Meine Arme schmerzten von den Einkäufen, die ich die vergangenen Kilometer geschleppt hatte, und ich war völlig erschöpft. Dieser Job schien mehr Arbeit nach sich zu ziehen, als ich gedacht hatte. Vielleicht war ich aber auch nur von all dem Einführungskram am ersten Tag so geschlaucht.

„Hey, bist du Michaela?“, fragte mich ein Mann in Anzug, als ich das Büro betrat.

„Jep."

„Hi, ich bin Alex. Ich bin Senator Storms Assistent. Ich war schon dabei mir Sorgen um dich zu machen. Sarah sagte, du bist vor ein paar Stunden los, um die Besorgungen zu holen."

„Ja, sorry. Ich wusste nicht so recht, wo ich hin musste."

„Kein Problem. Ich wollte nur sicher gehen, dass ich die Chance habe mich vorzustellen, bevor du Feierabend machst."

„Schön dich kennenzulernen, Alex."

„Freut mich ebenso. Ich werde gleich nach Hause und mir etwas Schlaf gönnen. Solltest du auch. Jeder Tag kann endlos lang werden, wenn man den Feierabend nicht als oberste Priorität setzt."

„Das glaube ich gern. Ich stelle nur schnell die Sachen ab."

Als Alex weg war, sackte ich völlig erschöpft in meinen Stuhl. Es war ein wirklich langer Tag gewesen und ich konnte es kaum noch erwarten in mein kleines Apartment zu kommen und zu schlafen.

Die Unterkunft, in der ich zur Miete wohnte, war etwas außerhalb der Stadt und nicht gerade in der besten Gegend, aber sie hatte ein Bett. Oh, wie sehr ich doch mein Bett in diesem Moment herbeisehnte.

Ich war gerade damit fertig die Sachen wegzuräumen, da hörte ich eine Stimme aus Matthews Büro kommen. Mein Magen drehte sich um, als mir klar wurde, was das hieß.

Mist, er war immer noch da!

Meine Augen klebten an der Tür, während ich mich beeilte die Einkäufe wegzuräumen, um gehen zu können, bevor er aus seinem Büro herauskam. Ich konnte die Schmach, dass er nicht wusste, wer ich war, nicht noch einmal über mich ergehen lassen.

Gerade als ich fertig war und gehen wollte, kam Matthew aus seinem Büro. Das Glück war einfach nie auf meiner Seite.

Er sah mich an und schaute sich dann um, so als ob er sichergehen wollte, dass niemand sonst im Raum war.

„Sind alle weg?"

„Ja."

„Nun, ich denke wir sollten auch verschwinden", sagte Matthew mit einem Lächeln.

Ich war nicht sicher, ob er mich anlächelte oder ob er lächelte, weil er aus dem Büro raus wollte.

„Ja, ich wollte gerade gehen."

„Du solltest so spät am Abend wirklich nicht alleine losgehen. Washington ist ziemlich gefährlich."

„Nächstes Mal versuche ich früher rauszukommen."

Es machte mich verrückt, dass er nicht wusste, wer ich war. Wie konnte das überhaupt sein, dass wir eine ganze Nacht miteinander verbrachten und er sich nicht an mich erinnerte? In Gedanken ging ich alle Möglichkeiten durch, doch keine davon schien nur annähernd ausreichend.

Er konnte so betrunken gewesen sein, dass er sich nicht erinnerte. Er konnte auf irgendeiner Droge gewesen sein. Oder noch schlimmer, er schlief mit so vielen Frauen, dass er sie nicht mehr alle auf die Reihe bekam.

Keine dieser Möglichkeiten schien Sinn zu machen. Ich wusste, dass er sich an mich erinnerte. Ich wusste es einfach. Nur wusste ich nicht, warum er so tat, als hätte er mich nicht gekannt.

Doch dann fing ich an daran zu denken, dass ich ihn ohne eine Möglichkeit mich zu erreichen zurückgelassen hatte. Vielleicht war er immer noch sauer deshalb? Ich hatte keine Ahnung. Er sah nicht aus wie jemand, der nachtragend war, aber möglicherweise war es genau das, was hier gerade abging.

„Lass mich mit dir zu deinem Auto gehen. Wo hast du geparkt?“, fragte Matthew, als wir auf dem Weg zum Fahrstuhl waren.

Als ich mit ihm allein im Fahrstuhl stand, konnte ich eine sexuelle Spannung spüren, die nicht zu verleugnen war.

„Ich nehme den Zug. Mein Auto steht ein paar Kilometer nördlich“, bekam ich heraus.

Ich konnte keinen klaren Gedanken fassen. Jede Faser meines Körpers wollte Matthews Hände wieder auf mir haben, doch er schaute mich nicht einmal an. Seine Augen konzentrierten sich auf sein Telefon und er schenkte der Tatsache, dass ich mit ihm zusammen im Fahrstuhl war, kaum Aufmerksamkeit.

„Den Zug? Wo wohnst du denn?“

„Ich habe ein gutes Angebot für eine Studiowohnung im Norden bekommen.“

„Norden? Im schlimmsten Viertel der Stadt? Wo jede Nacht Schießereien sind und wo sich sogar meine Sicherheitskräfte nicht alleine hintrauen würden?“

Ich musste lachen. Mit seiner Beschreibung hatte er den Nagel auf den Kopf getroffen. Ich hoffte ja selbst, nicht allzu lange dort bleiben zu müssen. Glücklicherweise gehörte das Gebäude, in dem mein Apartment lag, einem älteren Pärchen und die Leute schienen nett zu sein. Das Problem war, dass mir die An- und Abreise zu und von meinem Haus durchaus Kopfschmerzen bereitete.

„Jep, genau dieses Viertel“, sagte ich, als sich die Fahrstuhltür öffnete und ich geradewegs in Richtung U-Bahnstation ging. „Bis morgen.“

Ich wollte diese Unterhaltung auf keinen Fall fortführen. Ich spürte den unausweichlichen Drang meine Arme um ihn zu schlingen und ihn zu küssen. Ich spürte, wie ich nur einen Schritt davon entfernt war, mich zur absoluten Idiotin zu machen und das konnte ich nun wirklich nicht riskieren.

Es würde ein ziemlich langes Jahr werden, in dem ich mit Senator

Storm zusammenarbeitete. Was würde es überhaupt bringen, mich bei diesem Job ins Zeug zu legen? Wenn er mich schon nach einem One-Night-Stand vergaß, waren die sonstigen Aussichten wohl auch nicht gerade rosig. Ganz sicher würde er sich nicht an meine guten Leistungen im Büro erinnern. Ganz zu schweigen von irgendwelchen Details, um mir ein Arbeitszeugnis auszustellen.

„Wo gehst du hin, Kayla?"

„Zur Bahn."

„Komm hier entlang. Ich kann dich um diese Zeit nicht mit dem Zug in dieses Viertel fahren lassen."

Ich zögerte einen Moment, doch dann folgte ich ihm zur anderen Seite aus dem Gebäude heraus. Als wir gingen, ließ ich die Konversation Revue passieren. Er hatte mich Kayla anstatt Michaela genannt. Er wusste, wer ich war. Es ging gar nicht anders. Selbst wenn er ein Frauen jagendes Arschloch wäre, hätte er mich nicht schon vergessen können. Aber warum tat er so, als kannte er mich nicht?

Ich hatte keine Ahnung, was er für Spielchen spielte, und ich war zu erschöpft um darüber nachzudenken. Ich wollte nur in mein Apartment und mich auf meine Matratze auf dem Fußboden fallen lassen. Dann wollte ich die ganze Nacht einfach durchschlafen, ohne irgendwelche Schüsse in der Nachbarschaft zu hören. Es war ein einfacher Plan, aber nichts davon würde passieren, wenn ich meinen Hintern nicht bald nach Hause geschafft hätte.

Wir gingen ins Parkhaus und ich folgte ihm mit ein paar Schritten Abstand, bis wir bei seinem Auto ankamen. Es war ein schwarzer BMW, der mit schwarzem Leder ausgekleidet war. Er schien perfekt zu Matthew zu passen. Er öffnete meine Tür und ließ mich einsteigen.

Ich wollte ihn anschreien. Brüllen und ihn beschimpfen, dafür, dass er so tat, als kannte er mich nicht. Es war verrückt. Warum sollte ein erwachsener Mann sich so benehmen? Ich wusste es nicht, aber ich konnte meine Wut kaum noch in mir halten.

Gerade als wir losfuhren, um die Garage zu verlassen, wollte ich anfangen etwas zu sagen, als seine Hand rüber kam und meinen Schenkel streichelte.

Was passiert hier gerade?

Ich war dabei durchzudrehen. Er hatte mich den ganzen Nachmittag ignoriert und plötzlich betätschelte mich Matthew. Ich hielt es nicht mehr aus.

„Was machst du?", platzte es aus mir heraus.

„Deinen heißen, weichen Oberschenkel berühren."

„Was zur Hölle? Du hast so getan, als würdest du mich gar nicht wiedererkennen?"

Matthew lächelte mich einfach an und nahm seine Hand wieder zurück ans Lenkrad. Er fuhr weiter und ignorierte mich und meine Wut völlig. Also machte ich mit meiner Wuttirade weiter.

„Matthew, ich habe in dieser Nacht nicht gewusst, wer du bist. Aber als ich sah, wer du bist, bin ich abgehauen. Das tut mir leid. Doch du lässt mich hier echt völlig blöd aussehen, so, als ob du dich wirklich nicht an mich erinnern könntest. Das war sowas von überflüssig! Was sollte ich denn denken?“

Plötzlich fuhr Matthew in eine leere Parklücke. Die Aktion kam unerwartet und überraschte mich völlig. Er riss die Gangschaltung in Parkposition, ergriff mein Gesicht und küsste mich heftig.

In seinem Kuss steckte mehr Leidenschaft als ich erwartet hatte. Er wollte mich. So, wie sich sein Mund um meinen wandte, konnte ich sein Verlangen spüren. So sehr ich auch weiterdiskutieren wollte, es war nicht möglich. Mein Körper gab nach und ich nahm seine Zunge tief in meinen Mund.

Ich drehte mich zu ihm und beugte mich näher zu ihm hinüber, während ich seine Hand erneut an meinem Oberschenkel spürte. Es war verrückt, daran zu denken, dass er mich den ganzen Nachmittag ignoriert hatte, ich aber nun bereitwillig in seinem Auto saß und ihn küsste. Es ergab keinerlei Sinn. Doch es fühlte sich einfach nur gut an, als er mich berührte.

Mein ganzer Körper sehnte sich nach ihm und ich konnte nicht anders, als in seinem Kuss zu versinken. Mehr, ich wollte mehr und mehr von ihm. Hätte er mich ihn diesem Moment in ein Bett gebracht, ich hätte es ihm besorgt. Da war eine Macht zwischen uns, die ich nicht aufhalten konnte. Kein Ärger – und wäre er noch so groß gewesen – war in der Lage, die Spannung zwischen uns zu zerreißen.

„Ich kann mich nicht mit einer Angestellten sehen lassen. Es tut mir leid, dass ich im Büro so kühl war“, sagte Matthew, als er schließlich von meinen Lippen wich.

„Du wusstest also, wer ich war?“, fragte ich mit einem Lächeln.

„Scheiße, ich sah deinen Arsch kopfüber in meinem Büro und musste echt das letzte Fünkchen Selbstkontrolle aufbringen, um dich nicht auf meinen Tisch zu legen und an Ort und Stelle zu ficken.“

Ich lächelte bei dem Gedanken daran, wie er mich in seinem Büro ficken würde. Ich wusste, dass es falsch war, aber die Idee schien mir doch so richtig. Plötzlich sah das harte Jahr der Zusammenarbeit mit Matthew, von dem ich eben noch ausgegangen war, doch ziemlich vielversprechend aus.

„Du hättest es machen sollen“, sagte ich, als wir uns ansahen.

Beide hatten wir diesen sehnsüchtigen Blick in unseren Augen. Ich wusste nicht genau, wie er das so gut vor mir verbergen konnte, als wir uns im Büro gegenüberstanden. Nun aber hatte er es definitiv nicht versteckt.

„Ja, hätte ich“, sagte Matthew während seine Finger meine Innenschenkel hoch und runterliefen.

„Hat deine Tür kein Schloss?“

„Hm, ich bin nicht sicher. Sollte es keines geben, stelle ich sicher, dass sofort eins eingebaut wird.“

„Ich könnte immer so tun, als würden wir uns nicht kennen. Ich würde es nicht wollen, dass du auf Arbeit Probleme bekommst.“

„Wir werden auf jeden Fall so tun müssen, als würden wir uns nicht kennen. Es gibt keinen Grund, warum ich so oft mit einer Beraterin im ersten Jahr reden sollte. In der Regel arbeite ich mit Alex und er koordiniert alle anderen bei dem, was erledigt werden muss."

„Okay."

„Warum hast du mir nicht gesagt, dass du für mich arbeiten wirst?"

Da war sie. Die große Frage.

„Ich wusste nicht, dass du *du* bist."

Mit einem ungläubigen Lächeln in seinem Gesicht schaute Matthew mich an. Ich weiß, dass es schwer zu glauben war, dass ich nicht wusste, wer er war, als wir uns in dieser Nacht zum ersten Mal trafen, aber ich wusste es wirklich nicht. Jemanden in echt zu sehen war etwas völlig anderes als im Fernsehen oder in Zeitschriften. Außerdem war ich betrunken, als wir uns das erste Mal in den dunklen Straßen Chicagos trafen.

„Also, du hast dich auf eine Stelle bei mir beworben, aber als du mich sahst, wusstest du nicht, wer ich bin?"

Uff, ich wusste, dass er mir nicht glauben würde. Ich hasste es, dass ich wie ein Stalker wirkte.

„Falls du dich erinnern kannst, war ich betrunken und du hast mich gerettet."

„Oh, ich erinnere mich an jedes noch so kleine Detail dieser Nacht“, Matthew ließ seine Finger hoch zu meinem Slip wandern und rieb sie an mir, während er weiterredete. „Ich erinnere mich an dein Stöhnen, deinen Geschmack, deine Berührungen.“

Mein Gesicht wurde puterrot und ich versuchte nicht peinlich berührt zu sein, als er mich ansah. Sein Blick war stark. Mehr als ich es aushielt und mein Körper wurde feucht vor Begierde.

„Wir sollten weiterfahren. Mein Viertel wird mit jeder Stunde gefährlicher.“

Es war die Wahrheit und wenn ich es wirklich ohne zu viel Aufruhr in mein Apartment schaffen wollte, musste ich jetzt wirklich zu meinem Auto auf dem Park-and-Ride Parkplatz.

„Ja, wir bringen dich lieber zu deinem Auto.“

Es war nur eine fünfminütige Fahrt, aber Matthew schien jede mögliche falsche Abbiegung zu nutzen. Es dämmerte mir, dass er vermutlich nicht allzu viel fuhr, wenn er hier in Washington D.C. war. Wahrscheinlich fuhr er jeden Tag nur zum Büro und zurück nach Hause.

Als wir endlich auf dem Parkplatz ankamen, war dieser nahezu verlassen. Ich zeigte auf mein Auto und Matthew fuhr hin und parkte daneben. Ich wollte gerade aussteigen, als Matthews Hand erneut an meinem Schenkel war.

„Ich sollte jetzt wirklich gehen“, sagte ich in die dunkle Nachtluft blickend.

„Ich fahre dich nach Hause.“

„Nein, mein Auto ist hier“, sagte ich, während ich nicht realisierte, dass er womöglich bei mir bleiben wollte.

„Dann nehme ich dich hier.“

Matthew lehnte sich vor und küsste mich heftig, während sein Hand in meinen Slip wanderte. Ich war völlig übermannt und es dauerte einen Moment, um zu verarbeiten, was er gerade sagte. *Ich nehme dich hier?* Meinte er, dass er mich gleich hier auf dem Parkplatz ficken wollte? Oh Gott, das konnte ich nicht machen.

„Ich sollte weiterfahren“, sagte ich und zog meine Lippen weg von seinen.

Er setzte seine Lippen an meinen Hals und ging tiefer und zog meinen Nippel hervor. Die harten saugenden Bewegungen von ihm machten meinen ganzen Körper nass und ich wollte ihn am liebsten mit zu mir nehmen.

Das einzige, was mich davon abhielt, war, wie schrecklich mein Apartment war. Es war nur ein Ein-Zimmer-Apartment, ohne irgendwelche Möbel und mit meiner Matratze auf dem Fußboden. Ich wollte nicht, dass irgendjemand sah, wie ich lebte, und ganz sicher nicht Matthew.

Mein anderes Problem war, dass es immer schwieriger wurde ihm zu widerstehen. Vielleicht könnten wir einfach noch ein wenig länger rummachen, dachte ich, während wir uns weiterhin küssten.

Ich verschränkte meine Arme hinter seinem Hals und zog ihn zu mir, um ihn wissen zu lassen, dass ich ihn so nah wie möglich bei mir wollte. Seine Finger bewegten sich meine Schenkel aufwärts und ich merkte, wie ich für ihn offen war.

„Den hier wirst du nicht brauchen", sagte er, zog mir meinen Slip aus und warf ihn auf den Rücksitz.

„Matthew!"

Ich drehte mich um, um danach zu schnappen, konnte aber nicht so weit nach hinten langen.

„Sollen wir da hinten hin?", fragt er mit einem verschmitzten Lächeln.

Für jemanden, der höllische Angst hatte mit mir im Büro erwischt zu werden, war er ziemlich unbesorgt was Sex in der Öffentlichkeit anging.

„Nein!", sagte ich und drehte mich zurück um ihn zu küssen. „Wir werden nicht auf den Rücksitz gehen."

„Okay, dann werde ich es dir gleich hier besorgen."

Seine Augen schauten hinunter zu meinem Rock und zu meinen Beinen. Sie waren gespreizt, mit seinen Händen unter meinem Rock. Ich wusste, was er vorhatte. Ich hätte protestieren sollen, tat es aber nicht.

Während wir uns küssten, hielt ich seinen Kopf und glitt mit meinen Fingern durch seine Haare. Es fühlte sich gut an, ein wenig Kontrolle über ihn zu haben, wenngleich ich wusste, dass sich das schon gleich wieder ändern würde.

Schon bald hatten seine Finger die volle Kontrolle über mich. Als er zwei in mich hineinstieß, stöhnte ich vor Erregung.

Instinktiv schaute ich mich auf dem Parkplatz um, um sicherzugehen, dass niemand anderes kam. Als ich sicher war, dass der Parkplatz immer noch verlassen war, schloss ich wieder meine Augen.

Der Rhythmus seiner Bewegung ließ meinen Körper triefend nass werden. Ich spürte die Nässe, als ich auf den Ledersitz tropfte, aber ich konnte es nicht aufhalten. Ich schob mich heftig gegen ihn und versuchte eine Möglichkeit zu finden, ihn gleich dort im Auto zu besteigen.

Ich machte mir nicht länger Gedanken über den Parkplatz. Je mehr er seine Finger bewegte, desto mehr wollte ich seinen Körper in meinem spüren.

Wieder stöhnte ich, doch dieses Mal ließ er mich verstummen, indem er mich so leidenschaftlich küsste, dass ich kaum atmen konnte. Er gab mir immer mehr, bis meine Beine schließlich in voller Ekstase zitterten.

„Ja…ja…ja“, schrie ich es heraus, als ich endlich kam.

Matthew lächelte nur und schaute mit Zufriedenheit in seinen Augen auf mich herunter. Mir war klar, dass, hätte ich ihm erlaubt mit in meine Wohnung zu kommen, wir es die ganze Nacht miteinander getrieben hätten. Aber ich wollte wirklich einfach nur schlafen.

Meine Brust hob sich, als ich versuchte wieder zu Atem zu

kommen.

„Bist du sicher, dass ich nicht mit zu dir kommen soll?“, fragte er.

War es schlimm, dass ich einfach nur schlafen wollte? Besonders, nachdem ich nun fast meine gesamte Energie mit diesem Orgasmus aufgebraucht hatte. Ich war kaputt von meiner Anreise und dem ersten Tag auf Arbeit. Die emotionale Achterbahnfahrt war auch nicht gerade hilfreich gewesen. Ich konnte ihn wirklich nicht einladen.

„Ich kann nicht. Ich muss schlafen.“

Matthew atmete lange aus und gab mir dann einen schroffen Kuss. Er war nicht glücklich mit meiner Antwort. Es war offensichtlich, dass er mit zu mir kommen wollte.

Ich küsste ihn, zog meinen Slip wieder an und öffnete die Autotür.

Meine Beine waren immer noch schwammig vor lauter Erregung, als ich zu meinem Auto lief. Matthew stand neben meinem Auto und wartete, bis ich eingestiegen war.

Ich schaute in seine Richtung und wollte zum Abschied winken, aber er war schon weg. Kein „auf Wiedersehen“. Kein „bis morgen“. Er ging einfach.

So sehr er sich um mich und das Viertel, in dem ich wohnte, zu sorgen schien, so wenig schien es ihn zu beunruhigen, als ich ihm sagte, dass er nicht mit zu mir kommen konnte. Stattdessen fuhr er so schnell wie möglich davon, ohne sich auch nur einmal zu verabschieden.

Kapitel 5

Matthew

Das war ein Fehler. Kayla zu berühren und meinem Verlangen nachzugeben war ein Fehler, der mir nicht noch einmal passieren durfte. Ihr Körper war wie eine Droge für mich und allein ihre Nähe führte zu dem krampfhaften Verlangen sie spüren zu wollen.

Kayla würde von nun an in meinem Büro arbeiten. Ich konnte sie nicht einfach weiter ficken. Irgendwann würde es mir ansonsten mit Sicherheit um die Ohren fliegen. Ich musste ihr fern bleiben. Schon allein ihr Körper in meiner Nähe machte es mir unmöglich klar zu denken. Und wenn ich es jemals dahin schaffen wollte, wo ich in Washington hinwollte, dann musste ich klar denken.

Ihre Sommersprossennase und das rotbraune Haar machten mich verrückt. Allerdings war es auch nicht so, dass ich ihr hätte auf ewig widerstehen können, das war mir klar. Früher oder später hätte ich meinem Verlangen nach ihr nachgegeben, aber es musste nach meinen Regeln passieren. Sie würde es nicht gut finden und ich müsste mich nicht damit rumschlagen, dass sie sich in mich verliebt.

Mein größtes Problem mit Kayla war, dass ich tatsächlich Gefühle für sie hatte. Bei den meisten Frauen konnte ich solche Lästigkeiten vermeiden. Doch da ich Kayla auf eine solch untypische Weise getroffen hatte, war ich auf die überraschenden Gefühle, die sie in mir erweckte, nicht vorbereitet.

In Chicago war ich ganz ich selbst. Mein normales ich war nur Matthew, ein Geschäftsmann, der gerne heiße Frauen fickte und eine gute

Zeit hatte. Dummerweise für Kayla war das nicht der, der ich in Washington D.C. war. Als Senator Storm war ich ein gesetzestreuer Konformist, der seine Magie durch den direkten Kontakt zu der gesetzgebenden Regierung von Amerika einsetzte.

Als ich mich auf den Weg zu meinem Büro machte, nahm ich mir vor, keinerlei Kontakt mit Kayla zu haben und sie einfach nur ihren Job machen zu lassen. Was auch immer Alex oder die anderen wollten, das sie macht, sie sollte es erledigen können, ohne sich über mich Gedanken machen zu müssen. Wenn ich es schaffen würde ihr tagsüber aus dem Weg zu gehen, dann könnte ich auch an den Abenden ohne sie klarkommen.

„Hallo, Mr. Storm“, sagte Alex, als ich pünktlich um sieben Uhr mein Büro betrat.

„Was steht heute auf der Tagesordnung?“

„Sie treffen sich heute erneut mit Senator Edwards und dann ist die Bewerbung für den Waffenausschuss des Senats fällig.“

„Ja, ich erinnere mich. Danke Alex. Gibt es sonst noch etwas?“

„Sie müssen ein Treffen mit Senator Masson arrangieren, bevor Sie die Chance auf einen Platz im Waffenausschuss bekommen. Es wäre schön, wenn Sie damit anfangen würden. Auch müssen Sie die Präsentationen für die anderen beiden Komitees fertigstellen, da diese sich am Ende der Woche treffen.“

„Scheiße Alex, du hast es so dargestellt, als wäre heute nicht viel zu tun.“

„Tut mir leid, Chef. Es gibt immer was zu tun, auch wenn es nichts zu tun gibt."

Alex hatte Recht. Das war einer der Gründe, warum ich beschlossen hatte ihn direkt von der Schulbank weg zu verpflichten. Im Interview fragte ich ihn, was er machen würde, wenn ich ihm einen Tag frei geben würde. Seine Antwort war anders als die aller anderen Interviewteilnehmer. Alex antwortet, dass es in der Politik nie einen freien Tag gibt. Das sah mir ziemlich ähnlich. Deshalb arbeitete er heute für mich.

„Kannst du mir bitte das neue Assistenzmädel Kayla vom Leib halten?", fragte ich Alex.

Zuerst schaute er mich verwundert an, aber dann wusste er genau, warum ich sie nicht in meiner Nähe haben konnte. Alex war einer meiner besten Freunde in D.C. und er wusste um meinen Ruf bei den Frauen. Ein Teil seines inoffiziellen Jobs war es sicherzustellen, dass ich meinen Schwanz in Gegenwart der Frauen in Washington D.C., mit denen ich es mir nicht erlauben konnte zu schlafen, in der Hose ließ.

„Das kann ich machen. Aber sie ist doch gerade erst gestern angekommen. Haben Sie sie wirklich schon als so ablenkend empfunden?"

„Ja, Alex. Habe ich. Halte sie heute bitte fern von mir."

Alex ließ mich allein, damit ich für eine Zeit in Ruhe arbeiten konnte, doch dann hörte ich, wie Kayla ins Büro kam. Allein schon ihre Stimme erregte meinen Körper und ich wollte sie in mein Büro ziehen, über die Lehne meiner Couch werfen und sie ficken.

Es war nicht nachvollziehbar, warum ich sie so unbedingt wollte. Es gab unzählige andere Frauen, die ich ficken und dann vergessen konnte. Aber Kayla hatte sich tief in meine Gedanken eingegraben und ich bekam sie da einfach nicht mehr heraus.

Ihre gute Laube und ihr fröhlicher Gemütszustand würden sich bald verflüchtigen, dessen war ich mir sicher. All die neuen Mitarbeiter fühlten sich, als könnten sie die Welt verändern. Doch dann merkten sie, dass der Alltag aus dem Anfertigen von Kopien bestand, anstatt aus all den weltverändernden Dingen, die sie machen wollten. Es war eine schmerzhafte Erfahrung, aber eine, die sie alle machen mussten.

Ich ging hinüber zum Bücherregal neben der Tür, sodass ich hören konnte, was ablief. Alles, was ich wusste, war, dass ich Kayla meiden musste. Ich musste also etwas tun, damit Kayla kapieren würde, dass ich es mochte, so oft wie möglich meine Ruhe zu haben.

Ich schmiss meine Bürotür auf und stürmte, so wütend, wie ich es nur fertigbringen konnte, in den Hauptraum.

„Ihr alle scheint ja eine super Zeit hier zu haben, während es genug zu erledigen gibt. Ruhe jetzt und kriegt endlich was gebacken“, brüllte ich mit strengem Gesicht.

Als ich zurück in mein Büro ging, musste ich darüber lächeln, dass ich gerade nur so getan hatte, wie ein wütender Arsch aufzutreten. Jeder im Büro wusste, dass ich so nicht bin, aber Kayla wusste es nicht.

Normalerweise war ich ziemlich gestresst und schrie sehr häufig Leute in meinem Büro an, aber ohne ein Arsch zu sein. In der Regel bestand mein Geschrei darin, den Leuten im Büro zu sagen, dass sie die Arbeiten erledigen sollten, von denen sie bereits wussten, dass sie sie machen mussten.

Kayla kannte ich nicht im Geringsten. Es war die perfekte Gelegenheit für mich der Mann zu sein, von dem sie wollte, dass ich es bin. Ich konnte sie kennenlernen, ohne all die Makel, die mich sonst umgaben.

Scheiße, ich konnte ihr nicht wiederstehen.

„Kayla, kannst du kurz reinkommen?“, rief ich, als ich meine Tür öffnete.

Es war ein Fehler, ich wusste es in dem Moment, in dem ich nach ihr fragte. Auch konnte ich es in Alex‘ Gesicht sehen, als er mich ansah und den Kopf verneinend schüttelte.

„Eigentlich, Matthew, war ich gerade dabei Kayla ein paar Aufgaben zu geben. Vielleicht kannst du später mit ihr sprechen?“, sagte Alex.

Es war ein sehr wackerer Versuch von ihm, doch letztendlich überwog mein Verlangen nach ihr. Später würde ich ihn dafür anschnauzen, dass er es nicht fertigbrachte mich von ihr fernzuhalten. Aber fürs erste wollte ich mit ihr ein bisschen spielen.

Ich konnte es nicht erwarten sie zu schmecken, sie zu berühren und ihren Körper zu spüren, während sie stöhnte.

Kayla

Ich war so aufgeregt zur Arbeit zu kommen und Matthew wiederzusehen. Die ganze Nacht kreisten meine Gedanken nur um ihn und ich wollte einfach nur zehn Minuten mit ihm alleine sein.

Ich wollte ihn fragen, warum er so plötzlich weggefahren war, als ich ihm eine Absage erteilt hatte, mit zu meinem Apartment zu kommen?

Ich war mir sicher, dass er eine vernünftige Begründung hatte und ich würde ihn auf Arbeit einfach zur Seite nehmen und es mit ihm wie Erwachsene klären, anstatt ihn, wie ich es eigentlich mit ihm machen wollte, anzubrüllen, weil er ein Arsch war. Aber ich war nun erwachsen und arbeitete an einer Karriere, die ich noch lange behalten wollte, weshalb meine Unterhaltungen mit jedem professionell sein mussten. Es war unbedingt erforderlich, dass ich immer auf lange Sicht an meinen Ruf in Washington dachte.

Als ich ankam, waren alle in Bewegung und voller Energie. Es war der Anfang des Tages und alle hatten viel vor sich. Ohne zu zögern wollte ich sofort mit der Arbeit beginnen und ging zu Steven, um mich nach dem Plan für den Tag zu erkundigen.

„Morgen“, sagte ich.

„Morgen Kayla. Willst du mit ein paar Kopien anfangen?“, fragte Steven.

„Klar. Ich freue mich echt hier zu sein. Ich bin für jede Aufgabe bereit, die du erledigt haben willst. Brauchst mich also nicht fragen, ob ich sie machen möchte.“

Er gab mir den Stapel mit Originalen und zeigte mir die Liste, wie viele Kopien ich wovon zu machen hatte. Es war eine primitive Arbeit, aber gewiss nichts, was ich nicht gemacht hätte. Mir war wichtig gebraucht zu werden, während ich dort war. Ich wollte jeden Aspekt des Kampagnengeschäfts, von der Politik in Washington und des Senats lernen.

Meine Erfahrung im Bereich Psychologie würde mir in Washington sehr helfen und ich war froh, dass ich es als Nebenfach absolviert hatte. Alles, was du in Washington D.C. tust oder nicht tust, würde dich irgendwann wieder einholen. Ich wusste, dass die Art und Weise, wie ich mich als Angestellter im ersten Jahr präsentierte, auch noch im Nachhinein von den Leuten bewertet werden würde, wenn ich bereits ein erfahrenes Mitglied dieser Gesellschaft sein würde. Mein Ziel musste es sein, jeden zu jeder Zeit zu beeindrucken, unabhängig von seiner politischen Einstellung.

Als Matthew aus seinem Büro gestürmt kam und uns alle ohne jeglichen Grund anbrüllte, kam es mir wie eine Art Spiel vor, mit dem er unsere Aufmerksamkeit erlangen wollte. Als er uns anschrie, ließ ich meinen ganzen Papierkram auf den Boden fallen und bückte mich, um ihn wieder aufzusammeln. Während ich darauf wartete, dass er zugab, dass alles nur geplant war, musste ich lächeln. Matthew schien einfach nicht der Typ für Wutanfälle zu sein. Ich hätte falsch liegen können, aber das war eben der Matthew, den ich kannte.

Irgendwas war auf jeden Fall nicht in Ordnung mit ihm oder etwas machte ihn sauer. Das war der einzige Grund, der mir hätte einleuchten können, warum er seine Mitarbeiter anschrie.

Nach seiner kleinen Brüllorgie ging er sofort wieder in sein Büro zurück, wo er für ein paar Minuten blieb, bevor er die Tür wieder öffnete und mich herein rief. Mit ängstlichem Blick schaute ich zu Steven, der nur auf Matthews Büro zeigte und sagte, ich solle reingehen. Natürlich kannten sie den Hintergrund unserer Beziehung nicht. Für jeden im Büro war ich einfach nur die Neue.

„Mein Gott Matthew, was zur Hölle ist los? Warum schreist du alle an?“, fragte ich, als ich die Tür hinter mir geschlossen hatte.

Matthew griff um mich herum und verriegelte die Tür. Er sagte nicht ein einziges Wort, während er mich an die Hand nahm und zur Ledercouch auf der anderen Seite des Raumes zog. Die Art, wie er die Kontrolle über die Situation übernahm, machte mich heiß und ich wusste, was jetzt kommen würde.

Er drückte mich in das weiche Leder der Couch und kniete sich zwischen meine Beine. Seine Augen zeigten seine Gier und ich wusste, es gab keine Möglichkeit ihn zu stoppen. Er zog meinen Slip aus und hob meinen Rock hoch, um dann seine Lippen in mein Zentrum zu bewegen.

Er vernaschte mich, so als hätte er ewig hungern müssen, bevor er mich wieder schmecken konnte. Ich liebte das Gefühl ihn auf meinem Körper zu haben. Die warme Nässe seiner Zunge versetzte meinen Körper in eine Welt der Ekstase. Es fühlte sich wie Vollkommenheit an und ich wollte sie immer und immer wieder.

„Oh ja“, stöhnte ich.

Matthew sah zu mir hoch und hielt seine Finger an seinen Mund, mir verdeutlichend, dass ich leise sein sollte. Er hatte Recht. Niemand wusste, dass wir in seinem Büro waren, um zu ficken. Es würde einfach niemand verstehen.

Ich griff in seine Haare und ließ meine Finger durch sie hindurchgleiten, während ich seine Lippen an die Stelle dirigierte, wo ich sie haben wollte. Er ließ mich nicht lange zappeln, schob zwei seiner Finger in mich hinein und begann sie zu bewegen, mit dem Ziel, mich zum Schreien zu bringen. In jeder anderen Situation hätte ich gewollt, dass ein Mann Interesse daran zeigte, Liebe mit mir zu machen, statt mich nur zu ficken. Aber das hatten wir schon in Chicago gemacht. In diesem Moment wollte ich es einfach nur von ihm besorgt haben.

„Wenn du willst, dass ich ruhig bin, musst du damit aufhören“, neckte ich ihn.

„Oh, damit?“, fragte Matthew, während er fortfuhr.

Es war schwer seinen Fingern zu wiederstehen und mein Körper liebte das Gefühl, sie in mir zu haben. Aber ich konnte einfach nicht leise sein. Das Stöhnen kam immer wieder aus mir heraus, als mein Körper die aufgestaute Energie frei ließ.

Als ich spürte, wie mein Körper der Lust nachgab, die ich für Matthew hatte, griff er nach oben und steckte mir meinen Slip in meinen Mund, um meine Schreie zu dämpfen. Ich war völlig überrascht, noch nie zuvor hatte ich einen Mann, der wollte, dass ich leise war. Zugegeben, noch nie hatte ich einen Mann in seinem Büro gefickt; und es war verdammt heiß.

Sein Mund bearbeitete mich weiter und ich gab mich ihm völlig hin. Die Art, wie er meine Aufmerksamkeit lenkte, war zweifelsohne etwas, dass er durch seine machtvolle Position gelernt hatte. Er schien anders zu sein in Washington D.C. Er war kontrollierter und er wollte mehr Kontrolle. Ich fand es keineswegs schlimm, ich mochte es, wenn Matthew die Kontrolle übernahm.

Als er mich meinem endgültigen Ende immer näher brachte, versuchte ich, ihn zu mir hoch zu ziehen, damit ich ihn in mir spüren konnte. Ich wusste, dass sobald ich heftig kommen würde, ich keinerlei Energie mehr hätte. Doch ich musste seinen Penis in mir spüren.

Je stärker ich versuchte ihn zu mir hochzuziehen, desto heftiger saugte sich Matthew an mir fest. Seine Zunge bearbeitete meinen Kitzler so leidenschaftlich, dass ich es nicht mehr verhindern konnte und in meinen Slip schrie, während das pulsierende Verlangen durch meinen Körper schoss. In einem letzten großen Ruck drückte ich meine Hüften an ihn, dann zitterte mein ganzer Körper vor lauter Erschöpfung.

Mein ganzer Plan war es gewesen, nicht groß aufzufallen und einfach meine Arbeit zu machen. Doch offensichtlich hatte er andere Pläne. Ich griff nach oben, zog den Slip aus meinem Mund und blickte nach unten zu Matthew, der zwischen meinen Beinen saß. Während ich tief einatmete sah er mich an, um urplötzlich aufzustehen, mich zu packen und über die Armlehne des Sofas zu beugen.

Die schnelle Bewegung überraschte mich, aber ich war froh, dass er es tat. Ich wollte ihn in mir spüren. Ich wollte spüren, wie sein Penis tief in mich hineinstieß und meinen Körper dazu brachte, einen weiteren Orgasmus zu erleben. Doch dann dachte ich an alle im Büro, die direkt vor der Tür waren. Ich konnte es nicht riskieren, dass sie mich hörten.

„Matthew, wir können das nicht“, sagte ich wenig überzeugend.

Er hörte mich nicht beziehungsweise entschied sich dafür, nicht zu reagieren. Ich drehte mich zu ihm, während er ein Kondom aufriss und es über seinen unfassbar harten Penis streifte. Zuerst beugte er sich über mich und küsste mich leidenschaftlich, sodass ich spürte, wie sein Penis gegen meinen Hintern drückte. Ich war nicht in der Stimmung für irgendwelche Hintertürspielchen, also schnappte ich ihn mir und schob ihn in mich hinein.

Gleichzeitig zog Matthew meinen Körper an seinen heran und hielt sich an meinen Brüsten fest, während er langsam in mich stieß. Seine Stöße waren langsam, tief und ziemlich erotisch. Das tiefe Grunzen, das er am Ende eines jeden Stoßes losließ, ließ meinen Körper vor Lust erzittern. Mein Stöhnen wurde mit jedem seiner Stöße lauter und Matthew musste eine seiner Hände über meinen Mund legen, damit uns niemand hörte.

„Gottverdammte Scheiße Kayla, ich werde nie mit der Arbeit fertig werden, wenn du hier bist“, stöhnte Matthew, während wir fickten.

Ich musste lächeln. In diesem Moment sah es nicht gerade danach aus, dass irgendeiner von uns beiden in der Lage wäre viel zu schaffen, wenn wir jeden Tag damit verbringen würden, in seinem Büro rumzumachen. Jeder von uns strahlte solch eine sexuelle Anziehung aus, dass es unmöglich wäre, dem anderen zu wiederstehen.

„Ich werde mich von dir fernhalten. Ich werde mit den anderen Aufgaben bearbeiten, sodass du mich den Tag über nicht sehen wirst“, bot ich ihm völlig außer Atem an und zog seine Hand zurück auf meinen Mund.

Immer weiter stieß Matthew in mich hinein und ich spürte, wie sich mein Körper um in schlang. Dann drückte die Kraft meines Orgasmus gegen seinen Schwanz und ich erbebte von einem Orgasmus, der so stark war, dass meine Beine nicht länger standhalten konnten.

Sofort nachdem er den Anfang meines Orgasmus bemerkte; stieß Matthew noch härter in mich, um seinem Körper die Erlaubnis zu geben, ihn zu erlösen. Die Geräusche, die er von sich gab, als er kam, waren wie eine Droge für meine Ohren und ich wusste, dass ich sie schon bald wieder hören würde. So sehr wir auch beide wussten, dass wir voneinander fernbleiben mussten, so sehr verdeutlichte dieser Moment, dass wir immer wieder zu diesem zurück mussten, um endlich das Gefühl zu bekommen genug voneinander zu haben.

Kapitel 6

Kayla

Klopf. Klopf. Klopf.

Wir lagen beide auf der Couch, um uns von unserem kleinen Spaß zu erholen und schauten zur Tür. Wir waren splitternackt und hätten es nicht rechtzeitig geschafft uns anzuziehen, wenn jemand ins Zimmer gekommen wäre. Dann aber fiel mir ein, dass Matthew die Tür abgeschlossen hatte.

Dennoch stand ich auf und zog meine Sachen wieder an. Ich war für mindestens eine Stunde in Matthews Büro gewesen und mir war klar, dass es meinen Kollegen verdächtig vorkommen musste, dass ich so lange mit ihm allein gewesen war. Außerdem war ich mir unsicher, ob man uns nicht doch gehört hatte.

„Ja", sagte Matthew.

„Alles in Ordnung?", fragte Alex von der anderen Seite der Tür.

„Ja."

Alex schien wieder zu gehen und Matthew lachte. Er schien zutiefst amüsiert über die Tatsache, dass Alex an seiner Tür klopfte, um nach dem Rechten zu schauen.

„Was bedeutet das?", fragte ich.

„Ich sagte ihm, er solle sicherstellen, dass ich mich von dir fernhalte. Er hat einen echt miesen Job gemacht“, lächelte Matthew und zog mich zu sich auf die Couch.

„Zu seiner Verteidigung muss man sagen, dass du ihm nicht gerade eine Chance gegeben hast. Du hast mich hier rein beordert, bevor der Tag überhaupt angefangen hatte. Und wenn ich mich recht entsinne, hat Alex sogar versucht dich aufzuhalten. Er sagte, er hat eine andere Aufgabe für mich.“

„Ich weiß.“ Matthew schaute entschuldigend. „Ich habe mich einfach schlecht gefühlt, nachdem ich alle angeschrien habe.“

Matthews Lächeln war so charismatisch, dass mir klar wurde, warum er einen so großartigen Politiker abgab. In diesem Moment mit ihm auf der Couch war ich wieder bei dem Mann, den ich aus Chicago kannte. Das Feuer und die Leidenschaft waren in seinen Augen zu sehen und er wirkte zufrieden. Ganz anders als in der Nacht zuvor, als wir auf dem Parkplatz waren. In dieser Nacht hatte er einen bösen Blick in seinen Augen gehabt. Ohne Leidenschaft, ohne Lust. Ich weiß nicht, was es war, aber ich hoffte, es nie wieder in ihm zu sehen.

„Ja, was sollte das ganze Gebrüll?“, fragte ich.

„Ich wollte, dass du mich für mies hältst, damit du mir fernbleibst.“

„Oh, ich weiß, dass wir uns auf Arbeit voneinander fernhalten müssen. Ich trage meinen Teil dazu bei und du deinen. Ruf mich einfach nicht in dein Büro und fang an meine Muschi zu lecken, dann sind wir fein raus.“

„Verdammt“, sagte Matthew und schaute mich ernst an.

„Was?“

„Oh, ich kann nicht versprechen, dass ich dich nicht mehr reinrufen und dich lecken werde, bis du schreist. Sorry, das geht einfach nicht.“

Er packte mich und hob mich auf seinen Schoß, mit meinen Beinen links und rechts um ihn gelegt. Auch wenn er seine Anzughose bereits wieder zugeknöpft hatte, so war ich doch immer noch ohne meinen Slip. Ich fühlte mich ziemlich entblößt mit meinen Beinen weit offen auf ihm gespreizt.

„Du wirst dich beherrschen müssen oder du wirst nie irgendetwas fertig bekommen“, sagte ich, als ich mich nach vorne beugte und ihn auf die Wange küsste.

Er drehte seinen Mund zu meinem und wir küssten uns zärtlich, während ich spürte wie seine Finger an meine Muschi wanderten. Als er anfing an ihr herumzuspielen, griff ich mir seine Hand und hielt sie fest.

„Nur noch einmal“, sagte er voller Verlangen in mein Ohr.

„Wir sollten uns an die Arbeit machen“, flüsterte ich zurück.

„Einmal“, sagte er erneut und drückte seine Hand an meiner vorbei, um seine Hose zu öffnen.

Er zog seinen pulsierenden Schwanz heraus und ich spürte die weiche Haut, als er an meiner Feuchtigkeit lag. So sehr ich auch wusste, dass wir wieder an die Arbeit gehen mussten, war mein Verlangen nach Matthew doch so groß, wie ich es noch nie zuvor erlebt hatte.

„Kondom?“, fragte ich.

Noch bevor ich das Wort zu Ende brachte, hatte Matthew ein weiteres aus seiner Tasche gezogen und übergestreift.

„Ich habe mich vorbereitet, da ich wusste, dass ich dir nicht würde widerstehen können“, sagte er.

Matthew sah mir ins Gesicht und beobachtete meinen Ausdruck, als sein Schwanz in mich glitt. Ich warf meinen Kopf leicht zurück und musste vor lauter Ekstase tief einatmen, als ich spürte, wie sein Umfang in mir seine volle Größe erreichte.

„Wir sind hier schon ziemlich lange drin“, sagte ich atemlos.

„Mir fällt schon was ein.“

Matthew wirkte sehr selbstbewusst, als es um seine Fähigkeit ging, den anderen zu erklären, warum er hinter verschlossener Tür mehr als eine Stunde allein mit der neuen Mitarbeiterin gewesen war. Ich war mir da allerdings nicht ganz so sicher. Schon bald würde uns jeder hier verdächtigen, etwas miteinander zu haben.

Ich war mir sicher, dass Matthew im Laufe seiner Karriere als Senator auch zuvor schon eine seiner Auszubildenden oder Angestellten gebumst hatte. Diese Idee kam nicht von ungefähr, allerdings vermutete ich, dass diese Person nicht mehr allzu lange danach für ihn gearbeitet hat. Auf gar keinen Fall sollte mir das passieren. Gedanklich musste ich unterscheiden zwischen dem, was wir taten, wenn wir nackt waren, und dem regulären Arbeitstag.

Dieses Mal bewegten wir uns ruhig und sinnlich miteinander. Ich hielt mich an seinem Hals fest und er stieß langsam in mich. Immer wieder lehnte ich mich nach vorne und ließ meine Lippen seine berühren, während ich am Ende eines jeden Stoßes seinen Atem spürte.

Es dauerte nicht lange und Matthew griff mich an den Hüften, um ein letztes Mal hart in mich hineinzustoßen und zu kommen.

Ich war erschöpft. Meine Beine fühlten sich an wie Pudding und ich konnte mich nicht bewegen. So konnte ich definitiv nicht aufstehen und schon gar nicht gehen. Ich rollte mich auf die Couch und lag völlig erschöpft da.

Matthew schien durch unseren Sex unter Strom gesetzt zu sein und stand mit einem Sprung von der Couch auf. Er ging zu seinem Schreibtisch, schnappte sich ein paar Ordner, die er zu diversen Senatoren angelegt hatte und kam wieder zurück, um sich zu mir auf die Couch zu setzen.

Ich kuschelte mich an ihn heran und schaute, was er sich ansah, während ich versuchte wieder zu Kraft zu kommen. „Oh, Senator Masson. Er ist ein egoistischer Spinner. Du musst ihm einfach nur sagen, dass er etwas gut kann und er will dein Freund sein.“

„Hm, gut zu wissen. Danke. Was ist mit dem da?“

„Senator Stern. Er ist der Vorzeigeamerikaner. Verheiratet, guter Junge. Sprich mit ihm über Familienwerte und dass du es kaum erwarten kannst selbst eine zu gründen. Er wird dich mit einer Christin verkuppeln und in den Hafen der Ehe bringen wollen."

„Wieso weißt du so viel über sie?", fragte mich Matthew.

„Ich hatte Psychologie im Hauptfach und bin dann zum Politikstudium gewechselt. Ist alles so ziemlich dasselbe", lachte ich.

„Ich könnte deine Meinung für ein Projekt benötigen, an dem ich gerade arbeite."

„Klar, jederzeit. Ich arbeite jetzt für dich, denk dran."

Ich schaute zu ihm hoch und lächelte. Ich wusste, dass die Dinge im Büro von Senator Storm ziemlich kompliziert werden würden.

„Wir kriegen dich hier besser wieder raus. Ich muss so tun, als würde ich dich nicht mögen."

„Alles klar", sagte ich, während wir uns küssten.

Er brachte mich zur Tür und öffnete sie langsam.

„Ich hoffe, dass dir klar ist, dass ich mehr als nur einhundert Prozent von dir brauche, wenn du in Washington erfolgreich sein willst", sagte Matthew.

„Ja, Boss", sagte ich und spielte die Rolle, die von mir verlangt wurde.

Als ich mich zurück an meinen Tisch setzte, kam Sarah zu mir, um nachzusehen, was los war. Zuerst hatte ich Angst, dass der Sex, den ich gerade gehabt hatte, für jeden unübersehbar sein würde. Meine durchbluteten Wangen, mein Lächeln im Gesicht. Sicher wussten sie, was abging.

„Es tut mir leid, wenn er ein Arsch war. Manchmal will er einfach nur direkt mit den Neuen reden, damit sie verstehen, wie sehr er erwartet, dass sie hart arbeiten."

„Ja, er hat mir ganz klar gezeigt, wie hart ich arbeiten muss", sagte ich, während ich ein Lachen unterdrückte.

„Du musst dich wirklich vor ihm in Acht nehmen. Er feuert dich nach Lust und Laune und lässt dich ohne Job hier in D.C. stecken bleiben. Das ist der letzten Neuen auch passiert."

„Was hat sie getan?"

„Ich bin mir nicht sicher. Sie arbeiteten gemeinsam an einem Projekt und er schien sie immer anzuschreien. Sicher war, dass sie nach ein paar Wochen nicht mehr hier arbeitete. Keiner von uns hat je die wahre Geschichte erfahren. Außer Alex, er war derjenige, der sie feuerte."

Meine Augen wurden groß und größer als ich Sarahs Geschichte hörte. Es hörte sich ganz so an, als hätte Matthew von seiner Affäre genug gehabt und sie loswerden musste, als sie anfing anhänglich zu werden. Nun, das würde mir ganz sicher nicht passieren.

Für den Rest des Tages ignorierte Matthew mich und ich war auch dankbar dafür. Es machte das Leben einfacher, wenn ich mich nicht mit ihm auseinandersetzen musste und ich hoffte, dass wir unsere Arbeitszeit getrennt von dem halten konnten, was auch immer wir uns außerhalb des Büros vornahmen.

Die wenigen Male, die Matthew aus seinem Büro kam, waren entweder auf dem Weg zu einem Meeting und zurück oder um Aufgaben an jeden zu brüllen, der im Hauptbüro saß. Den Mann, den Matthew gegenüber seinen Angestellten verkörperte, mochte ich absolut nicht.

Sein Geschrei war sinnlos. Selbst wenn er gar nicht wütend war, schrie er einfach nur, um sicherzugehen, dass ihn die Leute hörten. Es war, als würde er denken, dass ein guter Senator schreien müsste. Am Ende des Tages war ich ziemlich genervt und war froh aus dem Büro verschwinden zu können.

Die Fahrt nach Hause mit dem Zug war lang und ich war kaputt. Alles, woran ich denken konnte, war Schlaf. Dabei störte mich nicht einmal, dass mein Apartment alt und widerlich war. Ich wusste, dass ich in dem Moment, in dem mein Kopf ins Kissen fallen würde, ausgeschaltet sein würde wie eine Lampe.

Es lag ein Päckchen auf meiner Türschwelle und ich war ziemlich gespannt, als ich es sah. Ich hatte zwar keine Ahnung, wer mir etwas schicken würde, dachte aber, dass es vielleicht eine meiner Freundinnen von zu Hause war.

Als ich es aufriss, sah ich, dass es ein neues Telefon war, mit einer Notiz von Matthew.

„Benutze das.“

Es war bereits eingeschaltet und es hatte eine Nachricht von jemandem namens „Tom“. Die Nachricht lautete: „Kann ich vorbeikommen?“.

Ich musste lachen. Ich kapierte einfach nicht, warum er so unbedingt zu meinem Apartment kommen wollte. Es war ein Drecksloch und ganz sicher nicht wie seine Unterkunft. Ich wollte nicht, dass er herkam und sah, wie traurig ich lebte.

„Nein.“

„Du meinst ja?“

„Nein“, schickte ich erneut mit der Nachrichten-App auf meinem neuen Telefon.

„Morgen?“

„Vielleicht.“

Matthew brachte mich zum Lachen und ich musste mir vorstellen, wie er in seinem Apartment saß und mir schrieb. Ich hatte gehofft, dass er an mich dachte. Ich mochte die Vorstellung, dass ich ihm durch den Kopf ging. Und ich wollte auf jeden Fall bald wieder Zeit mit ihm verbringen.

„Willst du mit mir zusammenarbeiten und mir helfen ins Waffenkomitee zu kommen?“

Ich wusste, dass er ein politischer Gipfelstürmer war, aber dass er so schnell nach der Spitze griff, war mir nicht klar gewesen. Es war ein hochmütiges Ziel, als so ein junger Senator in dieses Komitee zu kommen.

„Klar. Kriege ich irgendwelche Lohnnebenleistungen?"

„Meinen Schwanz."

„Hab ich schon."

„Kostenloses Mittagessen mit Senatoren."

„Oh, das ist ein Deal", schrieb ich ihm zurück. „Ich muss jetzt schlafen. Die Arbeit war ziemlich anstrengend heute ;)", schrieb ich und schaltete dann das Telefon ab.

***

„Ich werde Kayla an einem Projekt mit mir arbeiten lassen. Sie wird also bis auf weiteres keine Zeit für andere Sachen haben“, sagte Matthew zu Alex, als er ins Büro kam.

Sofort folgte Alex Matthew ins Büro und ich konnte hören, wie sie laut miteinander redeten, verstand jedoch nicht genau was. Es sah nicht so aus, als wäre Alex glücklich über Matthews Entscheidung gewesen mich mit an seinem Projekt arbeiten zu lassen.

„Pass lieber auf. Er wird deinen Hintern rausschmeißen, wann immer er will“, sagte Sarah, während wir saßen und unseren morgendlichen Kaffee tranken.

„Na ja, theoretisch könnte er mich ja auch jederzeit feuern, wenn ich nicht mit ihm an diesem Projekt arbeite, oder?“

„Ja, wenn du ihn aber fickst, verliert er eher das Interesse an dir.“

Meine Augen wurden groß und ich machte das beste schockierte Gesicht, das ich konnte. Egal, ob es stimmte, was sie sagte oder nicht. Ich wollte nicht, dass das Büro dachte, ich würde meinen Boss ficken, auch wenn ich es tat.

„Ich werde nicht mit ihm schlafen.“

Sarah lächelte nur und schaute bei dem Versuch die Aussage zu ignorieren runter auf ihre Unterlagen. Aber es gab nichts zu ignorieren. Ich wollte auf keinen Fall, dass überhaupt erst irgendwelche Gerüchte entstanden, denn dann würde Matthew unruhig werden und könnte sich entschließen mich zu feuern und die Gerüchte zu ersticken.

„Ernsthaft Sarah. Das wird nicht passieren. Ich werde nett zu dem Typen sein, aber ich werde ihn nicht ficken. Er ist nicht mein Typ."

Ich griff nach ihrer Hand und berührte sie, damit sie mich ansah. Ich wollte, dass sie verstand, dass ich nicht bloß mit Matthew schlafen würde, um einen Job oder einen Auftrag im Büro zu bekommen. Ich wäre absolut zufrieden damit, das ganze Jahr nur in der Ecke zu sitzen und Kopien anzufertigen, wenn es das war, was sie von mir erwartete.

„Ok", sagte Sarah halbherzig, als sie vom Tisch hochschaute. Ich sage ja nur, dass er es mit Frauen hat und wenn er dich will, wird es schwer ihm zu wiederstehen. Dann wird er dich los, wenn er irgendwann fertig ist, und du bist deine Karriere los. Sei vorsichtig."

Ich entschied mich nicht auf ihre letzte Ansage zu reagieren, aber ich hörte mir jedes Wort genau an. Sie schien wirklich um mich besorgt zu sein und das war ziemlich lieb von ihr. Ich brauchte eine Freundin in der Stadt.

„Kayla", sagte Matthew von seiner Türschwelle aus. „Komm mit."

Sofort stand ich auf und folgte ihm durch die Tür. Er ging so schnell, dass ich schon fast rennen musste, um mit ihm mitzuhalten.

„Was ist los?"

„Alex geht mir auf den Sack. Egal, wir werden versuchen ein Meeting mit Senator Masson zu bekommen. Normalerweise weist er mich zurück, aber ich muss es nochmal versuchen."

„Wie fragst du ihn normalerweise?"

„Was meinst du? Ich frage einfach, ob ich mich mit ihm treffen kann."

„Okay. Wie wäre es, wenn du mich als deine Assistentin vorstellst? Ich werde das Meeting arrangieren."

„Du bist weniger als eine Woche in Washington und du denkst, du kannst mir ein Meeting mit Senator Masson beschaffen?"

„Ja", antwortete ich selbstbewusst.

„Dann los."

Mit geschlossen Armen stand Matthew vor dem Büro von Senator Masson an eine Wand gelehnt. Er deutete mir hineinzugehen, also lächelte ich und ging in das kleine Büro.

„Guten Morgen", sagte ich mit einem riesigen falschen Lächeln.

„Morgen. Was kann ich für Sie tun?", fragte die Frau mit einem Namensschild, auf dem Marge stand.

„Hi, tut mir leid, ich bin absolut neu bei so etwas. Ich bin die neue Assistentin von Senator Storm und er schwärmte davon, wie großartig Senator Masson sei. Ich dachte mir, es wäre schön, einen kurzen Artikel für meine Ehemaligen-Zeitschrift über Senator Masson und seine großartige Arbeit zu schreiben."

„Welche Schule, Kleine?"

„Universität von Illinois", sagte ich mit breitem Grinsen.

„Oh, ja. Senator Massons Uni. Ja, ich bin sicher, er würde sich freuen sich mit dir zu treffen. Wie sieht es heute zum Mittagessen aus?"

„Das wäre super. Vielen Dank Marge. Ich treffe ihn dann unten in der Cafeteria, dann kann er essen, während ich ihm ein paar Fragen stelle."

„Klar, Süße. Ich sag's ihm nach seinem Meeting. Er wird sich freuen dich kennenzulernen."

Ich drehte mich um und ging in Richtung Tür, um eine letzte Verabschiedung loszuwerden.

„Danke, Marge. Ich weiß Ihre Güte zu schätzen."

Mit diesen Worten drehte ich mich um und schloss die Tür hinter mir. Matthew stand neben der Wand und hatte seine Arme in froher Erwartung entfaltet.

„Es hat nicht geklappt?", fragte er.

„Doch, hat es. Ich kann ziemlich überzeugend sein."

„Du hast die alte Marge dazu gebracht, dir ein Treffen zu geben? Heilige Scheiße, Kayla. Wann? Ich muss mich vorbereiten. Nächste Woche? Zwei Wochen?"

„In drei Stunden."

„Was zur Hölle!"

„Und genau genommen ist es ein Treffen mit mir, aber du kannst vorbeikommen", lächelte ich und ging den Flur hinunter.

Matthew schnappte meinen Arm und zog mich in die Ecke einer der Nebengänge. Sein Körper drückte sich nah an meinen und ich spürte, wie sein Verlangen nach mir wuchs.

„Wie zur Hölle hast du die alte Marge dazu gebracht, dir ein Treffen mit dem Senator zu geben?"

„Psychologie, mein Lieber. Alles, was die Leute wollen, liegt in der Psychologie."

„Dann bin ich lieber verdammt nochmal vorsichtig in deiner Nähe", lachte er.

„Ja, solltest du."

Matthew beugte sich vor und küsste mich flüchtig, dann zog er mich in den Flur zurück, sodass wir wieder ins Büro gehen konnten.

Während ich mit Matthew den Flur entlanglief, spürte ich die Macht von Washington und den Reiz dieser Macht.

***

„Okay, lass mich mit ihm reden, wenn wir unten ankommen“, sagte Matthew, als wir zur Cafeteria gingen.

Ein Treffen mit Senator Masson schien verdammt wichtig für Matthew zu sein und ich wollte ihn als seine Assistentin unterstützen. Tatsächlich jedoch wusste ich, dass er für die Psychologie, die für einen Mann wie Senator Masson benötigt werden würde, nicht reif war.

„Ja, Boss“, sagte ich mit einem Lächeln.

Gern hätte ich mich einfach zurückgelehnt und Matthew besprechen lassen, was auch immer er zu besprechen hatte.

„George, es ist so schön Sie zu sehen“, sagte Matthew und schüttelte dem älteren Senator die Hand.

„Hallo Senator Masson“, sagte ich mit goldiger Stimme.

Meine Rolle war es, ängstlich und schüchtern zu sein, und ich beherrschte diese wie keine andere Frau auf der Welt. Wenngleich ich im wahren Leben nichts von dem war. Aber dies war nicht das wahre Leben, es war Politik.

„Sie müssen das wunderbare Fräulein Wilson sein, von dem Marge geschwärmt hat. Es ist schön Sie kennenzulernen, junge Dame“, sagte Senator Masson, ohne Matthew auch nur wahrzunehmen.

„Ja, bin ich. Es ist so eine Freude Sie zu treffen. Ich könnte mit

Ihnen Stunden über all die Veränderungen reden, die an der Universität stattfinden", sagte ich mit einem süßen Lächeln.

Matthew war stocksauer und es brauchte meine ganze Energie nicht zu ihm zu sehen. Aber aus meinem Augenwinkel heraus konnte ich sehen, wie er umherzappelte; er war nicht zufrieden.

„Sicher, das wäre der Höhepunkt meiner Woche mit Ihnen zusammenzusitzen und über die Uni zu reden."

„Mr. Masson, Sie kennen Senator Storm?", fragte ich in einem Versuch die beiden Männer ins Gespräch zu bringen.

„Ja, es ist schön Sie wiederzusehen, Matthew."

„Sie auch, George."

Die beiden schienen sich zu kennen und ich vermutete eine gemeinsame Geschichte zwischen den beiden und dass diese der Grund war, warum Senator Masson sämtliche Kontaktversuche von Matthew abblitzen ließ.

Doch nun saßen wir alle beisammen und das war das einzige, was gerade zählte. Ich musste sie irgendwie dazu bekommen, miteinander zu reden. Andernfalls würde es ein sehr langes und unangenehmes Mittagessen werden.

„Oh, hey, ich sehe gerade einen meiner Freunde. Ich bin sofort zurück", sagte ich und verschwand in Richtung Flur.

Natürlich hatte ich überhaupt keine Freunde in D.C., aber es war eine gute Möglichkeit, um die beiden Jungs allein miteinander zu lassen. Ich musste bei ihrer Unterhaltung nicht dabei sein. Ich wusste, dass ich Matthew später dazu hätte bringen können, darüber zu berichten, wenn es sein musste.

Mehr als eine halbe Stunde lang spionierte ich von der Ecke aus und beobachtete, wie die beiden Männer angeregt diskutierten. Ich hatte keine Ahnung, was es war, das zwischen ihnen stand. Ich wusste ja, dass Matthew ins Waffenkomitee wollte, aber ich konnte nicht herausfinden, warum die beiden so intensiv miteinander diskutierten.

Jedes Mal, wenn ich gerade wieder an den Tisch zurückkommen wollte, fing einer der beiden an den anderen anzuschreien und ich verzog mich wieder nach hinten.

Als sich Senator Masson endlich erhob und Matthews Hand schüttelte, ging ich zurück zu den beiden.

„Wow, es tut mir so leid, dass es so lange gedauert hat. Sie wissen ja, wie wir Mädels sind, wenn wir quatschen“, sagte ich zu Senator Masson.

„Ihnen sei verziehen“, sagte er und schüttelte meine Hand. „Ich hoffe, wir können schon bald mal über unsere alte Uni reden.“

Senator Masson drehte sich um und ging, ohne sich von Matthew zu verabschieden. Ich zuckte zusammen, als ich mich zu ihm drehte und ging davon aus, dass das Treffen schrecklich verlaufen war.

„Es tut mir leid, dass dein Treffen nicht gut war.“

„Was? Es war fantastisch. Genauso, wie ich es wollte“, sagte Matthew, als er einen Schritt auf mich zukam. „Lass uns zurück zum Büro. Ich muss dir danken.“

Der Blick in seinen Augen war hart und aggressiv und ich wusste, dass, würde ich mit ihm ins Büro gehen, wir den ganzen Nachmittag ficken würden. Ich konnte mir den Luxus nicht erlauben meine Kollegen anzupissen, also musste ich mich weigern.

„Ich kann nicht.“

„Was meinst du?“, fragte Matthew mit einem befremdlichen Gesichtsausdruck.

„Ich meine, dass ich andere Pläne für den Nachmittag habe.“

Sein Blick war unbezahlbar, aber nur sehr kurz. Ich sah, dass er wissen wollte, was ich am Nachmittag vorhatte. Allerdings sah ich nicht ein, jedes Detail meines Lebens zu offenbaren, nur weil er es wissen wollte. Ich gehörte ihm nicht und konnte meine Tage verbringen, wie es mir passte.

„Komm mit“, sagte er mit strenger Stimme.

Matthew umgriff fest mein Handgelenk und zog mich aus dem Mittagsraum. Sein Griff war eng um mein Handgelenk, aber er tat mir nicht weh.

Ich hatte keine Ahnung, wo er mich hinbrachte, aber ich wusste, dass ich nichts mit seiner Wut zu tun haben wollte. Voller Unruhe schauten seine Augen mich an und ich wusste, dass sobald wir in eine

Ecke gelangten, in der wir alleine sein könnten, ich den wahren Matthew zu Gesicht bekäme.

„Wohin gehen wir?“

„Mein Büro“, sagte er entschieden.

„Matthew, ich kann heute Nachmittag nicht bei dir bleiben. Ich habe Pläne.“

„Streich sie.“

***

„Zieh deine Sachen aus“, sagte er sofort, nachdem er die Bürotür verschlossen hatte.

„Nein, es sind noch alle hier und wie ich vorher bereits sagte, habe ich heute Nachmittag andere Sachen zu tun.“

Matthew sah nicht sonderlich beeindruckt aus von meinem Ungehorsam. Tatsächlich schien ihn meine Ablehnung eher zu amüsieren.

„Okay, dann ziehe ich sie dir aus“, sagte Matthew, als er hinter mir stand.

Sein Atem traf auf meinen Hals und ich spürte dieses prickelnde Gefühl, welches immer kam, wenn ich Matthew nah war. Ich wusste, dass ich den Raum zu diesem Moment besser verlassen hätte, doch mein Körper wollte die Berührung seiner Lippen auf meinem Hals spüren.

„Ist es okay, wenn ich dir deine Sachen jetzt ausziehe?“, fragte Matthew.

Er rückte an meinen Rücker heran und ich spürte, wie sich sein Schwanz gegen mich presste. Matthew legte seine Hände um meinen Körper herum und ließ sie an meiner Bluse entlang bis zum obersten Knopf wandern.

Jede Faser in mir wollte Matthew spüren. Ich hasste mich dafür ihm nicht wiederstehen zu können. Ich wünschte mir, dass ich stärker gewesen wäre. Ich wünschte, ich hätte nein sagen können.

Langsam nickte ich mit dem Kopf und lehnte mich zurück an seinen Körper. Mit Leichtigkeit stützte er mich und ich legte meinen Kopf auf seiner Brust ab.

„Also ich finde, das nächste Mal, wenn ich sage, dass du deine Kleidung ablegen sollst, legst du sie von allein ab und lässt nicht mich die ganze Arbeit machen."

Er flüsterte es in mein Ohr und ich konnte nur daran denken, dass ich es viel lieber sähe, wenn er mir meine Kleidung auszieht. Vielleicht sollte ich all seine Befehle verweigern und ihn somit dazu zwingen, die ganze Arbeit zu machen, dachte ich.

„Und wenn ich es mag, dass du mir die Kleidung ausziehst?"

„Hm, ich mag es dich auszuziehen, Kayla."

Seine Hände erkundeten die Knöpfe meiner Bluse, dann zogen sie alles aus, was ich noch anhatte. Sobald ich nackt war, trat Matthew zurück und sah mich an.

Ich verschränkte meine Hände vor meinen Brüsten. Ich fühlte mich so erniedrigt, wie er mich musterte. Niemals zuvor war ich nackt so vor einem Mann ausgestellt gewesen. So dastehend, in der Mitte seines Büros, mit dem Licht der hereinstrahlenden Nachmittagssonne.

„Matthew, was machst du?", lachte ich.

„Ich präge mir jede Kurve deines Körpers ein."

„Kann ich meine Sachen wieder anziehen?"

„Nein, verdammt."

Matthew begann seinen Anzug auszuziehen und kam auf mich zu. Mit unseren Augen sahen wir einander tief an und es fühlte sich an, als würde ich jeden Moment in seinem Büro dahinschmelzen. Die Art, mit der er mich ansah, versprühte so viel Lust, dass ich nicht mehr wusste, was ich mit mir anfangen sollte.

Ich versuchte seinen Blick zu erwidern, aber er strahlte eine solche Intensität aus, dass ich schließlich wegschauen musste. Meine Atmung beschleunigte sich, während ich Matthew zusah, wie er sich auszog.

Die Wölbungen auf seinem Bauch brachten ein Eightpack hervor, anstelle eines Sixpacks. Seine Brustmuskeln und Arme waren perfekt geformt und seine Beine waren definiert, wie es sich Bodybuilder nur erträumen konnten.

Matthew griff in seine Hose, zog ein Kondom heraus und stülpte es sich über seinen sich aufbäumenden Penis.

Ich musste etwas lachen, er jedoch war selbstbewusst. Er wusste, dass ich ihm nachgeben würde. Matthew wusste, dass ich ihm nicht wiederstehen konnte, nicht mal für eine Minute.

„Komm her", sagte Matthew und setzte sich in einen der Sessel neben der Tür.

„Nein, sie werden uns hören."

„Sag nicht nein zu mir. Komm her.“

Dort sitzend sah ich ihn an und entschied mich, dass ich ihm kein nein geben wollte. Ich wollte dort mit ihm sein. Ich wollte ihn in mir spüren.

Nachdem ich ein paar Schritte auf ihn zugegangen war, griff er nach mir und zog mich genau vor sich hin. Er griff nach unten, spreizte meine Beine und ließ mich mit je einem Bein auf jeder Seite des Sessels über ihn steigen.

Er leckte an seinen Fingern und rieb mich mit diesen, ehe er mich auf seinen wilden Schwanz zog. Dieses Mal war Matthew nicht liebevoll. Er griff mich an den Hüften und stieß sich tief in mich. Dieses Mal ging es nicht um meine Lust. Vielmehr ging es ihm darum zu bekommen was er wollte. Und ich fand es in Ordnung.

Ich rastete fest auf ihm ein und drückte mich kräftig auf ihn, während sich unsere Körper schnell im Gleichtakt bewegten. Stoß um Stoß spürte ich seinen Körper in mich eindringen.

„Oh ja“, sagte ich während unserer Bewegung.

„Shhh.“

„Ich kann nicht anders. Du fickst mich gerade.“

„Shhh“, sagte er noch einmal und stieß dann noch kräftiger in mich.

„Matthew, oh Gott. Ja“, sagte ich lauter als gewollt.

Klopf. Klopf. Klopf.

„Matthew, ich brauche mal eine Minute mit dir, bevor ich gehe“, sagte Alex von der anderen Seite der Tür.

Doch anstatt aufzuhören stieß Matthew weiter in mich, ohne dass ich einen Laut von mir geben konnte. Ich wusste, dass Alex gleich nebenan war, also drückte ich meinen Mund auf Matthews Brust und biss ihn leicht, während er mich fickte.

Es dauerte nicht lange und mein Körper drehte durch. Die Nervenenden explodierten vollkommen.

„Scheiße“, sagte Matthew, als ich ihn während meines Orgasmus ausversehen biss.

„Matthew, ich komme jetzt rein. Was ist da los? Ist alles in Ordnung?“, fragte Alex.

Kapitel 7

Matthew

„Matthew, öffne die Tür oder ich mache es selbst“, sagte Alex entschieden.

„Ich bin okay, Alex. Nerv mich nicht. Geh nach Hause.“

„Gut, aber morgen müssen wir uns unterhalten.“

„Ja, klar.“

Unter keinen Umständen hätte ich meinen Moment mit Kayla aufgegeben, um mit Alex zu reden. Er hätte es besser wissen müssen, statt mich zu unterbrechen. Es war mir egal, ob ich den Fehler meines Lebens beging, aber er sollte mich nicht unterbrechen.

„Er schien wirklich mit dir reden zu wollen“, sagte Kayla auf mir sitzend, immer noch mit meinem Schwanz in ihr drin.

„Manchmal müssen die Leute einfach warten.“

Ihre weiche Haut auf meiner machte mich verrückt. Mir war klar, dass Alex Recht hatte und ich mich von Kayla fernhalten sollte. Scheiße, ich hatte es mir sogar selbst eingetrichtert, dass ich ihr fernbleiben würde. Aber ich schaffte es nicht.

Jedes Mal, wenn ihr kleiner süßer Arsch in meiner Nähe war, konnte ich an nichts anderes denken, als in sie zu gleiten. Ich würde sie loswerden, aber die Art und Weise, wie sie die Sache mit Senator Masson angegangen war, ließ mich grübeln, ob es nicht doch gut wäre, sie als Vorteil bei mir zu haben.

Ich hatte noch nie mit einer Frau zu tun gehabt, die ihre weibliche Macht so gut nutzen konnte wie Kayla. Es war die blanke Unschuld in ihrem Gesicht, die sie so unverdächtig machte. Ich wusste, dass ich das zu meinen Gunsten nutzen konnte. Kayla würde mein Schlüssel sein, um in D.C. vorwärts zu kommen. Dessen war ich mir sicher.

„Ich sollte mich auf den Weg machen. Ich habe heute Abend noch etwas vor“, sagte Kayla, während sie sich wieder anzog.

„Okay, aber du musst aufhören Pläne zu machen. Ich brauche deine dich zu meiner Verfügbarkeit“, sagte ich mit einem Lächeln.

„Oh, du denkst, ich sollte meine Termine für dich offen halten?“

„Und deine Beine.“

Kayla lachte und zog sich weiter an. Ich wusste nicht, was sie für den Abend geplant hatte und es war mir auch egal. Solange sie am nächsten Tag für meine Spiele zur Verfügung stehen würde.

„Alles klar, Matthew, wir sehen uns morgen.“

Als sie zur Tür ging, sprang ich auf und drehte sie herum. Mein Schwanz war immer noch voller Lust, also drückte ich ihn gegen sie.

„Ich werde deine magischen Fähigkeiten benötigen, die du bei Senator Masson angewandt hast. Denkst du, du könntest sie auch bei anderen Senatoren einsetzen?“

Ihr Gesicht errötete und sie schwang ihre Hüften vor und zurück, immer gegen meinen pulsierenden Kumpanen. Sie fühlte sich wirklich unglaublich an. Wenn sie mich gelassen hätte, hätte ich sie mit nach Hause genommen und die ganze Nacht gefickt.

„Ich bin sicher, dass ich ein paar magische Fähigkeiten bei ihnen anwenden kann“, sagte sie mit süßer Stimme.

„Ich zähle darauf. Ich denke, du und ich geben ein klasse Team ab.“

In ihren Augen konnte ich einen Anflug von Zweifeln erkennen, aber ich wusste, dass ich sie einfach rumkriegen würde. Kayla und ich hatten eine Verbindung und ich hatte keinerlei Probleme, diese Verbindung zu meinem Vorteil zu nutzen.

In meinem Leben ging es darum, nur das zu offenbaren, was ich musste, und den Rest für mich zu behalten. Kayla schien das bereits ziemlich gut verstanden zu haben und ich war gespannt darauf mehr Zeit mit ihr zu verbringen.

Es war beeindruckend, wie sie Senator Masson dazu gebracht hatte sich mit mir zu treffen und ich brauchte genau so eine Person um mich herum. Ich war gut im Gespräch von Angesicht zu Angesicht, allerdings verweigerten sich mir viele Senatoren in Washington. Alle meine Senatoren-Kollegen waren genauso beschäftigt wie ich. Und auch ich willigte kaum zu Treffen ein, sofern ich nicht einen Vorteil für mich in diesem erkannte.

„Gute Nacht. Bis morgen“, sagte Kayla.

Noch immer drückte sie sich gegen mich und ich wusste, dass ich sie locker hätte zum Bleiben überreden können, wenn ich es gewollt hätte. Aber das hatte ich nicht nötig. Langsam schritt ich zurück und ich beobachtete sie, während ihre Augen nach unten auf meinen Schwanz wanderten.

Während ihr Blick starr auf meinen Körper gerichtet war, leckte sich Kayla über ihre Lippen. Ich konnte nicht genau sagen, ob sie es in dem verzweifelten Versuch tat mich zu reizen oder ob es eine natürliche Reaktion war. In jedem Fall machte es mich wahnsinnig.

„Gute Nacht, Kayla. Viel Spaß mit deinen Freunden."

„Ziehst du dich nicht an?", lachte sie.

„Alles fein so."

Mit meinem pulsierenden Schwanz stand ich in der Mitte meines Büros, als sie dieses verließ. Wieder kehrte sie mir den Rücken zu. Das mochte ich nicht. Nicht, dass ich besonders kontrollsüchtig war, aber es nervte mich doch ein wenig, dass sie nicht noch länger blieb.

Die meisten der Frauen, mit denen ich was hatte, blieben solange sie konnten. Sie versuchten mich zu manipulieren, damit ich mich um sie kümmerte. Aber Kayla hatte das nicht nötig. Unablässig musste ich an sie denken, doch ich wusste, dass sie mich genauso wollte, wie ich sie.

Kayla

Matthew wollte immer die Kontrolle haben. Das konnte ich ziemlich deutlich sehen, als ich ihm sagte, dass ich für den Abend etwas vorhatte. Nicht, dass ich nicht gerne Zeit mit ihm verbracht hätte, aber ich musste versuchen, auch die anderen Leute um mich herum kennenzulernen.

Washington war eine Welt der Beziehungen und ich musste alles erdenklich Mögliche tun, um Beziehungen zu meinesgleichen aufzubauen. Eines Tages würden diese Männer und Frauen in Washington regieren und ich wollte mir dann nicht vorwerfen, ich hätte mich nicht beeilt sie kennenzulernen und ihre Gunst zu gewinnen.

Während meiner Einführungstour lernte ich ein paar Mädels kennen und als sie mich nun zu ein paar Getränken einluden, konnte ich nicht nein sagen. Es war unabdingbar, dass ich Leute in meinem Alter kennenlernte, immerhin war ich absolut neu in der Stadt. Wenngleich die Senatoren überzeugt davon waren, dass sie Washington beherrschen würden, so waren es in Wahrheit doch die Sekretärinnen und Assistenten, die diese Stadt am Laufen hielten. Wenn du den Assistenten eines Senators kanntest, konntest du jedes Treffen bekommen, das du wolltest.

Matthew war darauf fokussiert, die Karriereleiter in Washington nach oben zu klettern, aber er verstand wirklich nicht, wie man das machte; zumindest war das meine Meinung. Sicher konnte man Leute dazu zwingen das zu tun, was sie tun sollten, langanhaltende Bündnisse jedoch bedurften Beziehungen. Man konnte herumschnüffeln und Leuten in den Rücken fallen, um das zu bekommen, was man wollte. Letztendlich jedoch waren es die langjährigen Beziehungen, die deine Karriere ermöglichten und lange am Laufen hielten.

Wenn Matthew wollte, dass ich für ihn etwas in Bewegung setzte, dann musste er mich bei sich haben. Die Art und Weise, wie er die Leute gerne herumschubste, würde alleine nicht reichen. Er war attraktiv und charismatisch. Und ein Mann! Das waren alles wichtige Faktoren in Washington, aber nicht die einzigen, auf die es ankam. Frauen erklommen ihre eigene Leiter und sie wurden immer wichtiger in der Politik.

Ich war absolut gewillt ihm zu helfen, denn, wie alle anderen auch, könnte er der Schlüssel zu meiner Zukunft in dieser Stadt sein. Wenn er es so weit schaffen würde, wie ich ihm zutraute, dann musste er mir wohlgesonnen sein, soviel war sicher.

„Kayla, hier drüben“, hörte ich Kim rufen und sah sie mit den Händen winken, als ich das Restaurant betrat.

„Hi Kim. Hi Anna.“

Kim und Anna arbeiteten für ein paar andere Senatoren aus dem mittleren Westen und beide waren super süß. Ich vermutete, dass sie nicht gerade lange in Washington bleiben würden, aber das wollte auch nicht jeder. Manchmal wollten die Leute einfach nur etwas Cooles in ihrem Lebenslauf stehen haben. Ohne Frage ließen zwei Jahre, in denen man mit einem Senator in Washington D.C. gearbeitet hatte, den eigenen Lebenslauf aus der Masse hervorstechen.

„Also, wie ist Senator Storm? Ich hörte, er kann ein ziemliches Arschloch sein“, fragte Anna.

„Oh ja. Er kommt immer mal wieder urplötzlich aus seinem Büro und schreit uns alle an. Ich dachte nur … was zum Geier."

„Einige dieser Typen sind so von sich eingenommen, dass es schon fast eklig ist."

„Kayla, ich will nicht unhöflich sein, aber du musst deinen Kleidungsstil überdenken", sagte Kim, als sie mein Outfit musterte.

„Was meinst du?"

„Das hört sich jetzt vielleicht sexistisch an, aber das ist es auch: Washington ist eine Männerwelt und die braucht uns Frauen nicht nur, um unser Köpfchen beim Job zu benutzen. Wir müssen dabei auch sexy aussehen."

„Ehrlich Kim, wir haben das 21. Jahrhundert. Wir kriegen unsere Jobs nicht aufgrund unseres Aussehens."

„Kayla, so zu denken ist kindisch. Nein, theoretisch bekommen wir die Jobs nicht wegen unseres Aussehens. Mit einem hervorstechenden Kleidungsstil kannst du dich aber in die Köpfe aller anderen einbrennen. Sowohl bei Männern als auch bei Frauen."

„Ich muss also nicht nur für die Männer, sondern auch für die Frauen gut aussehen? Das ist verrückt", sagte ich.

Wenngleich es nicht wirklich verrückt war. Ich wusste genau, was Kim meinte. Die weiblichen Senatoren in Washington hatten es am schwersten. Sie mussten sich sowohl konservativ als auch stilvoll kleiden. Ich, als Beraterin eines Senators, musste mich jedoch nicht ganz so züchtig geben. Ich konnte ein wenig mehr Style und Pfiff in meine Outfits bringen.

„So ist nun mal die wahre Welt, in der wir leben. Jeder will eine ansehnliche Frau in seinem Büro haben. Sie wollen, dass ihre Besucher eifersüchtig auf das Kaliber von Frau sind, das sie haben."

„Das Problem ist, dass ich nicht gerade sehr sexy bin. Und ich weiß echt nicht, wie man sich beruflich sexy anzieht."

„Es ist eine Gratwanderung. Du willst nicht zu viel zeigen, aber es soll auch deine Kurven vernünftig betonen. Auch dein Makeup muss gemacht werden, Kayla. Was zur Hölle ist das?", fragte Kim, als sie mit ihrer Hand über mein Gesicht fuhr.

„Ich bin zu müde, um früher aufzustehen und dann den ganzen Gesichts- und Haarkram zu machen. Ich will definitiv professionell aussehen, aber ich kann das alles nicht machen."

„Du kannst und du wirst", sagte Anna.

„Kayla, es geht um deine Zukunft. Du sagtest, dass du eine Karriere in Washington willst, also musst du dich wirklich aufpolieren und Eindruck schinden."

„Okay, ich werde es morgen versuchen. Aber ich glaube echt nicht, dass ich das jeden Tag kann."

„Kayla, hör mir zu. Du musst es jeden Tag machen. Du musst früh ins Bett gehen, damit du jeden Tag entsprechend aufstehen und dich zu einem Model herausputzen kannst."

„Ich brauch was zu trinken“, lachte ich. „Ich bin nicht gerade Model-Material.“

„Okay, nur noch einmal: Du musst früh aufstehen“, sagte Kim ebenfalls lachend.

Ich verstand, was Kim und Anna sagten. Washington war eine Stadt voller Männer und tatsächlich gab es gute Argumente dafür, als kluge, professionelle Frau aufzutreten. Außerdem musste ich zugeben, dass es der Style von Kim und Anna war, der mich während der Tour erst auf die beiden aufmerksam werden ließ.

Makeup, Sport und Klamotten waren nicht gerade meine Lieblingsbeschäftigung. Glücklicherweise war ich von Natur aus mit einem schlanken Gestell und einigen Kurven ausgestattet. Ich müsste mich nicht allzu sehr anstrengen, meinen Körper in einem hautengen, Kurven betonenden Outfit zu präsentieren.

Nachdem wir mit unseren Getränken fertig waren, verbrachte ich zu Hause fast eine ganze Stunde damit, die Outfits für die kommende Woche herauszusuchen. Ich musste unbedingt einkaufen gehen. Der Großteil meiner Garderobe bestand aus schlichten weißen Blusen und schwarzen Röcken oder Hosen. Es würde schon genügen, wenn ich ein bisschen mehr Farbe in meine Outfits hätte bringen können.

Letztendlich entschied ich mich für einen marineblauen Bleistiftrock, von dem ich dachte, dass er viel zu eng anliegen würde. Allerdings sah mein Hintern darin unfassbar gut aus. Ich kombinierte diesen mit der einzigen pinken Bluse, die ich hatte. Anstatt ein Tank Top drunter zu tragen, verzichtete ich gänzlich auf etwas darunter, dafür aber würde ich den obersten Knopf auflassen. Die Bluse ließ mein Dekolleté üppig erscheinen, jedoch war es verdeckt und schaute nur ein klein wenig heraus.

Das Outfit war eng und sexy und trotzdem 100% professionell. Um Zeit zu sparen, ging ich vor dem Schlafen duschen und dann gleich danach ins Bett. Überraschenderweise schlief ich noch vor Mitternacht ein – etwas, das mir schon seit langem nicht mehr passierte.

Kapitel 8

Kayla

Ich konnte förmlich spüren, wie das Selbstbewusstsein durch meinen Körper schoss, als ich in den Zug Richtung Innenstadt stieg. Die Männer, aber auch die Frauen, schauten mich an, als ich in den Zug stieg und mich an einer der Stangen festhielt. Ich wusste, dass ich gut aussah.

Normalerweise war ich nicht gerade die Art von Mädchen, die von anderen Leuten angesehen wird. Ja, ich fühlte mich hübsch und Selbstbewusstsein schien ein wichtiger Faktor zu sein, wenn Leute dich wahrnehmen sollten.

Mein Selbstbewusstsein hielt an, während ich den Flur zu meinem Büro entlangging. Jeder schaute mich an, als ich mich durch unser enges Schreibtischviertel hin zu meinem kleinen Tisch am Ende des Raumes durchschlängelte.

„Du siehst fabelhaft aus, Kayla“, sagte Sarah. „Hast du irgendetwas mit deinen Haaren gemacht?“

Ich hatte nicht wirklich viel mit meinen Haaren gemacht, nur trocken geföhnt und mit einem Glätteeisen ausgerichtet. Doch ich merkte sofort, dass Kim und Anna mit ihrem Rat Recht gehabt hatten. Bisher hatte mich niemand wirklich wahrgenommen, seit ich hier angefangen hatte, doch an diesem Morgen bemerkte ich, wie alle Augen auf mich gerichtet waren.

Sollte mich Matthew zu einem weiteren Treffen mit einem anderen Senator einladen, würde ich diesen sicherlich auch beeindrucken können.

Ich hatte einen niveauvollen Look mit gut in Szene gesetzten Kurven.

Über den Tag hatte ich etwas mehr Pep in meinen Gang gelegt und ich wusste, dass sich die zusätzliche Zeit am Morgen zum Fertigmachen lohnen würde. Ich war zufriedener, sah besser aus und hatte das Gefühl, mehr Aufmerksamkeit zu bekommen. Ich konnte es nicht abwarten, was Matthew zu meinem neuen Look sagen würde.

„Wann wird der Senator heute hier sein?“, fragte ich Steven.

„Ich bin nicht sicher. Ich habe gehört, er hatte ein ziemlich schlechtes Treffen mit einem seiner Komitees. Er wird vermutlich mit einer sehr schlechten Laune zurückkommen. Ich würde mich lieber von ihm fernhalten, wenn er zurückkommt.“

„Wirklich? Mit wem hat er sich getroffen?“

„Ich denke, es war das Waffenkomitee. Sie baten um ein Treffen mit ihm, nachdem er mit Senator Masson gesprochen hatte. Ich würde mich heute einfach von ihm fernhalten.“

„Okay.“

Ich sagte zwar „okay“, aber ich hatte geplant mit Matthew zu reden, sobald es möglich war. Das Treffen mit Senator Masson hatte hauptsächlich das Ziel gehabt ins Waffenkomitee zu kommen. Ich wollte unbedingt wissen, wie es gelaufen war. Ich konnte mir nicht vorstellen, warum sie nun so schlecht miteinander zurechtkamen, nachdem das Treffen mit Senator Masson am Vortag so gut lief.

Etwa eine Stunde nach dem Mittagessen schaute ich hoch und sah, wie Matthew und Alex ins Büro reingestürmt kamen und sogleich in Matthews Büro verschwanden. Es sah eher danach aus, als hätten sie es eilig, als dass sie sauer waren. Die beiden Männer schlossen Matthews Tür und jeder um mich herum machte sich wieder an die Arbeit.

Ich beendete das Projekt, an dem ich gerade arbeitete und ging dann zu Matthews Büro, um vorsichtig zu klopfen.

„Ja", hörte ich Alex sagen. „Komm rein."

Als ich die Tür öffnete, wurde mir sofort klar, dass ich lieber hätte nicht reinkommen sollen. Matthews Gesicht war rot vor Wut und Alex' Blutdruck schien durch die Decke zu gehen. Beide Männer starrten mich mit einer Ungeduld an, so als ob sie endlich hören wollten, was ich zu sagen hatte.

„Es tut mir leid. Ich hatte nur gehört, dass du ein Treffen mit Senator Masson und dem Waffenausschuss hattest und wollte wissen, wie es lief."

Während ich sprach, sah ich den Ausdruck in Alex Augen. Er wusste, dass da etwas zwischen Matthew und mir war. Das war mein Fehler, ich hätte nicht so ungezwungen hereinplatzen sollen. Ich hätte nicht einfach hereinkommen sollen, nur um irgendwelche Fragen zu stellen. Kein Neuling hätte so etwas jemals getan. Während ich redete, wollte ich mich selbst unterbrechen, aber es war bereits zu spät. Die Worte kamen bereits aus meinem Mund.

„Habe ich das richtig verstanden, du hast mich nur deshalb unterbrochen, weil du wissen wolltest, wie mein Treffen war?", fragte Matthew.

Die Wut in seiner Stimme war förmlich greifbar und in der Sekunde, in der ich ihn hörte, wollte ich einfach nur wieder gehen. Mein Herz schlug vor lauter Scham, doch ich kam einfach nicht schnell genug weg.

„Es tut mir leid. Ich dachte nur, da ich ja geholfen hatte, die Basis für das Gespräch aufzubauen, wäre es in Ordnung zu fragen, wie es nun gelaufen ist. Ich entschuldige mich", sagte ich, während ich mich wieder aus dem Büro bewegte.

In dem Blick, mit dem Matthew mich ansah, war noch immer dieses Starren, als hätte er mich auf seinen Tisch geschmissen und gleich dort gefickt, wenn Alex nicht dagewesen wäre. Ich spürte, dass Matthew und Alex bemerkten, dass ich anders aussah, aber beide waren zu sehr mit was auch immer für einem Drama beschäftigt, um darauf einzugehen.

„Komm mit", sagte Matthew und kam auf mich zu, seine Hand auf meinen Rücken legend.

Matthew leitete mich ins Hauptbüro und stellte sich vor das gesamte Team. Ich hatte keine Ahnung, was er sagen wollte, aber ich befürchtete, dass es nichts Gutes sein würde.

„Zuallererst, Steven, hast du Michaela offensichtlich nicht sehr gut trainiert, wenn sie dachte, dass es in Ordnung wäre hereinzukommen und uns zu unterbrechen. Zweitens, was denkt ihr über Michaelas heutiges Outfit?", sagte er so laut, dass jeder seine Arbeit unterbrach.

Niemand antwortete ihm. Offensichtlich hatten sie etwas gelernt, was ich noch nicht gelernt hatte: den Mund zu halten, wenn Matthew wütend war.

„Für alle Damen hier im Büro: Genau so sollt ihr euch nicht anziehen“, sagte er und nahm einen Schritt Abstand von mir.

„Ihr Frauen seid besser als das. Keine muss ihre Vorzüge frei präsentieren, um in diesem Büro etwas zu erreichen, und ich erwarte, dass das alle wissen.“

Ich schaute zu Matthew, während die Wut und Scham in mir aufstiegen. Hatte er mich gerade wirklich vor der versammelten Mannschaft zurechtgewiesen nur wegen meines Outfits? Es war absolut professionell. Klar, es betonte all meine Kurven an der richtigen Stelle, aber ich präsentierte nicht meinen ganzen Ausschnitt und mein Rock ging bis weit unter meine Knie.

„Ich hoffe, dass ihr alle wisst, dass ich euch für euer Köpfchen schätze und für die Leistungen, die ihr zu meiner Arbeit hier in Washington beisteuert. Es gibt keinen Grund sich billiger zu verkaufen, indem ihr euch sexy anzieht. Michaela, ich schlage vor, dass du morgen bequemere Kleidung trägst“, sagte Matthew und ging zurück in sein Büro.

Er knallte seine Tür zu und ich stand völlig beschämt vor den Augen aller anderen hilflos herum. Steven kam zu mir und führte mich nach draußen in den Flur, um mit mir zu reden. Ich war gerade noch so in der Lage meine Tränen zu unterdrücken, bis wir aus dem Blickfeld den anderen waren, doch im Gang flossen sie dann wie ein Wasserfall.

„Alles gut. Er hat nur einen schlechten Tag. Du siehst wirklich gut aus, Kayla“, sagte Steven zu mir.

Er versuchte mich zu beruhigen, indem er mir auf den Rücken klopfte, aber ich schlang meine Arme um ihn und umarmte ihn. Die Tränen rannten über mein Gesicht und ich wusste, dass sich mein Makeup überall verteilte. Ich konnte mich nicht daran erinnern, in meinem ganzen Leben jemals so eine Demütigung empfunden zu haben. Ich fühlte mich schön und sexy und stark, aber Matthew meinte, ich sehe aus wie ein Flittchen.

Steven stand für ganze fünf Minuten im Flur, während ich versuchte mich wieder zu sammeln. Aber es ging nicht. Ich konnte es einfach nicht fassen, wie Matthew vor allen anderen über mich sprach. Keine 24 Stunden vorher hatten wir noch in seinem Büro gefickt. Ich wollte mich nicht mit so einem Mann abgeben.

„Vielleicht sollte ich einfach kündigen. Wie ich hörte, hat Senator Edwards eine offene Stelle, vielleicht könnte ich da hingehen?"

„Kayla, er ist manchmal einfach bloß ein Arsch. Das ist genau der richtige Ort für dich, aber du musst dich von ihm fernhalten und einfach deinen Job machen. Senator Storm will eines Tages ins Weiße Haus und er wird sich nicht um kleine Leute wie uns scheren."

„Steven, ich kann nicht in der Nähe einer Person sein, die so etwas mit mir macht. Ich meine, ich habe heute offensichtlich viel Arbeit in mein Outfit, meine Haare und Makeup gesteckt, und er hat mich mit voller Absicht vorgeführt. Das ist einfach nicht die Sorte Mensch, für die ich arbeiten will."

Ich war gerade dabei zu gehen, als ich hörte, wie sich die Tür des hinteren Büros öffnete und Matthew herauskam. Meine Schritte wurden schneller, ich wollte so schnell wie möglich dort weg.

„Wo geht sie hin?“, fragte Matthew Steven.

„Ich denke, sie hat gerade gekündigt.“

Ich rutschte in den Fahrstuhl und hämmerte auf die Knöpfe, um die Türen so schnell ich konnte zu schließen. Ich wusste nicht, ob Matthew hinter mir herkommen und sich entschuldigen würde oder ob es ihn nicht einmal interessierte, wie niedergeschlagen ich durch seine Bemerkungen war. Alles, was ich wusste, war, dass ich so schnell wie möglich aus dem Büro rausmusste.

Zügig ging ich die Treppen hinunter und zur U-Bahn Station. Mehrfach schaute ich zurück, um zu sehen, ob Matthew kommen würde, aber ich sah ihn nicht. Als ich in der Bahn war, fühlte ich mich endlich sicher genug, um entspannen zu können.

Mein Tag verwandelte sich von einem der besten, den ich je hatte, in einen der absolut schlimmsten. Nie zuvor hatte ich versucht mich auf Arbeit sexy zu kleiden, bei keinem einzigen Job. Es war niederschmetternd, so für meine Bemühungen von Matthew fertig gemacht zu werden. Was mir am meisten wehtat, war seine Entscheidung, mich vor der ganzen Belegschaft bloßzustellen. Es war, als hätte er mich absichtlich vor allen erniedrigt. Es war schrecklich.

Ich hatte noch nicht offiziell gekündigt, aber ich war sicher, dass es der einzige Weg war, um dort herauszukommen. Ich konnte niemandem im Büro mehr unter die Augen treten. Vermutlich dachten alle, dass ich versuchte Matthew zu verführen oder ähnliches. Besonders nach all der Zeit, die wir allein in seinem Büro verbracht hatten.

Andererseits, so wie Matthew mit mir geredet hatte, wäre ganz sicher niemand auf den Gedanken gekommen, dass da was zwischen uns lief. Wenn überhaupt, ließ es mich wie einen verzweifelten Neuling mit Schmetterlingen im Bauch aussehen, während er mich ablehnte. Ich fühlte mich wie ein Idiot.

Noch immer war ich von dem Vorfall völlig mitgenommen, als ich aus dem Zug stieg und zu meinem Auto ging. Eines war mir heute klar geworden: Mental war ich nicht bereit für Washington. Ich konnte ja nicht einmal eine Kränkung ertragen, ohne gleich zu heulen. Ich wusste, dass es ein Mädchen, das wie ich im Büro geheult hat, nicht sehr weit in Washington bringen würde. Vielleicht sollte ich lieber wieder nach Hause gehen.

„Michaela Wilson?“, fragte ein Mann, der vor einem schwarzen SUV stand.

Mein Herz klopfte wild, als ich zu ihm sah. Zuerst vor Angst. Ich wollte nicht entführt oder etwas Schlimmeres werden. Doch dann realisierte ich, dass er meinen Namen kannte. Wieso wusste er meinen Namen?

„Wer will das wissen?“

„Senator Storm hat mich geschickt, um Sie einzusammeln.“

„Und wer sind Sie?“

„Ich bin Raymond von Executive Drivers. Ich bin Mr. Storms persönlicher Fahrer, während er in Washington D.C. ist.“

„Warum hat er Sie geschickt?“

„Genau weiß ich es nicht. Er sagte mir nur, dass ich Sie hier auf diesem Parkplatz in der Nähe dieses Fahrzeugs abholen und Sie dann zu seinem Haus für ein Meeting bringen soll.“

„Sie können Herrn Storm ausrichten, dass er mich mal schön am Arsch lecken kann. Ich werde nicht zu seinem Haus fahren und mich dort mit ihm treffen.“

Raymond schien nicht sonderlich beeindruckt von meinem Wutanfall und blieb direkt vor meiner Autotür stehen. Ich trat an ihn heran und wartete darauf, dass er zur Seite ging. Es schien ihn nicht zu kümmern und bewegte sich keinen Zentimeter.

„Warum kommen Sie nicht einfach für eine Minute mit und dann bringe ich Sie wieder zurück, wenn Sie fertig sind?“

„Warum gehen Sie mir nicht einfach aus dem Weg, damit ich nach Hause kann?“

„Ich kann nicht. Verstehen Sie, Senator Storm gab mir eindeutige Anweisungen, nicht ohne Sie zurückzukommen.“

„Das ist ja blöd für Sie, denn ich komme nicht mit.“

Ich drückte mich an Raymond vorbei und quetschte mich in mein altes, schäbiges Auto. Wiederwillig ging Raymond zu seinem glänzenden, schwarzen SUV zurück, während ich nach Hause fuhr.

Als ich in meine Parklücke vor meinem Apartment einbog, sah ich

Raymond direkt hinter mir. Er hielt direkt hinter meinem Auto, stieg aus und stellte sich neben meine Tür.

„Ich bin gleich hier, wenn Sie bereit sind zur Abfahrt", sagte er.

Ich sah zu ihm und zum SUV. Dachte er wirklich, dass mich diese kleine Einlage dazu brachte, mit ihm zu kommen? Auf keinen Fall. Wenn ich müsste, könnte ich am nächsten Morgen zur U-Bahn laufen. Ich war nicht gewillt, mich von Matthew zwingen zu lassen, zu seinem Haus zu kommen, so, wie er mich vor allen behandelt hatte.

Ich drehte mich einfach um, ging ins Gebäude und fuhr hoch zu meinem Apartment. Ich war nicht bereit, Matthew diese Schlacht gewinnen zu lassen. Es war mir egal, ob sein Treffen mit dem Waffenkomitee das Schlimmste in der Welt gewesen war. Ich verdiente es nicht so behandelt zu werden, wie er es tat.

Nachdem ich mir Abendessen zubereitet hatte, wollte ich mich gerade hinsetzen, als ich bemerkte, wie es draußen schüttete. Ich lugte aus meinem Fenster, um zu schauen, ob Raymond immer noch mit seinem Auto hinter meinem stand. In dem Fall könnte ich am Morgen nämlich nicht fort.

Als ich sah, dass Raymond noch immer da war, und immer noch draußen im strömenden Regen stand, fühlte ich mich unwohl.

Sollte Matthew ihn wirklich beauftragt haben mich einzusammeln und nicht ohne mich wiederzukommen, schien Raymond alles Erdenkliche zu tun, um mich zum Mitkommen zu bewegen. Ich hoffte für ihn, dass der Regen bald aufhörte, denn es begann kalt zu werden.

Als ich damit begann mein Buch zu lesen, sah ich einen Lichtblitz durch den Himmel ziehen. Ich sprang auf und schaute wieder aus dem Fenster. Dieses Mal sah Raymond zu mir hoch. Sein Gesichtsausdruck verriet mir, dass er sich unter keinen Umständen wegbewegen würde. Kein Regen, Donner oder Blitz könnte ihn davon abbringen, den Job, von dem er Matthew versprach ihn zu erledigen, zu Ende zu bringen.

Ich schnappte meinen Regenschirm und rannte raus, um mit Raymond zu reden.

„Eine Minute. Wenn ich nur eine Minute bleibe, bringen Sie mich hierher zurück?“

„Ja, Ma'am“, sagte Raymond mit einem Lächeln.

„Gut. Ich werde nicht dafür verantwortlich sein, dass Sie eine Lungenentzündung bekommen.“

Die Fahrt zu Matthews Haus war ziemlich ruhig. Ich hatte nicht wirklich etwas zu erzählen und ich war im Pyjama. Mein alter, weicher Flanell-Pyjama. Ich würde mich ganz sicher nicht mehr für Matthew fein machen.

„Viel Glück“, sagte Raymond. „Ich werde gleich hier auf Sie warten, wenn Sie mit ihrer einminütigen Unterhaltung fertig sind.“

Ich musste schmunzeln. Sowohl Raymond als auch ich wussten, dass die Unterhaltung etwas länger als eine Minute gehen musste. Jedoch hoffte ich, dass es nicht viel mehr als ein paar Minuten sein würden. Ich war bereit zurückzuschlagen, was auch immer Matthew zu sagen hatte.

Als ich zum Haupteingang von Matthews Haus kam, war es ein gänzlich anderes Gefühl als in seinem Apartment in Chicago. Dieses Haus war schon eher wie ein Zuhause. Es war offensichtlich, dass er sehr viel mehr Zeit in Washington D.C. verbrachte. Viele Bilder von seiner Familie hingen in dem großen zweistöckigen Eingangsbereich und es gab eine riesige Küche, die aussah, als würde sie des Öfteren für Abendessen und Meetings genutzt werden.

Matthew kam um eine Ecke aus Richtung der Küche. Ich war bereit ihn zurechtzuweisen. Sämtliche Worte lagen mir auf der Zungenspitze und ich konnte es nicht erwarten, ihm meine Sicht zu offenbaren. Aber als ich in dort stehen sah, ohne Hemd und nur mit seiner Anzughose an … ich schmolz dahin.

Seine nackten Füße kamen auf mich zu und ich konnte mich seinem festen Blick nicht entziehen. Ich wollte wegschauen. Ich wollte wütend auf ihn sein. Aber die Art, wie er mich mit seinen dunklen braunen Augen ansah, ließ mich sofort feucht werden.

Nein. Ich musste meinen Mann stehen.

„Stopp“, sagte ich und streckte meinen Arm aus, als er näher kam. „Was willst du? Warum sollte ich rüberkommen?“

Ich fragte streng und mit fester Stimme. Er musste wissen, dass es mir ernst war und ich mich nicht durch seinen Charme gewinnen lassen würde. Oder zumindest wollte ich mein Bestes geben, mich nicht herumkriegen zu lassen.

„Beruhig dich, Kayla. Du kannst deine Hand runter nehmen. Ich bin gleich hier“, sagte er aus etwa eineinhalb Metern Entfernung. Er hatte ein schelmisches Lächeln auf seinem Gesicht und ich wusste nicht, warum er so verdammt zufrieden aussah.

Er hatte ja nur gerade meinen Ruf auf der Arbeit zerstört. Jeder hielt mich für einen Idioten dafür, dass ich mich zu aufreizend angezogen und ihn unterbrochen hatte. Nichts daran war witzig. Ich war wütend und sein kleines sexy Grinsen reichte nicht, um meine Gefühle verschwinden zu lassen.

„Was willst du?", fragte ich.

„Ich wollte dich sehen."

„Du wolltest mich sehen? Tatsächlich? Du erniedrigst mich vor dem gesamten Büro und schickst deinen Fahrer, um mich zu verfolgen. Und du wolltest mich einfach sehen? Matthew, wenn das alles ist, was du wolltest, dann … du hast mich gesehen. Ich lasse mich jetzt von Raymond nach Hause fahren."

„Nein", sagte Matthew, öffnete die Eingangstür und schickte Raymond mit einer Handbewegung weg.

Einen Moment lang blieb Raymond stehen, um dann doch Matthews Anweisungen Folge zu leisten. Ich hätte Matthew aufhalten können. Ich hätte sagen können, dass ich gehe, aber irgendetwas überkam mich und ich reagierte nicht. Ich ließ ihn Raymond wegschicken.

„Warum hast du das gemacht? Warum wolltest du mich sehen? Ich kapiere es nicht, Matthew. Du warst ein totales Arschloch und jetzt willst du, dass ich rüberkomme und mit dir rede?"

Matthew stand nur wenige Zentimeter vor mir und schaute mich einfach an. Seine stechenden Augen schienen sich entschuldigen zu wollen, wenngleich ich mir darin nicht sicher war. Noch immer hatte er ein Schmunzeln im Gesicht und es kam mir vor, als wollte er mich wieder küssen. Aber das würde nicht passieren!

Ich erwiderte seinen starren Blick mit gleicher Intensität und beschloss, dass ich nicht mehr diejenige sein konnte, die redet. Matthew musste mal auf mich zukommen und mir sagen, was er mir erzählen wollte.

Stillschweigend standen wir da und sahen uns an. Matthew fröhlich und halb lächelnd, ich wütend und versuchend nicht zu lachen. Auch versuchte ich, nicht auf seine nackte Brust zu starren.

Matthew drehte sich um und ging den Flur entlang in Richtung Küche. Ich schaute zum Eingangsfenster hinaus uns sah, dass Raymond tatsächlich fort war. Ich hatte keine andere Wahl, als Matthew den Flur hinunter zu folgen.

„Willst du ein paar Garnelen?", fragte er, während er das Essen, das er auf dem Herd hatte, umrührte.

„Nein, Matthew, ich will keine Garnelen."

„Bist du dann bald mal über dieses lächerliche Gehabe hinweg, damit wir unseren Abend genießen können?"

„Was? Wovon redest du, Matthew? Denkst du, nach all dem, wie du mich im Büro bloßgestellt hast, werde ich noch irgendwelche Zeit mit dir verbringen wollen? Du spinnst."

„So wie ich das sehe, denkt nun jeder im Büro, dass ich dich nicht abkann. Es wird ziemlich schwer für sie zu glauben, dass da irgendetwas zwischen uns läuft, ganz besonders für Alex."

„Deshalb hast du mich vor allen zur Sau gemacht?"

„Sei nicht so dramatisch. Ich habe dich nicht zur Sau gemacht."

„Matthew!", sagte ich und boxte ihn auf den Arm.

Die Muskeln in seinem Arm waren fest und gewiss spürten sie nicht viel von meinem halbherzigen Schlag.

„Was?", fragte er kindisch.

„Du hast mich ernsthaft wie ein totaler Idiot aussehen lassen. Jeder wird mit mir Mitleid haben oder gleich denken, dass ich echt ein Idiot bin."

„Sie werden dich jetzt lieben, Kayla. Du bist nun offiziell auf ihrer Seite. Selbst, wenn wir gemeinsam an einem Projekt arbeiten, werden sie sich darauf besinnen. Du kannst dann einfach zu ihnen gehen und dich über mich beschweren, dann wird deine Clique mit dir mitfühlen. Ich bin eine schreckliche, schäbige Person und alle wissen das bereits", lächelte Matthew.

„Du hast mich wirklich so sauer gemacht!"

„Ich weiß. Mann, ich fühle mich auch ganz schrecklich. Aber ich habe gesehen, wie Alex dich angeguckt hat, als du ins Büro kamst. Ich konnte nicht zulassen, dass er das Gefühl haben könnte, es gäbe etwas Kompromittierendes zwischen uns. Ach übrigens, das Outfit heute. Bam! Ich war hart wie ein Stein, in dem Moment wo ich dich sah."

Ich konnte nicht glauben, was ich da hörte. Matthew hatte mich absichtlich gedemütigt, damit jeder im Büro sehen konnte, dass er mich nicht mag. Aber er tat es, weil er mich mochte.

„Ich kam mir vor wie in der Schule", lachte ich.

„Naja, und jetzt will der coolste Typ der Schule diesen Pyjama ausziehen und dich in sein Schlafzimmer bringen", sagte Matthew mich neckend.

„So, du denkst also wirklich nicht, dass ich heute im Büro wie eine Nutte angezogen war?"

„Scheiße nein, du sahst umwerfend aus. Wenngleich zu umwerfend, um in der Nähe irgendeines anderen Typen als mir zu sein."

Matthew zog mich zu sich heran, während er nach seinem Essen griff und es von Herd nahm.

„Du solltest essen", sagte ich auf seine Mahlzeit guckend.

„Ich werde essen", sagte er.

Der Blick in seinen Augen brachte mich zum Lachen. Er ergriff mich und führte mich in sein Schlafzimmer. Es war ein großer Raum, allerdings hatte ich nicht viel Zeit mich umzusehen, bevor mich Matthew aufs Bett stieß.

„Matthew, ich bin immer noch sauer auf dich“, sagte ich mit ernster Stimme.

„Gut. Wütender Sex ist besser.“

„Ernsthaft, du kannst mich nicht einfach vor allen erniedrigen.“

Matthew krabbelte aufs Bett und über mich. Er lehnte über mir und schaute mit ernster Miene auf mich herab. Ich spürte die Leidenschaft zwischen uns beiden und ich wusste, dass es unmöglich war, weiterhin sauer auf ihn zu sein.

„Kayla, es tut mir schrecklich leid, dass mein Plan dich so verletzt hat“, sagte Matthew, während er nach meinem Shirt griff und es über meinen Kopf zog.

Seine Lippen wanderten an meinem Körper hinunter, während er weiterredete.

„Ich verspreche dir, dass ich dich nicht wieder bloßstellen werde“, sagte er und öffnete mir meine Hose, um sie auszuziehen.

„Wenn ich so etwas jemals wieder machen sollte, erlaube ich dir hiermit, mich zu fesseln und die ganze Nacht zu reiten“, lachte er.

„Matthew!“

„Im Ernst, es tut mir leid. Jetzt machen wir weiter.“

Er sagte es mit Aufrichtigkeit und Bestimmtheit. Ich wusste, dass die Unterhaltung vorbei war. Er hatte eine solche Entschlossenheit in seiner Stimme. Ich wusste nicht ganz, ob ich das gut fand. Nicht er sollte entscheiden, wann ich bereit war nach vorne zu blicken, nachdem ich mich wegen etwas schlecht fühlte. Auf der anderen Seite gefiel es mir, dass er sich bei mir entschuldigte.

„Du willst das also mit deinem Mund ausziehen?“, neckte ich ihn, als er mein Spitzenhöschen küsste.

„Grrr.“

Er knurrte, schnappte sich meinen Slip mit den Zähnen und zog ihn mir aus. Ich musste lachen.

Die Zeit, in der wir allein waren, war die, in der ich Matthew am liebsten hatte. Ich versuchte nicht irgendwer anders zu sein. Zusammen waren wir entspannt und es schien eine Verbindung zu geben, die uns beide glücklich sein ließ. Doch ich war nicht sicher, ob es diese Bindung auch noch geben würde, wenn wir weiterhin zusammen arbeiten würden. Aber ich wollte auch noch nicht kündigen. Ich war bereit, dem Ganzen eine Chance zu geben.

„Ich muss auf der Arbeit also so tun, als könnte ich dich nicht ausstehen?“, fragte ich, während seine Lippen meine Beine aufwärts zu meinem Zentrum küssten.

„Ja… du solltest mich auf der Arbeit hassen“, sagte er zwischen den Küssen.

„Hm, ja Boss“, stöhnte ich, als seine Zunge begann mich zu verwöhnen. „Ich hasse dich.“

Meine Hände streckten sich zu seinen Haaren und ich ergriff ihn fest mit meinen Fingern.

„Oh, du willst spielen?", fragte er.

Ich biss meine Lippen zusammen und drückte seinen Kopf kräftig zurück, damit er mich leckte.

„Ja, ich will spielen", flüsterte ich.

Sofort schnellte sein Kopf nach oben und der Blick in seinen Augen verriet mir, dass ich vielleicht lieber nicht hätte zustimmen sollen, was auch immer es war, zu dem ich eingewilligt hatte.

Er lächelte zu mir rauf und ich beobachtete ihn, wie er seine Hose öffnete, in seine Tasche griff, ein Kondom herausholte und dieses auf seinen Penis schob. Meine Augen sahen auf seinen bebenden Körper und ich spreizte meine Beine, um ihn wissen zu lassen, dass ich bereit für ihn war.

Der Blick in seinen Augen war viel verruchter, als ich es je zuvor gesehen hatte.

Matthew ergriff meine Beine und spreizte sie weit auf, während er sich auf mich niederließ. Er drückte sich in mich hinein und ich schlang meine Arme um ihn, als seine Hüften begannen in mich zu stoßen. Für eine Minute war es liebevoll und sinnlich, dann wurden seine Stöße härter und tiefer.

„Oh", stöhnte ich und spürte, dass mein Körper immer erregter wurde.

„Nicht kommen“, flüsterte Matthew.

„Was? Du kannst mich nicht davon abhalten zu kommen“, lachte ich.

Matthew unterbrach seine Stöße und sah zu mir herunter.

Ich fing an, meine Hüften gegen ihn zu bewegen, in der Hoffnung, wieder die Lust zu bekommen, die ich so unbedingt wollte. Aber es war nicht dasselbe.

„Matthew!“

„Nicht kommen“, flüsterte er.

„Okay“, sagte ich.

Er stieß fest in mich und ich spürte wie sich mein Körper sofort um ihn festzog. Ich gab mein Bestes, um nicht zu kommen. Zuerst dachte ich an die Arbeit und andere langweilige Dinge, aber schon bald konnte ich mich nicht mehr ablenken, als die Explosion durch meinen Körper brach.

„Oh Gott, ja“, schrie ich, während er mich weiterhin penetrierte.

Matthew lächelte und machte weiter, als ich vor ihm kam. Doch er kam nicht. Stattdessen zog er ihn raus und drehte mich um, sodass er meinen Hintern direkt vor sich hatte.

Seine Hand holte aus und schlug meinen Hintern mit einem spielerischen Klapps.

„Ich sagte, nicht kommen“, flüsterte Matthew mit rauer Stimme.

„Oh, tut mir leid“, lachte ich.

Ich spürte, wie sich sein Körper auf meinen lehnte und von hinten in mich hineinglitt. Er hielt mich an den Hüften und zog mich heftig zu sich heran, sodass ich im für ihn richtigen Winkel stand. Ich merkte, wie meine Beine durch das tiefe Gefühl von seinem Penis in mir drin zitterten.

Während er immer tiefer in mich drang, stieß er direkt gegen meinen G-Punkt und in kürzester Zeit merkte ich, wie mein Körper kommen wollte. Das Gefühl baute sich immer stärker auf, je heftiger er in mich stieß, aber ich wollte nicht kommen. Er sagte mir, es nicht zu tun.

„Kann ich bitte kommen“, kicherte ich.

„Nein.“

„Bitte….“

„Nicht kommen, Kayla, oder ich schlage dich erneut.“

„Ich kann nicht anders“, schrie ich, als sich mein Körper seinem Penis hingab und ich spürte, wie die Nässe meine Innenschenkel hinuntertropfte.

Ohne zu zögern, zog Matthew seinen Penis aus mir heraus und schlug mich zweimal heftig. Das Stechen rauschte durch meinen Körper, aber es war kein Schmerz im klassischen Sinne. Es stach und fühlte sich gleichzeitig erotisch an.

„Du bist ein böses Mädchen“, sagte Matthew mit ernster Stimme.

„Tut mir leid“, lachte ich und drehte mich im Bett um.

Matthew platzierte seinen Körper über meinem mit seinen Beinen zu beiden Seiten von mir. Sein Penis war nur Zentimeter von meinem Gesicht entfernt, als er sein Kondom abzog und durch den Raum warf.

Dann kam er ein paar Zentimeter nach vorne, ich öffnete meinen Mund und nahm ihn auf.

Mit seinen Beinen fixierte er meine Arme und Matthew hatte die volle Kontrolle darüber, wie weit er mir seinen Penis in den Rachen schob.

Versuchend, seine Stöße zu kontrollieren, presste ich meine Lippen eng um ihn, aber ich hatte keine Chance. Stattdessen musste ich mich entspannen, um ihn mit jedem seiner Stöße tief in meinen Rachen zu lassen.

Während ich zu ihm hoch schaute und seinen Lusttropfen in meinen Mund tropfen spürte, bereitete ich mich auf seine finale Ladung vor.

„Jetzt bist du ein braves Mädchen“, lächelte Matthew.

Seine Stöße gingen tiefer und ich fragte mich, ob ich überhaupt in der Lage war ihn weiter zu nehmen. Ich schloss meine Augen und entspannte mich, während seine Stöße seinen Penis tiefer in meinen

Rachen schoben, als ich dachte, dass es je möglich wäre.

Sein letzter Stoß ging tief hinein und ich fühlte seine warme Erregung in mir kommen.

Matthew lächelte als er aus mir herausglitt und neben mir aufs Bett fiel. Unsere Körper pumpten, während wir nach Atem suchten.

„Heilige verfickte Scheiße, das war heiß, Kayla“, sagte Matthew.

„War es“, stimmte ich zu.

Matthew küsste mich auf die Wange und zog mich zu sich heran, um zu kuscheln. Es war klar, dass ich in dieser Nacht keineswegs mehr nach Hause fahren würde. Es fühlte sich unglaublich perfekt an, wie seine Arme um mich herumgeschlungen waren, während ich neben Matthew in seinem Bett lag.

„Hey, also was war nun mit deinem Waffenkomitee?“, fragte ich, als wir so nackt da lagen.

„Oh, diese Wichser wollen mich immer noch nicht ins Komitee lassen.“

„Wirklich? Ich dachte Senator Masson mochte dich?“

„Na ja, ich denke es war nicht genug, dass er mich einfach nur mochte. Nur zwei von zwölf Leuten stimmten für mich. Also entweder muss ich mehr Leute dazu bringen, mich zu wählen, oder ich muss einen anderen Plan verfolgen.“

„Wie sieht dieser andere Plan aus?“

„Ich weiß es noch nicht, aber ich muss dieses Jahr einen Schritt vorwärts machen.“

„Wir können es schaffen, Matthew, wir können die anderen dazu bringen, für dich zu stimmen, wenn es das ist, was du wirklich willst. Nur denke ich nicht, dass es das ist, was du willst.“

Die Worte kamen aus meinem Mund, noch bevor ich überhaupt über sie nachdachte. Das Waffenkomitee wirkte auf mich so gering im Vergleich zu den anderen Orten, an denen ich Matthew in Washington sah. Ich konnte ihn mir im Weißen Haus vorstellen, wohingegen mir die Idee mit dem Waffenkomitee dumm vorkam, wenn er das wirklich gewollt hätte.

„Was soll das heißen? Das Waffenkomitee des Senats ist das mächtigste Komitee überhaupt“, sagte Matthew, während er seine Arme noch enger um mich herumschlang.

„Es ist okay, wenn du für den Rest deiner Zeit in Washington Senator sein willst, aber…“

Ich war nicht sicher, ob ich weiterreden sollte. Ich wollte seine Idee, dass er im Waffenkomitee ist, nicht kleinreden, wenn er es denn unbedingt so gewollt hätte.

„Aber was?“

„Ich dachte einfach nur, dass du dich im Oval Office besser machen würdest.“

Matthew richtete sich gerade im Bett auf und zog mich hoch, sodass ich ihn direkt ansah. Voller Bewunderung starrte er mich an. So einen Blick hatte ich zuvor noch nie bei ihm gesehen. Irgendetwas von dem, was ich sagte, begeisterte ihn.

„Ja!“

„Schau mal, ich weiß, dass es das ist, was du willst. Aber wenn du ins Weiße Haus willst, darfst du dich nicht in der Nähe des Waffenausschusses aufhalten. Denn dort wird dich die Presse zerreißen. Was du brauchst, ist jemanden im Waffenkomitee, den du kontrollieren kannst.“

Selbst ich war beeindruckt von meinen Worten, noch während sie herauskamen. Es ergab einfach Sinn. Matthew musste nicht im Komitee sein, er musste das Komitee kontrollieren, ohne sich selbst die Finger zu verbrennen.

„Du bist ein Genie! Ich wusste, es gab einen Grund dafür, dass ich dich eingestellt habe.“

„Ich denke, wir sollten uns an Senator Edwards ranmachen und versuchen ihn ins Komitee zu bekommen.“

„Ja, ihn schnappen und kontrollieren.“

„Genau das ist es, Matthew. Du bist nur noch ein paar Schritte vom Weißen Haus entfernt. Ich kann es schon sehen!“

Kapitel 9

Matthew

„Du siehst scheiße nochmal grandios aus, wie du hier in meinem Bett liegst. Du solltest öfter hier übernachten“, sagte ich zu Kayla.

„Du solltest aufhören mich anzusehen, wie ich in deinem Bett liege und lieber deinen Hintern zu einem Meeting mit Senator Edwards bewegen. Du musst sein neuer bester Freund werden.“

„Ja, Madam.“

Kayla hatte mich völlig überrascht. Sie war politisch sehr viel gebildeter als ich es angenommen hatte. Ich konnte es nicht erwarten mich mit ihr zusammenzutun und Washington zu übernehmen. Jeder Mann brauchte seinen bösen Handlanger, wenn er die Macht gewinnen wollte. Meine war eine sexy-böse Gespielin.

Dennoch musste ich gegen mein Verlangen ankämpfen, um nicht mit ihr in Verbindung gebracht zu werden. Es gab keinen Platz für Beziehungen in Washington. Wir hatten ein beiderseitig nutzenbringendes Ding am Laufen, und das war alles, was wir brauchten. Nicht mehr und nicht weniger. Wir konnten ficken und Spaß haben. Wir konnten zusammenarbeiten, um unsere beiden Karrieren voran zu bringen, aber es gab absolut keinen Grund dafür, dass es mehr zwischen uns gab.

„Willst du, dass ich Raymond anrufe, damit er dich abholt?“

„Nein, ich bin sauer auf Raymond. Er hatte mir versprochen mich nicht zurückzulassen, und in dem Moment, wo du sagtest, er solle gehen, war er weg“, sagte Kayla mit einem süßen Lächeln.

Mir war klar, dass sie nicht wirklich sauer auf Raymond war. Er war mein Angestellter; natürlich ging er, wenn ich es ihm befahl. Er wollte ja seinen Job behalten. Seit meiner Rückkehr nach Washington hatte ich ihn immer mehr benutzt. Er war mehr als nur mein Fahrer. Er kannte viele meiner Geheimnisse, darunter auch meine heimliche Beziehung mit Kayla.

„Alles klar, lass dir Zeit beim Fertigmachen. Ich würde dich nur zu gern in mein Büro zitieren und dich anschreien, dass du zu spät auf der Arbeit bist“, lachte ich. „Und dir vielleicht auch den Hintern versohlen.“

„Schwing deinen Arsch zu diesem Meeting“, sagte Kayla und sprang aus dem Bett, um ihre Arme um mich zu schlingen.

Ihre Lippen küssten meine entschlossen und fest. Natürlich reagierte mein Körper auf ihre nackte Haut, die sich an mich drückte. Wenn ich die Freiheit gehabt hätte, mir ein wenig mehr Zeit zu nehmen, wäre ich ihr ganz sicher in die Dusche gefolgt. Ihre Energie war ansteckend und ich war bereit, in meinen Tag zu starten. Ich musste eine Stadt übernehmen und das konnte ich nicht, indem ich zu Hause herumsaß.

„Ich werde los. Genieß die Dusche.“

Ein letzter Kuss und ich machte mich auf den Weg zu meinem frühmorgendlichen Treffen mit Senator Edwards. Er war jung und unerfahren genug, dass ich mir nicht allzu viele Sorgen über dieses Treffen machen musste. Tatsächlich war ich verdammt zuversichtlich, dass ich ihn ohne großen Aufwand unter meine Fittiche bringen konnte.

Die Person, die mir mehr Kopfschmerzen bereitete, war Senator Masson. Obwohl ich ziemlich sicher war, dass ich ihn mit Kaylas Hilfe manipulieren und ihn dazu bringen konnte, genau das zu tun, was ich wollte. Ich hatte gesehen, wie er Kayla ansah, und war bereit sie tun zu lassen, was immer nötig war, um meine Agenda voranzubringen. Wenngleich ich hoffe, dass sie ihn rumkriegt, ohne mit ihm zu schlafen. Die Vorstellung daran, dass ein anderer Typ sie anfasst, war ekelhaft.

***

„Senator Edwards“, sagte ich, während ich dem jungen Mann die Hand schüttelte.

„Matthew Storm, wie zur Hölle geht es dir?“

Joel Edwards war das Paradebeispiel einer politischen Familie. Seine Familie war bereits sehr viel länger in der Politik tätig als meine, nur dass sie sich in der Welt der Kleinstädte aufhielten und es niemand von ihnen nach Washington brachte. Joel war der erste in seiner Familie, der diesen großen Schritt wagte und während unseres Gesprächs konnte ich die familiäre Bürde, die auf seinen Schultern lastete, förmlich spüren. Er war ein richtiger Gentleman in allem was er tat und behielt während unserer gesamten Unterhaltung sein Lächeln im Gesicht.

„Mir geht's gut, danke Joel. Wie läuft deine bisherige Amtszeit? Bereitet dir irgendjemand Probleme?“, fragte ich.

„Nein, jeder war soweit ziemlich nett. Ich kann mich wirklich nicht beschweren.“

„Hör mal Joel, du weißt, dass ich kein Schaumschläger bin. Ich hätte einen Vorschlag für dich, der für uns beide von Vorteil sein könnte.“

Es gab keinen Grund, um den heißen Brei herumzureden. Ich musste sein Vertrauen gewinnen und ich würde das auf keinen Fall durch Herumdrucksen machen. Ich musste direkt zu ihm sein. Wenn ich eines in meiner Zeit am Capitol Hill gelernt hatte, dann dass ein gewisses Maß an

Ehrlichkeit und Vertrauen der beste Weg war, um Dinge erledigt zu bekommen. Natürlich konnte man nie ganz ehrlich sein, aber das war eine andere Geschichte.

Seine Augen wurden groß und ich erkannte, dass Joel Edwards verdammt interessiert daran war, was ich zu sagen hatte.

„Okay, worum geht's?“

„Ich möchte dir helfen ins Waffenkomitee des Senats zu kommen.“

Nun veränderte sich sein Gesichtsausdruck in offenes Misstrauen, gepaart mit latenter Neugier. Es war nicht gerade ein Komitee, das neue Typen anstrebten, wenngleich es eines war, in das wir alle hineinwollten. Ich konnte sehen, wie allein die Vorstellung davon, in einem solch prestigeträchtigen Komitee im ersten Dienstjahr zu sein, das Funkeln in Joels Augen weckte.

„Das klingt gut, aber ich bin mir ziemlich sicher, dass es so nicht funktioniert. Ich kann nicht einfach so in dieses Komitee kommen. Das weißt du. Was willst du also wirklich?“

„Oh, ich weiß, dass du da nicht einfach so reinkommst. Aber ich glaube, wenn wir zusammenarbeiten, können wir dich in dieses Komitee bringen.“

„Ich will nicht unhöflich sein, Matthew, aber was hast du davon?“

Es war eine logische Frage und ich wusste, dass Joel sie stellen werden würde. Wenn ich in dieses Komitee wollen würde, warum gehe ich dann nicht einfach selbst rein? Oder warum wäre es hilfreich, wenn ich Joel in diesem Komitee hätte? Ich war darauf vorbereitet alle Fragen zu beantworten, die er hatte.

„Senator Masson hasst mich und es gibt schlicht keine Möglichkeit für mich in dieses Komitee zu kommen, solange er selbst drin ist. Aber ich glaube ernsthaft, dass wir etwas frisches Blut in diesem Komitee brauchen. Die alte Sichtweise, mit der wir die Dinge betrachten, funktioniert einfach nicht mehr.“

„Also, lass es mich auf den Punkt bringen: Du selbst kommst nicht in das Komitee, deshalb willst du mich dort hinein bringen, damit ich dir Informationen beschaffe? Nein, Danke. Ich bin nicht nach Washington gekommen, um von irgendjemandem die Marionette zu sein.“

„Joel, du interpretierst da zu viel hinein. Du wirst mir nichts schuldig sein. Ich möchte einfach nur, dass ein paar Dinge hier in Washington erledigt werden, und ich habe die ganze alte Vetternwirtschaft hier satt. Denkst du nicht, dass du dem Waffenkomitee einiges bieten könntest?“

Natürlich würde mir Joel etwas schulden. Er würde mir alles schulden, wonach ich ihn fragen würde. Aber ich würde ihn nicht zwingen müssen, mir zu geben, was ich wollte. Mein Plan war es, ihn mit Höflichkeit und Freundschaft zu überhäufen, dann würde er mir bereitwillig die Informationen geben, die ich bräuchte. Ohne einen Hintergedanken.

Es gab etwas an Freundschaft, die einen Mann dazu brachte, jeder Nachfrage nachzugeben. Ich wusste, dass die Freundschaft zu Joel sehr viel mächtiger sein konnte, als ihn auf irgendeinen Deal zu drängen, um ihn ins Komitee zu bekommen.

„Matthew, sehr gerne würde ich in dieses Komitee kommen und ich würde deine Hilfe sehr begrüßen. Aber ich glaube einfach nicht, dass es möglich ist. Diese Typen sehen es nicht gerade gerne, einen jungen Senator in ihren Reihen zu haben.“

„Überlass du mir die Details. Ich wollte nur sichergehen, ob du auch interessiert bist, bevor ich den nächsten Schritt mache.“

„Ja. Ich wäre daran interessiert ins Waffenkomitee zu kommen.“

„Klasse. Es war schön mit dir zu reden Joel. Wir bleiben in Kontakt“, sagte ich und verließ sein Büro.

Ich blieb nicht länger dort für irgendeine weitere Unterhaltung. Ich fragte nicht nach seiner Familie oder Freundin oder anderen Sachen. All das interessierte mich nicht. Das einzige, was mich interessierte, war ihn in das Komitee zu bekommen, damit ich mit meinem Plan fortfahren konnte.

Der erste Schritt meines Plans war erledigt. Der nächste Schritt jedoch würde die Hilfe von Kayla und ihrer speziellen Fähigkeiten bedürfen. Aber ich glaubte an sie und ich wusste, dass ich mit ihr an meiner Seite die besten Möglichkeiten hatte, meine Zukunftsträume wahr werden zu lassen.

Kayla

„Hey Mädel, ist bei dir alles okay?“, fragte mich Steven, als ich im Büro ankam.

Anstatt später zu erscheinen, wie Matthew gehofft hatte, dass ich es tun würde, kam ich extra früh, damit ich mit meinen Projekten beginnen konnte, ohne dass mich jeder hereinkommen sah. Ich hatte mit mir gerungen, was ich anziehen sollte, und beschloss letztendlich, dass ich es mochte mich modisch zu kleiden und es mich nicht kümmerte, was die anderen dachten. Ich zog einen süßen Rock und eine Bluse sowie High-Heels an, was mich ganz sicher wieder in Schwierigkeiten bringen würde. Doch das kümmerte mich nicht. Jetzt wo ich wusste, dass er nicht wirklich sauer auf mich war, machte es sehr viel mehr Spaß sich zu stylen.

„Mir geht's gut Steven, danke fürs Nachfragen. Ich werde einfach nicht zulassen, dass er mich runterzieht. Ich bin in die Stadt gekommen, um zu arbeiten, und das werde ich.“

„Gutes Mädchen. Lass dich nicht herumschubsen. Du bist eine harte Arbeiterin. Ich bin sicher, dass sich all das bald verziehen wird.“

„Danke, Steven.“

Den Tag über blieb ich unter dem Radar an meinem Schreibtisch. Als Matthew auf Arbeit erschien, blickte ich nicht einmal nach oben. Wenngleich ich wusste, dass er es nicht ernst meinte, als er mich vor allen anderen wegen meines Outfits zurechtgewiesen hatte, so wollte ich nicht, dass er es erneut machte. Denn es war trotzdem höllisch peinlich vor allen anderen stehen zu müssen und sich wegen seines Outfits kritisieren zu lassen.

Nahezu den gesamten Vormittag arbeiteten Matthew und Alex in seinem Büro und verließen es erst zum Mittag. Erst dann stand ich von meinem Schreibtisch auf und nahm mir dir dringend nötige Auszeit im Badezimmer. Auch schaute ich nach möglichen Nachrichten auf meinem Telefon, welches ich während der Arbeit ausgeschaltet hatte. Mehr als sonst gab ich mich der Arbeit hin, um sicherzustellen, dass mein Ruf im Büro so gut wie nur möglich war.

Da war eine Nachricht von Matthew: „Ich kann das winzige Röckchen sehen, das du anhast. Böses Mädchen. Ich werde dich später bestrafen müssen."

Bei der Erinnerung an das Gefühl, als seine Hand meinen Hintern in der Nacht zuvor geschlagen hatte, wurde ich knallrot im Gesicht.

„Dieses Mal bin ich bereit für dich", schrieb ich ihm zurück.

„Komm mit mir zu einer Spendensammlung heute Abend. Senator Masson wird da sein. Ich brauche deine Hilfe", schrieb Matthew sofort zurück.

„Okay."

Passend dazu war ich vorbereitet mit Matthew in der Öffentlichkeit aufzutreten. Ich wusste, dass wir unsere Distanz wahren und alles professionell halten mussten, trotzdem war es spannend, gemeinsam mit ihm an einer Spendenveranstaltung in Washington D.C. teilzunehmen.

Der Rest des Nachmittags verflog nur so, während ich Umschläge füllte und darüber nachdachte, was ich für die Spendenveranstaltung tragen sollte. Ich recherchierte ein wenig und fand heraus, dass es um Senator Massons Wohltätigkeitsarbeit für Obdachlose ging.

Auch unterbrach ich meine Arbeit kurz und schaute mir ein paar Artikel über vergangene Veranstaltungen an. Dabei sah ich, dass es einige Leute gab, die es gar nicht gut fanden, dass Senator Masson schicke Steak-Abendessen als Spendenaktion benutzte, während hunderte obdachlose Menschen überhaupt nichts zu Essen hatten. Da kam mir eine Idee … aber ich wollte Matthew überraschen.

Für mich schien die Idee perfekt. Doch zugegebenermaßen hatte ich nicht immer das beste Händchen, wenn es darum ging, meine gutgemeinten Pläne auszuführen. Würde ich meinen Plan durchziehen können, würden sowohl Matthew als auch Senator Masson am Ende des Abends froh sein, dass ich da war.

Nachdem ich mit der Arbeit fertig war, tätigte ich ein paar Anrufe, um sicherzustellen, dass meine Überraschung auch gelang. Dann hielt ich bei Kims Haus, wo sie mir ein unglaubliches weißes Kleid für die Veranstaltung gab. Das Kleid war hauteng und ging komplett bis zum Boden, allerdings mit einem wunderschönen Ausschnitt für den Rücken. Für mich war es genau die richtige Kombination aus sexy und elegant. Auch hoffte ich, dass Matthew den ganzen Abend mit einem steinharten Ständer herumlaufen würde, wenn er mich in diesem Kleid sah. Zumindest war es genau das, was ich wollte.

***

Matthew schickte Raymond, um mich für die Party abzuholen, und ich musste mich zusammenreißen, als ich den Ausdruck in seinem Gesicht sah. Langsam begann ich mich wohl in Outfits zu fühlen, die meine Figur zur Geltung brachten. Und gewiss begann ich, die Aufmerksam, die ich von Männern erhielt, zu genießen.

„Das ist ein wirklich schönes Kleid", sagte Raymond, als er die Tür des schwarzen SUV öffnete und mir hineinhalf.

„Danke", sagte ich.

„Senator Storm ist bereits auf der Party. Es schienen schon einige Leute dort zu sein."

„Großartig. Ich freue mich darauf sie alle kennenzulernen."

„Tut mir leid, dass ich Sie letztens zurückgelassen habe."

„Ja, ja, ich weiß…er bezahlt Sie. Ich bin darüber hinweg", stichelte ich Raymond.

„Es scheint, dass sich alles zum Guten gewendet hat", sagte Raymond, während er mich im Rückspiegel ansah und lächelte.

Ich konnte mich wirklich nicht beschweren. Die Nacht zuvor mit Matthew war verdammt perfekt gewesen.

„Jep, ich konnte ein paar Dinge klarstellen."

Den Rest der Fahrt verbrachten wir schweigend, wenngleich ich Raymond mehrere Male erwischte, wie er im Rückspiegel zu mir sah. Aber das war okay. Raymond war super lieb und ich brauchte jemanden auf meiner Seite. Womöglich könnte er mir einige schmutzige Dinge über Matthew erzählen, wenn ich Vertrauen zu ihm aufbaute.

Die Party war auf Senator Massons Grundstück und fand draußen im Hof statt, da es ein wirklich schöner Abend war. Ich sah ein paar Reporter vor dem Anwesen und blieb gerade lange genug stehen, um hören zu können, wie sie über die Kontroverse der Obdachlosen-Spendenaktion in Senator Massons Villa diskutierten.

In der Tat sah es nach einer ungünstigen Methode aus, Geld für die Obdachlosen einzutreiben. Warum konnte man nicht einfach Freunde um Spenden bitten anstatt eine überbordende Wohltätigkeitsveranstaltung zu organisieren, die vermutlich zehntausende von Dollar kostete? Aber ich war kein reicher Philanthrop, sondern nur ein ganz normales Mädel aus Chicago, daher sparte ich mir weitere Gedanken zu dem Thema.

Aus dem Augenwinkel heraus erblickte ich Matthew, ignorierte ihn aber bewusst, um an ihm vorbeigehen zu können, damit er mich bestaunen könnte. Ich wollte, dass er mich wollte. Ich wollte, dass er sich um mich bemühte. Ich wollte, dass er eifersüchtig war wegen all der Gespräche, die ich mit allen anderen führen würde.

„Marge!“, sagte ich und schüttelte ihre Hand und küsste ihre Wange.

Es war schön, Marge, Senator Massons Sekretärin, zu sehen. Sie war eine liebe Frau und es machte mir wirklich Spaß, mich mit ihr zu unterhalten. Marge hatte etwas Ehrliches. Das gefiel mir. Sie war die Art von Mensch, der absolut zufrieden mit dem war, was er gerade hatte.

„Wow, Liebes, du siehst aus wie ein Filmstar.“

„Danke. Ich musste mir das Kleid ausleihen. Da wo ich herkomme, trage ich die meiste Zeit nur T-Shirt und Jeans. Ich komme mir echt fehl am Platz vor.“

„Also, du siehst wunderschön aus. Lass mich Senator Masson rüber holen, dann kannst du Hallo sagen, bevor er zu beschäftigt ist.“

Marge wusste genau, wie Politik in Washington funktionierte. Sie wusste, dass ich ein paar Minuten unter vier Augen mit Senator Masson benötigen würde, und sie half mir diese zu bekommen, ohne dass ich danach fragen musste. Die persönlichen Beziehungen, die ich mit den Frauen in Washington aufbaute, würden mein Schlüssel zu allem sein, was ich brauchte, und Marge war eine dieser Frauen.

„George, Michaela Wilson ist hier. Komm und sag Hallo zu ihr“, sagte Marge, während sie Senator Masson von einer Gruppe Männer wegzog, mit denen er gerade sprach.

Ich vermutete, dass die Männer, mit denen Senator Masson redete, Senatoren-Kollegen waren, sicher war ich aber nicht. Ich hatte noch nicht die Möglichkeit gehabt, all die Gesichter und Namen jedes einzelnen im Senat kennenzulernen. Den ein oder anderen kannte ich durch eigene Recherchen ziemlich gut, aber ich hatte noch einiges an Arbeit vor mir.

Zuerst schien Senator Masson genervt, dass Marge ihn weggezogen hatte. Doch just als er mich sah, gab er sich die größte Mühe, nett zu mir zu sein. Das war das Ding mit den Männern; sie konnten unfassbar wütend sein, doch sobald du eine wunderschöne Frau vor sie stellst, ist plötzlich alles vergessen.

„Miss Wilson, ich glaube, ich bin gestorben und in den Himmel gekommen", sagte Senator Masson.

Ich tat wie ein schüchternes Mädchen und drehte mich weg, während ich auf den Boden schaute. Meine Absicht jedoch war alles andere als schüchtern. Ich wollte, dass er meinen freien Rücken sah. Ich wollte ihm den Kopf verdrehen, wenn er auf meinen süßen Hintern gucken konnte. Nichts war mächtiger als eine Frau und ihre Kontrolle über das männliche Verlangen.

„Oh, Danke, Senator Masson", sagte ich leise.

„Und ich bin mir sicher, dass ich dir gesagt habe, du sollst mich George nennen."

„Ja, Sir, tut mir leid, George."

George kam etwas näher zu mir und legte seinen Finger auf meinen Arm. Langsam bewegte er ihn hoch und runter und ich konnte das teuflische Verlangen erkennen, dass durch seinen Körper fuhr. Oh, er war dabei sich zusammenzureißen, doch jede Faser in seinem Körper wollte mich mit in sein Bett nehmen.

„Wir werden an deiner Förmlichkeit arbeiten müssen. Wir sind Freunde Michaela. Es gibt also keinen Grund mich ‚Sir' zu nennen."

„Okay, ich werde mir Mühe geben, George", sagte ich und schaute zu ihm hoch, während ich langsam über meine Lippen leckte.

„George, was für eine spitzen Party", hörte ich Matthew sagen, als er sich geradewegs neben mir platzierte, so, dass er Senator Masson nötigte, einen Schritt nach hinten zu treten.

Ich lächelte über diese dominante Art von Matthew und wie es ihm egal schien, diesen Moment zu stören. Auf der anderen Seite wusste ich, dass er mir gestattete mit jedem auf der Party zu flirten, ganz besonders mit Senator Masson. Er tat so, als wäre es ihm egal, was ich machte, aber ich wusste es besser.

„Ja, meine Frau und ich haben in diesem Jahr viel Arbeit in die Planung dafür gesteckt."

„Oh, Kayla, es ist so schön dich hier zu sehen. Freut mich, dass du kommen konntest", sagte Matthew vortäuschend, als wäre es das erste Mal gewesen, dass er mich hier gesehen hatte.

„Natürlich konnte ich kommen", sagte ich mit einem Lächeln. „Und ich habe mich um alles gekümmert, worum du mich drüben gebeten hast."

Ich sah den verdutzten Ausdruck in Matthews Gesicht und drehte mich zu Senator Masson, um die Katze aus dem Sack zu lassen.

„Senator Storm sind einige der negativen Presseberichte in Bezug auf Ihre Spendenaktionen zu Ohren gekommen, weshalb er 100 Steak-Abendessen für Obdachlose in Ihrem Namen spendete. Hoffentlich wird es ein wenig für die diesjährige Berichterstattung helfen."

„Wow, Matthew, das ist großartig. Vielen Dank. Ich weiß nicht, warum ich daran nicht schon eher gedacht habe. Ich weiß es wirklich zu schätzen, dass sie einen solchen Beitrag zu meiner Stiftung leisten."

Matthew schaute mich an und im ersten Moment sah er ziemlich angepisst aus. Als Senator Masson jedoch mit seinem Dank fortfuhr, konnte ich einen Wandel erkennen. Matthew lächelte, schüttelte Senator Massons Hand und umarmte ihn sogar.

„Wir sitzen doch alle im selben Boot, nicht wahr?"

„Ja, das war eine wirklich tolle Sache, Matthew. Das werde ich nicht vergessen. Ich werde nun reingehen und sicherstellen, dass wir heute Abend im Plan sind. Nochmals vielen Dank."

Matthew wartete, bis Senator Masson im Haus war, ehe er sich zu mir lehnte und flüsterte: „Wie viel hat mich dieser kleine gute Wille gekostet?"

„Oh, na ja Matthew, bei Wohltätigkeit geht's nicht ums Geld", sagte ich mit einem Lächeln und ging fort.

Schnell war Matthew wieder hinter mir und ich spürte, wie seine Hand in mein Kleid fuhr und meinen Hintern umfasste. Meine Augen scannten die Umgebung, um nachzusehen, ob irgendjemand mitbekam, was er tat, doch alle schienen sehr mit ihren Unterhaltungen beschäftigt zu sein.

„Du hast nichts unter diesem Kleid an", flüsterte er in mein Ohr.

„Ich mag keine Slipabdrücke", sagte ich und rückte von ihm ab.

Alsbald wohnte ich einer Gruppe junger Praktikanten bei, die vor mir standen, und nahm an ihrer Unterhaltung teil. Hauptsache weg von Matthew. Ich wollte nicht, dass er die Oberhand über mich bekam. Mein Ziel war es, die Kontrolle zu behalten und Matthew dazu zu bringen, mich zu wollen. Ich wusste ganz genau, dass in dem Moment, in dem er dachte mich kontrollieren zu können, sich alles zwischen uns verändern würde.

Einer der Auszubildenden, mit denen ich mich unterhielt, war äußerst gutaussehend. Er sah wie ein ehemaliger Footballspieler aus und ganz anders als alle anderen jungen Leute, die in Washington arbeiteten.

„Hey, ich bin Kayla, ich arbeite mit Senator Storm“, sagte ich, um mich ihm selbst vorzustellen.

„Ich muss der glücklichste Kerl auf der Party sein. Ich bin Brian. Ich absolviere ein Praktikum bei Senator Graham aus Kentucky. Und ich bin verdammt erfreut, dich kennenzulernen.“

Sein starker Südstaaten-Akzent war wie Musik in meinen Ohren. Ich liebte es. Ein netter Südstaaten-Gentleman war genau das, was ich in meinem Leben brauchte. Na ja, vorausgesetzt, das zwischen mir und Matthew würde nicht so gut enden. Natürlich würde ich mich niemals auf den Schoß eines anderen Mannes wagen, solange ich Matthew um mich herum hatte. Ein kleiner Flirt jedoch schadete nie.

„Das hört sich spannend an! Wie lange bist du schon in der Stadt?“

„Ein paar Wochen. Es war ziemlich aufregend. Was ist mit dir?“, fragte Brian.

„Oh, ich bin auch erst seit kurzem in der Stadt. Allerdings werde ich für meine Sklavenarbeit wenigstens bezahlt“, scherzte ich.

„Ja, manchmal kostet harte Arbeit einiges, aber am Ende ist es immer noch harte Arbeit, denke ich.“

„Ein kluger Mann. Ich denke, wir sollten Freunde werden“, sagte ich und zog einen Stift aus meiner Tasche, um ihm meine Nummer aufzuschreiben.

Ich merkte, wie Matthew hin und wieder um mich herumlief. Ununterbrochen blickte er immer wieder zu mir herüber, doch immer, wenn ich meinen Blick hob, schaute er weg. Ich wusste, dass es riskant war, Brian meine Nummer auf seinen Arm zu schreiben. Entweder wäre Matthew sauer und würde mich ignorieren oder er würde böse werden und mich anschreien. Kurzerhand verabschiedete ich mich von Brian und ging sicherheitshalber ins Haus.

Gerade als ich an der Vordertür des Hauses war, spürte ich, wie jemand meinen Arm griff und mich in einen Raum zog. Seine Arme griffen fest um mich und drückten mich an sich heran. Ich musste mich nicht umdrehen, um zu wissen, dass es Matthew war. Ich merkte es an der Art, wie er mich festhielt.

„Du willst mich einfach nur anpissen“, sagte Matthews grummelnde Stimme in mein Ohr.

„Ich darf keine Freunde haben?“

Matthew schlang seine Arme eng um mich und hielt mich fest,

während er sich nach vorne lehnte und die Tür verriegelte. Ich nutzte die Gelegenheit und drückte meinen Hintern an ihn, um ihn ein wenig zu reizen.

„Du willst mit diesem Kind befreundet sein?"

Seine Stimme schickte pure Lust durch meinen Körper, direkt in mein Zentrum. Sein Atem war nur wenige Zentimeter von meinem Ohr entfernt. Ich neigte meinen Hals, um seinen Lippen mehr Spielraum zu bieten. Sollte er diese an mir herunterwandern lassen wollen, so wäre ich dafür bereit gewesen.

„Ich sollte ein paar Freunde außerhalb des Büros und neben dir haben", sagte ich und griff nach hinten, meine Hand auf seinen pulsierenden Penis legend.

Auch mit der zweiten Hand griff ich nach hinten und begann seinen Gürtel und den Reisverschluss zu öffnen. Leise stöhnte Matthew, als ich ihn herauszog und mit meiner Hand hoch und runter an seinem Schaft rieb.

„Vorsicht, Schatz", sagte er. „Wir sollten nichts starten, das wir hier nicht beenden können."

„Ich mag es nicht, vorsichtig zu sein."

Hastig führte uns Matthew zum Schreibtisch und drückte meinen Körper nach unten. Er griff nach unten und zog mein Kleid hoch, sodass mein blanker Hintern in der Luft hing. Mein ganzer Körper bebte vor freudiger Erwartung darauf, dass er in mich glitt. Ich wollte, ich musste ihn in mir spüren.

Ich hörte, wie er die Kondomfolie aufriss und keine Sekunde später glitt sein Penis in mich hinein. Laut stöhnte ich auf und Matthew streckte seine Hand aus und legte sie auf meinen Mund. Es machte ihm absolut nichts aus, mich in dem Haus eines anderen Mannes zu ficken, nur die Vorstellung entdeckt zu werden missfiel ihm.

„Nicht hier. Du darfst hier nicht laut sein."

Er meinte es ernst und ich gab mein Bestes, um still zu sein.

Seine Stöße waren lang und heftig und es war klar, dass es hier nur um ihn ging. Aber das war okay.

Im Gleichtakt bewegten wir uns und ich drückte meinen Hintern fest an ihn, um meinen Körper das explosive Gefühl spüren zu lassen. Immer härter stieß er in mich und ich musste mich am Tisch abstützen. Dank meiner High-Heels hatte ich genau die richtige Höhe für Matthew, sodass er mich nicht großartig zurechtlegen musste.

Wir hörten, wie die Gäste zum Essen aufgerufen wurden und ich drehte mich zu Matthew. Entweder mussten wir aufhören oder schleunigst zusehen, dass wir fertig würden.

Dann deutete er nickend auf eine zweite Tür auf der anderen Seite des Raums. Mit weit aufgerissenen Augen schaute ich hinüber in voller Erwartung, dass jeden Moment irgendjemand hereinkommen würde. Mein Herz schlug wie wild und ich konnte meine Augen nicht von der Tür abwenden, während Matthew sich mit seinen letzten Stößen in mir entlud.

„Oh, scheiße, Matthew. Jederzeit hätte jemand reinkommen

können", sagte ich und drückte mich von ihm weg, um mich wieder herzurichten.

Ich schob mein Kleid wieder runter und ordnete den Schreibtisch, auf dem mich Matthew gerade gefickt hatte.

„Keine Sorge, die meisten dieser Leute haben sehr viel mehr zu verbergen als ich. Ich habe gesehen, wie George dich angeguckt hat. Er hätte dich sofort gefickt, wenn du ihn gelassen hättest."

„Nein, er ist verheiratet. Er mag es einfach nur zu flirten. Ich glaube nicht, dass er der Typ Fremdgeher ist."

Ich stand neben der Tür und wir warteten, bis alle vorbeigegangen waren, ehe wir den Raum verließen.

„Ich will, dass du mit ihm heute Nacht flirtest. Natürlich unauffällig. Er muss etwas für uns am Ende des Plans machen. Ich glaube, er wird eher auf dich eingehen als auf mich. Erst recht, nachdem ich nun gesehen hab, wie er dich in diesem Kleid angegafft hat."

„Okay", sagte ich und verließ den Raum.

Ich wusste, dass Matthew von mir verlangte den Senator zu befragen und mit ihm zu flirten. Mir war klar, dass wir ihn auf unserer Seite brauchen würden, weshalb ich auch sofort nach meiner Ankunft zu Marge und dem Senator gegangen war.

„Keine weiteren Fragen. Du wirst einfach nur das machen, was ich dir sage", flüsterte Matthew in mein Ohr, als wir den Flur hinunter liefen.

„Gewöhn dich nicht zu sehr daran. Für gewöhnlich mag ich es nicht Befehle anzunehmen“, sagte ich, drehte mich zu ihm und lächelte ihn an, ehe ich auf die andere Seite des Raums ging und mir einen Platz neben Senator Massons Frau suchte.

Ich beobachtete Matthew dabei, wie er mir zusah und an meiner Entscheidung zweifelte. Offensichtlich war ihm nicht klar, wie gut ich war.

Der Tisch war lang und hatte Platz für knapp dreißig Leute. Es gab noch einen weiteren Tisch in einem Nebenraum, ebenfalls für dreißig Leute. Die meisten der Praktikanten waren bereits gegangen. Sie waren nur für den Beginn des Abends eingeladen gewesen. Auch die meisten Leute in meiner Position in Washington waren bereits fort, doch ich hatte nicht vor zu gehen.

„Hi, ich bin Michaela Wilson. Ich arbeite mit Senator Storm“, sagte ich zu Senator Massons Frau und schüttelte ihre Hand.

Es gab keine bessere Möglichkeit einen Mann in Sorge zu treiben, als sich neben seine Frau zu setzen. Ich drehte mich um und lächelte zu Senator Masson, als er bemerkte, dass ich mich mit seiner besseren Hälfte unterhielt. Wahrscheinlich hätte er nicht gedacht, dass ich so etwas machen würde. Doch die Gunst einer Frau zu gewinnen, war die beste Chance, mehr Zeit mit ihrem Mann verbringen zu können.

„Hallo, ich bin Mrs. Masson. George ist mein Mann“, antwortete sie nett und erwiderte meinen Handschlag.

„Sie haben ein wunderschönes Haus. Und diese Wohltätigkeitsarbeit ist ziemlich beeindruckend.“

„Danke, Liebes."

„Ich bin aus dem mittleren Westen. Ich glaube nicht, dass ich schon einmal in einem so umwerfenden Haus wie diesem gewesen bin. Haben Sie das alles selbst gestaltet?"

„Ja, habe ich. Es ist eine kleine Leidenschaft von mir", sagte Mrs. Masson, während das erste Essen serviert wurde.

„Ich bin wirklich erstaunt."

Wir warteten, bis alle Platz genommen hatten, und begannen dann mit dem Salat. Doch als ich gerade nach meinem Weinglas greifen wollte, stieß ich Frau Massons Glas um und kippte den ganzen Wein auf sie.

„Oh scheiße. Oh mein Gott. Es tut mir so leid. Lassen Sie mich das machen", sagte ich, als ich aufstand und versuchte ihre Garderobe abzuwischen.

„Alles in Ordnung, Liebes, dafür gibt es ja Trockenreinigung."

„Oh, ich bin so dumm. Ich kann nicht fassen, dass ich das getan habe. Es tut mir so leid. Vielen Dank, dass sie mich eingeladen haben. Ich werde nun gehen", sagte ich, als sich die Tränen in meinen Augen aufstauten.

Ich drehte mich um und ging unverzüglich los. Ich hatte nicht wirklich dick aufgetragen, trotzdem hörte ich beim Verlassen des Raums Frau Masson sagen: „George, bitte hol sie zurück. Das ist kein Drama. Sie muss nicht gehen."

Nun war ich also draußen und George stand sofort hinter mir.

Meine Tränen liefen überraschend einfach. Ich hatte noch nie zuvor versucht mit Absicht zu weinen, umso überraschter war ich, wie einfach es mir gelang, sintflutartig zu heulen. Meine Darstellung war brillant. Genau die richtige Mischung aus Reue und Glaubwürdigkeit.

„Na, na, in der Politik wird nicht geweint", sagte George und griff nach meiner Hand.
„Ich habe mich gerade zur totalen Idiotin gemacht. Es tut mir leid, dass ich den Abend kaputt gemacht habe."

Ich drehte mich langsam um und behielt dabei Georges Hand in meiner. Meine Augen schauten an ihm hoch und ich wusste, dass er mich unbedingt wollte. Er wollte mich genauso, wie Matthew mich wollte. Es war ein gewaltiges Gefühl, solch mächtige Männer dazu zu bringen, einen zu wollen. Es war wie eine Droge.

„Ich glaube, wir haben das 21. Jahrhundert und chemische Reinigungen wissen, wie man Wein aus Kleidern bekommt."

„Das ist das Kleid meiner Freundin", sagte ich und zeigte auf das weiße Kleid, das ich trug. „Sie wird so sauer auf mich sein", sagte ich und legte seine Hand auf meine Hüfte, an die Stelle, die der Rotwein getroffen hatte.

Langsam bewegten sich seine Finger hoch und runter meinen Körper entlang. Er war ein Mann, der wusste, was er wollte. Doch das, was dann kam, hatte ich nicht erwartet.

George packte mich und zog mich in die Garage. Er drückte mich gegen die Tür, seine Lippen nur Zentimeter von meinen entfernt. Ich war sicher, dass er mich küssen würde. Doch er tat es nicht.

„Ich könnte das Kleid für dich chemisch reinigen lassen, wenn du möchtest. Ich habe eine Jogginghose in meiner Sporttasche, wenn du dich umziehen möchtest."

„Ja", sagte ich und zog das Kleid über meinen Kopf, um es ihm zu geben.

Die Sporttasche stand auf einem Tisch neben seinem Auto und ich ging von ihm weg, geradewegs auf sie zu. Ich ließ mir extra viel Zeit beim Öffnen der Tasche, da ich wusste, dass George damit beschäftigt war auf meinen nackten Hintern zu starren und zu überlegen, ob er es wagen sollte sich zu holen, was er tatsächlich wollte.

Ich hatte es in seinen Augen gesehen, als er mich in die Garage zog. Er wollte mich ficken. Jede Faser in seinem Körper sagte, dass er mich wollte. Da war ich nun, nackt und nur wenige Schritte vor ihm stehend.

„Diese Sachen?", fragte ich, als ich ein säuberlich gefaltetes T-Shirt und eine Hose herausholte.

George trat an mich heran und blieb eng mit seinem Körper an meinen gedrückt hinter mir stehen. Er griff um mich und nahm das T-Shirt aus meinen Händen. Ich spürte seinen Penis fest gegen meinen Hintern drücken und bewegte mich leicht nach hinten, um mich noch mehr an ihn zu pressen.

„Ja, und ich denke wir sollten es dir so schnell wie möglich anziehen.“

Ich drehte mich um und streckte meine Arme in die Höhe. Ich musste lächeln, als ich in seine Augen sah. Er wollte, dass ich bekleidet war, damit er nicht gegen seine Triebe ankämpfen müsste.

George stoppte und schaute noch einmal auf meinen Körper, dann zog er das Shirt langsam über meine Hände und weiter über meine Brüste, die er nun direkt vor Augen hatte.

„Danke“, sagte ich und beugte mich nach vorne, um ihm einen Kuss auf die Wange zu geben.

Ich zog die Jogginghose an und nahm meine Schuhe in die Hand. Ohne die Hackenschuhe war ich wesentlich kleiner und George ragte weit über mich. Die nun geringere Größe und die Tatsache, dass ich nun komplett bekleidet war, ließen ihn schließlich etwas von mir zurückweichen.

„Ich werde es reinigen und dann in Matthews Büro schicken lassen.“

„Oder ich könnte in ihrem Büro vorbeikommen und es abholen“, sagte ich, während ich mich umdrehte und aus der Garage ging.

Ich schnappte mir eines der Taxen, die draußen warteten, und ging, ohne mich noch einmal umzudrehen. Washington fing an ziemlich viel Spaß zu machen. Ich konnte nicht verstehen, warum die Leute sagten, dass es hier so schrecklich sei.

Kapitel 10

Kayla

„Nichts lief gut gestern Abend“, sagte Matthew, als er mich am nächsten Tag in sein Büro zog.

„Da bin ich anderer Meinung. Ich denke, dass alles extrem gut lief.“

Ich musste lächeln. Meine Einschätzung der abendlichen Abläufe war perfekt. Ich hatte Matthews Aufmerksamkeit und konnte ein wenig allein mit Senator Masson sein. Ich freundete mich mit einigen Praktikanten an und mit ein paar Frauen, die die Männer von Washington an ihrer Leine hatten. Meiner Meinung nach war die Nacht sehr erfolgreich gewesen.

„Ich kapier nicht, warum du den Wein auf Georges Frau geschüttet hast. Was sollte das? War das ein Versehen?“

„Natürlich nicht. Hast du gesehen, dass Senator Masson mir hinterhergelaufen ist?“

„Ja, aber er war nur ein oder zwei Minuten weg.“

„Er war lange genug weg, um mir aus meinem schmutzigen Kleid und in seine Jogginghose zu helfen.“

Ich konnte sehen, wie sich Matthews Miene veränderte. Ich war nicht sicher, ob aus Wut, Eifersucht oder einer Kombination aus Emotionen. Aber ich wusste, dass ich aus seinem Büro raus musste, bevor er mich über den Tisch legen und entweder ficken oder mir den Hintern versohlen würde.

„Was meinst du?“, sagte Matthew mit wütendem Ton in der Stimme. „Ich sagte, flirte mit ihm. Nicht fick ihn.“

Ich war nicht in der Stimmung, um mit Matthew zu diskutieren und dachte, dass ich ihn womöglich genug gereizt hatte. Er war wütend. So viel Spaß es auch machte ihn zu necken, aber ich konnte ihm nicht absichtlich wehtun.

„Matthew, das Nackte hat etwas Schönes. Keine Sorge. Er konnte mit dem Spielzeug nicht spielen. Nur eine flüchtige Show, um sein Interesse zu wahren“, sagte ich, während ich zur Tür ging.

„Beim nächsten Mal wird er dich ficken.“

„Woher weißt du das? Er schien aufrichtig seiner Frau ergeben zu sein“, log ich.

Ich wusste verdammt gut, dass George Masson mich ohne zu zögern jederzeit ficken würde, wenn ich ihn ließe.

„Er ist ein Mann. Deshalb weiß ich es.“

„Nicht alle Männer sind Dreckssäcke“, sagte ich und öffnete die Tür.

„Okay, ich werde das Projekt zu Ende bringen. Du musst mich nicht anschreien!“, brüllte ich und stampfte zurück an meinen Tisch.

Jeder im Büro sah mich an und blickte dann zu Matthew, der in der Tür stand. Ich konnte es mir nicht verkneifen, mich zu ihm zurückzudrehen und zu lächeln.

Es war seine Idee alle glauben zu lassen, dass er ein Arsch war, ich half ihm nur dabei. Ich wollte sicherstellen, dass keinerlei falsche Vermutungen die Runde machten.

Matthew schmiss dir Tür zu und Steven kam zu mir herüber.

„Mir geht's gut, ich will nicht darüber reden", sagte ich und tat so, als wäre ich verärgert.

Steven akzeptierte es und ging wieder an seinen Schreibtisch. Ich ging wieder an die Arbeit, um endlich das Projekt fertigzustellen, an dem ich arbeitete. Ich musste ein nützliches Mitglied in diesem Büro werden, weshalb ich jeden Tag mehr als nur meine Pflichten erledigte. Am Ende des Tages versuchte ich, später als die meisten anderen, aber nicht als letzte zu gehen. Es war ein schmaler Grat zwischen hartem Arbeiten und Arschkriechen und ich musste ihn so präzise wie möglich bewältigen.

„Kannst du Masson dazu überreden, sich für den Posten als Sprecher des Hauses zu bewerben und Edwards ins Waffenkomitee zu bekommen?", las ich die Textnachricht von Matthew, gerade als ich das Büro verlassen hatte.

„Ich bin nicht sicher. Willst du, dass ich es versuche?"

„Ich denke, wir sollten zuerst darüber reden. Wir treffen uns bei dir", antwortete Matthew.

„Nein. Ich kann zu dir kommen. Komm nicht zu mir."

„Matthew."

„Matthew."

Er antwortete mir nicht mehr. Als ich aus der U-Bahn stieg und mit meinem Auto nach Hause fuhr, war ich sicher, dass er bereits mit Raymond vor meiner Tür stehen würde.

Ich zuckte zusammen, als ich erkannte, dass ich Recht hatte und seinen SUV in der Straße stehen sah. Ich klopfte ans Fenster und Raymond ließ es runter. Ich schaute hinein, aber Matthew war nicht da. Ich schaute mich um und sah dann nach oben zu meinem Apartment, in dem alle Lichter an waren.

„Wo ist er?", fragte ich.

„Er ist in Ihrem Apartment", sagte Raymond und deutete nach oben.

„Scheiße", sagte ich und drehte mich um, um ins Gebäude zu gehen. „Er denkt echt, er kann machen, was er will."

„Das tut er", schrie Raymond mir hinter her, als ich ins Haus stürmte.

Meine Wohnung war ein Drecksloch und das letzte, was ich wollte, war, dass Matthew da drin war. Er hätte nicht rüberkommen müssen. Seine Wohnung war sehr schön und wir hätten uns einfach dort treffen sollen. Aber Matthew schien tun zu wollen, was immer er tun wollte und wann immer er es tun wollte.

„Du kannst nicht einfach in die Wohnung anderer Menschen einbrechen."

„Erzähl mir nicht, was ich tun kann und was nicht."

„Matthew, warum konnten wir uns nicht einfach bei dir treffen?"

„Du wohnst hier? Ich kapiere nicht, warum es dir hier gefällt?"

„Nicht jeder hat das Geld, um in einer tollen Prachtvilla oder einem schicken Penthouse zu leben. Mein Apartment genügt mir. Willst du jetzt, dass ich was für dich koche oder sollen wir ausgehen?"

„Zuerst das Geschäftliche. Ich brauche Masson als Sprecher und Edwards im Waffenausschuss. Wie werden wir das realisieren?"

„Du solltest dich um Edwards kümmern. Bereite ihn darauf vor im Komitee zu arbeiten. Ich gehe davon aus, dass du weißt, was er tun soll, sobald er im Ausschuss ist?", fragte ich während ich anfing mich umzuziehen.

„Natürlich."

„Alles klar. Dann kann ich mich bei Masson um den Rest kümmern."

Ich war gerade dabei meine Joggingsachen anzuziehen, als Matthew mein Handgelenk ergriff und mich stoppte.

„Nein. Keine Klamotten."

„Es ist kalt hier drin, Matthew."

„Lass mich dich ansehen."

Immer noch stand ich vor Matthew und beobachtete, wie sein Blick mich musterte, von meinen Füßen den ganzen Weg hoch bis zu meinen Augen. Wenn er meinen Körper anstarrte, war Matthew in seiner eigenen Welt, nichts anderes schien ihn in diesem Moment zu interessieren.

„Kann ich mich jetzt anziehen?"

„Dreh dich um."

Ich tat wie er verlangte.

„Matthew, du weißt bereits, wie ich nackt aussehe. Ich ziehe mich jetzt wieder an", sagte ich und griff nach meiner Hose.

Matthew schnappte mich und schmiss mich aufs Bett. Meine Matratze lag direkt auf dem Boden, ohne jeglichen Lattenrost. Es war also ein hoher Fall, als er mich schubste. Ich drehte mich und sah zu ihm, während er mich weiterhin anstarrte. Langsam zog er seinen Anzug aus und legte jedes Teil auf den Stuhl neben meinem Bett.

„Denkst du, du kannst Masson überzeugen?"

„Ja."

„Wie wirst du das machen? Wirst du ihn ficken?"

„Ich denke nicht, dass ich das muss. Ich denke, es genügt, wenn ich ihn soweit reize, dass er alles für mich macht.“

„Du fickst ihn nicht. Ist das klar?“, fragte Matthew auf mein Bett kletternd.

Für einen flüchtigen Moment wollte ich ihn ärgern und eifersüchtig machen, doch in seinen Augen konnte ich erkennen, dass er wirklich nicht wollte, dass ich irgendjemand anderen fickte. Das war eine gute Sache. Ich mochte es, dass er mich für sich alleine haben wollte. Zwar war ich mir nicht sicher, dass ich Masson dazu bringen könnte für uns zu tun, was wir brauchten, ohne ihn zu ficken. Doch das würde die Zeit zeigen.

„Ich werde dich jetzt ficken“, flüsterte ich und zog Matthews Lippen an meine.

Matthew verschwendete keine Sekunde. Er nahm mich und dreht mich um, sodass ich auf ihm war. Mit seinen Händen hielt er mich an den Hüften fest, während ich langsam auf seinen geschwollenen Penis glitt. Ich spürte, wie er mich ausfüllte und stöhnte vor Erregung, als ich mich auf ihm bewegte.

„Morgen. Wir müssen mit Masson zu Mittag essen oder zumindest du musst“, sagte Matthew.

„Können wir darüber später reden?“, flüsterte ich und drückte meine Hände auf seine Muskeln.

Als er mich am Hintern festhielt und hin und her auf seinem Penis schob, dachte ich, ich würde das Bewusstsein verlieren, so intensiv war meine Erregung. Mein gesamter Körper schüttelte sich und ich spürte die Lust in mir.

„Heißt das ja?", fragte Matthew leicht außer Atem.

„Na schön, ja, ja, ja..", schrie ich heraus und drückte meine Hüften noch stärker gegen ihn.

Ich schob meinen Kitzler gegen seinen Körper, um den Höhepunkt zu erreichen, den ich wollte. Matthew hielt mich fest und gab mir einen heftigen, tiefen Stoß, der meinen Körper sämtlichen Stress vergessen ließ, der in ihm war.

Ich begann mich wirklich verdammt wohl mit Matthew zu fühlen. Das machte mich etwas nervös. Zwischen uns war es nicht gerade wie in einer typischen Beziehung und noch immer spürte ich, dass ich jederzeit hätte abserviert werden können.

Als ich neben Matthew zusammensank, gab es einen kurzen Moment, in dem ich mich fragte, ob wir tatsächlich eine gemeinsame Zukunft haben könnten. Manchmal konnte ich in seinen Augen ein Fünkchen davon erkennen, war aber nicht wirklich sicher, ob es das war, was ich wollte. Aber ich musste mich fragen, ob es jemals in unserer Zukunft so sein würde. Würde er jemals einfach nur mit mir Abendessen oder ins Kino gehen wollen, so wie ein gewöhnliches Paar das tat?

„Ruf mich morgen an, nachdem du mit George Masson gesprochen hast. Ich wüsste gern, wie es lief", sagte Matthew, als er aufstand und begann sich wieder anzuziehen.

Ich versuchte meine Enttäuschung zu verbergen, konnte es aber nicht. Sie musste mir sichtlich im Gesicht gestanden haben, denn Matthew beugte sich vor und küsste mich sanft.

„Alles klar“, sagte ich.

„Gut, ich werde mich um Senator Edwards kümmern und wir kommen dann wieder im Laufe der Woche zusammen. Ich bin die nächsten Tage unterwegs, werde aber via Textnachrichten erreichbar sein.“

Ich lag einfach nur da und beobachtet Matthew, wie er sich anzog und zum Gehen vorbereitete. Ich fühlte mich komisch, als wenn er nur gekommen war, um mir zu sagen, dass ich seinen Auftrag mit Senator Masson erledigen sollte. Es fühlte sich gänzlich so an, als hätte er mich nur benutzt.

„Komm, sag auf Wiedersehen“, befahl Matthew und griff nach meiner Hand, um mich aus dem Bett zu ziehen.

„Wiedersehen“, sagte ich schroff.

„Du bist eine wunderschöne Frau, Kayla. Ich denke, gemeinsam können wir weit kommen“, sagte Matthew und küsste mich ein letztes Mal, ehe er ging.

Es gab so viel, dass ich ihm antworten wollte. So viel, dass mir nicht gefiel. Wie konnte er es wagen, so mit mir zu spielen? Ja, ich war jung und ich wollte in Washington aufsteigen, aber ich war nicht irgendjemandes Dienstschlampe und das musste Matthew lieber eher als später erfahren.

Oh, ich würde dafür sorgen, mich mit Senator Masson zu treffen. Doch ich hatte meine eigene Liste von Dingen, die ich benötigte, und es waren nicht unbedingt dieselben Dinge, die Matthew wollte.

Ich stand nackt am Fenster und lächelte Matthew nach, während er davonfuhr. Ganz sicher war er sich nicht im Klaren darüber, wozu ich wirklich im Stande war.

Kapitel 11

Matthew

Mein Fokus durfte nur einem einzigen Ziel gewidmet sein und das war das Weiße Haus. So sehr ich Kayla auch mochte und mich nach ihr sehnte, ich konnte mich nicht darin verfangen. Ich musste Abstand bewahren.

Ein paar Tage wieder in Illinois waren genau das, was ich brauchte, um Kayla aus dem Kopf zu bekommen. Ich wollte mich auf meine Wählerschaft konzentrieren und mit ein paar örtlichen Spendern an bevorstehenden Veranstaltungen arbeiten. Konzentriert zu bleiben war jedoch schwierig. Jedes Mal, wenn ich die Augen schloss, spürte ich Kaylas Haut unter meinen Fingerspitzen. Ihre weiche, zarte Haut an meinem Körper war etwas, das ich einfach nicht vergessen konnte.

Ich konnte spüren, wie mein Körper in ihren stieß, und hatte klare Erinnerungen an ihr Stöhnen. Kayla war eine wunderhübsche Frau und ich war ein glücklicher Bastard, dass ich sie so oft hatte ficken können. Aber ich war nicht der Richtige für sie. Sie wollte das „und sie lebten glücklich bis an ihr Lebensende“. Das konnte ich in ihren Augen sehen. Doch so etwas konnte ich ihr einfach nicht bieten. Ich wollte Kayla nicht enttäuschen, nur wusste ich auch, dass wir beide nicht dasselbe voneinander wollten.

Ich musste schleunigst gehen. Mit ihr in ihrem Apartment zu sein, gab mir ein Gefühl von Wohlsein. Für einen Moment wollte ich sie an mich ziehen und die ganze Nacht mit ihr kuscheln. Allerdings wusste ich es besser. In Washington wurde man immer beobachtet. Hätte es sich herumgesprochen, dass ich eine meiner Ersties fickte, wäre das sehr schlecht fürs Geschäft gewesen.

Ganz zu schweigen davon, dass ich nicht wollte, dass Kayla etwas für mich empfand. Sie und ich konnten zusammenarbeiten und gemeinsam unsere Karrieren aufbauen, aber wir mussten uns nicht verlieben oder sonstigen Mädchenquatsch haben. Kayla musste nur verstehen, dass ich so etwas im Moment nicht in meinem Leben gebrauchen konnte. Ich musste mich auf den wahren Job konzentrieren, der vor mir lag. Ich musste meinen Arsch ins Weiße Haus kriegen.

Während ich das Flugzeug nach Illinois betrat, kam ich nicht umhin, mich an die erste Nacht mit Kayla zu erinnern. Unsere gemeinsame Zeit in dieser Nacht war so unverkrampft gewesen. Keine Erwartungen, keine Regeln. Warum konnte es nicht immer so sein?

Ich würde töten, um noch einmal zu dieser Nacht zurückkehren und diesen Grad an Intimität spüren zu können. Sie war so unerfahren, so offen für alles. Doch jetzt hatte die Realität unser beider Leben eingeholt und keiner von uns schien noch dieselbe Person zu sein. Einige dieser Veränderungen musste ich mir ankreiden, doch auch Kayla war irgendwie anders. Sie war unabhängiger und war mehr Frau, als sie es in Chicago gewesen war.

Aber Frauen funktionieren anders als Männer. Sie finden einen Typen, den sie mögen und heften sich an ihn. Ich konnte einfach nicht zulassen, dass die Dinge außer Kontrolle gerieten. Ein paar Tage außer Kaylas Reichweite war genau das, was ich brauchte.

Gleichzeitig konnte ich ihr auch nicht zu lange fernbleiben. Ich musste die Sache zwischen uns am Laufen halten, denn sie war mein Schlüssel, um die Gunst von Senator Masson zu gewinnen und das durfte ich auf keinen Fall vermasseln.

„Alex, stell sicher, dass wir ein Treffen mit Senator Edwards haben, wenn ich zurück bin. Ich will die Gunst der Stunde nutzen“, sagte ich am Teleofn.

„Geht klar“, sagte Alex.

„Kannst du noch etwas anderes für mich tun?“

Es folgte eine lange Pause, in der Alex über die Frage nachdachte. Nicht immer, wenn ich ihn fragte etwas für mich tun zu können, war es eine schnell zu erledigende Aufgabe.

„Sicher. Um was geht's?“

„Ich bin auf der Suche nach einem kleinen Apartment in der Innenstadt für einen Freund von mir. Idealerweise in der Nähe zum Weißen Haus. Einfach nur ein Schlafzimmer. Nichts Übertriebenes. Kannst du dich mal umsehen?“

„Wer ist der Freund?“

Ich konnte die Bedenken in Alex Stimme hören. Das letzte, was er wollte, waren irgendwelche Kontroversen um meine Person. Allerdings würde ich ihm nicht sagen, dass es für Kayla war. Ich wusste es besser. Nicht alles zu wissen war in diesem Fall ein Segen für Alex. So konnte er tatsächlich Dinge leugnen, ohne lügen zu müssen.

„Es ist nur ein Freund der Familie, nichts Großes. Danke.“

„Klar."

Als wir auflegten, spürte ich die Bedenken von Alex. Ich hatte gedacht, dass ich ihn abgelenkt hätte, als ich Kayla im Büro angeschrien hatte. Vielleicht aber dachte er auch, dass ich eine andere Affäre hatte.

Das Problem mit all diesen Kontroversen war, dass ich tatsächlich ein Single war. Die Öffentlichkeit konnte nicht erwarten, dass ich für immer alleine leben würde. Sie mussten erfahren, dass ich Bedürfnisse hatte und mit einer Frau zusammen sein würde. Es war eine Gratwanderung, entweder mit versnobten Oberklassen-Prominenten gesehen zu werden oder aber gar nicht gesehen zu werden. Mein Problem war, dass ich mich nicht für Snobs interessierte und dass ich gewiss nicht mit einem jungen Ding wie Kayla, die für mich arbeitete, beim Date erwischt werden konnte.

Bis auf weiteres musste ich also Single bleiben und jegliche Aktionen zwischen Kayla und mir mussten hinter verschlossenen Türen stattfinden. Öffentlich wäre sie nur meine Angestellte. Im Schlafzimmer konnten wir all das sein, was wir füreinander sein wollten.

Während ich auf den Abflug des Flugzeugs wartete, schloss ich meine Augen und erinnerte mich an die wunderbaren Kurven von Kaylas Körper, als sie nackt vor mir in ihrer Wohnung stand. Die Erinnerungen ließen meinen Körper reagieren.

Kayla hatte einen Körper, den jeder Mann lieben würde; üppige Brüste und einen kurvigen Hintern. Ihr rotbraunes Haar ging bis knapp unter ihre Schultern und sie hatte Sommersprossen, die ihr Gesicht betonten.

Der Gedanke an Kayla ließ meinen Schwanz dick werden und ich musste ihn mit einer Zeitschrift bedecken, da sich eine andere Person neben mich setzte. Selbst wenn ich mit allen Mitteln versuchen würde Kayla zu vergessen, war ich nicht sicher, ob mein Körper jemals bereit gewesen wäre, sie aufzugeben.

Immer wenn ich ihr nah war, schien alles perfekt zu sein. Ich hasste es, dass wir uns so früh in ihrer Karriere in Washington getroffen hatten. Wäre es nur ein paar Jahre später gewesen, wäre es besser gewesen. Aber es war zu spät für hätte, wenn und aber. Wir hatten uns getroffen. Und jetzt mussten wir beide damit leben.

Kayla

Als ich am nächsten Morgen, nachdem Matthew bei mir gewesen war, aufwachte, fühlte ich mich schmutzig. Irgendetwas an unserer Beziehung hatte sich von sexy zu salzig gewandelt und ich wusste nicht genau, wie das passiert war. Er wollte mich, soviel war klar. Aber ich hatte das Gefühl, dass es zu viel gewesen war, als er mich auf der Party mit den anderen Männern gesehen hatte. Statt mich als eine Frau zu sehen, mit der er zusammen sein wollte, schien Matthew mich als eine Frau wahrzunehmen, die er benutzen konnte.

Ich mochte naiv gewesen sein, als ich das erste Mal in Washington D.C. ankam, aber nun war ich es nicht mehr. Ich wusste, wie diese Stadt funktionierte und auf keinen Fall würde ich Matthew erlauben mich für seine eigenen Ziele zu benutzen und dann wegzuwerfen. Senator Storm würde sich wundern, wenn er dachte, dass ich entbehrlich war.

Als ich aus dem Bett rollte, wusste ich genau, was ich zu tun hatte. Ich war nicht entbehrlich. Ich hatte mehr Wert für Matthew als er es sich nur vorstellen konnte.

„Marge, es war so schön, Sie auf der Party zu sehen“, sagte ich, als ich Senator Massons Büro anrief.

„Fand ich auch, Liebes. Womit kann ich dir behilflich sein?

„Ich wollte mich nur bei Senator Masson und seiner Frau für meine Sauerei auf der Party entschuldigen. Wie sollte ich ihm die Entschuldigung zukommen lassen? Sie waren ja dabei und wissen, was vorgefallen ist. Ich brauche Ihre Hilfe.“

„Ach Liebes, mach dir keinen Kopf darüber. Unfälle passieren. Wenn du aber Senator Masson aufsuchen möchtest, um es ihm selbst zu sagen, dann findest du ihn heute Morgen im Tennisclub in der Dodge Street."

„Ich denke, es ist das mindeste, was ich tun kann, nachdem ich seine Party ruiniert habe. Vielen Dank, Marge. Irgendwann sollten wir mal zusammen Mittagessen. Nur allzu gern würde ich Sie über all die Männer befragen wollen, mit denen wir zusammenarbeiten."

„Geht klar, Liebes. Gib mir Bescheid und wir werden etwas arrangieren."

Nach einer kurzen Dusche machte ich mich auf den Weg zum Tennisclub, um zu sehen, ob ich die Aufmerksamkeit von Senator Masson erhaschen konnte. Selbstverständlich hatte ich ein winziges Tennis Outfit an, von dem ich wusste, dass es mir die Aufmerksamkeit vieler Männer bringen würde. Doch der einzige, an dem ich wirklich interessiert war, war Senator Masson.

Wenn Matthews Plan scheitern würde, wäre es sehr wahrscheinlich, dass Masson an seiner Stelle der nächste Präsident werden würde. Ich musste meine Position absichern und mit beiden Männern gute Beziehungen aufbauen, um auf dem Radar bei dem zu sein, wer auch immer gewinnen würde. Wer weiß, vielleicht würde auch ein gänzlich anderer das Rennen machen und beide Männer ausstechen. Doch für den Moment galt es auf beiden Seiten des Zaunes zu spielen.

Matthew war natürlich meine erste Wahl. Er war gutaussehend, jung und ich konnte ihn mir im Weißen Haus gut vorstellen. Doch Senator

Masson hatte die Langlebigkeit und den Ruf in Washington und es war möglich, dass George Masson erkannte, was Matthew plante und entweder hinter den Plan kommen würde oder versuchte Matthew an dem zu hindern, was er da anstrebte.

Als ich am Club ankam, bemühte ich mich erst gar nicht an der Rezeption einzuchecken. Ich schnappte mir einen Tennisschläger von einem Picknicktisch und ging in die Richtung, aus der ich die Geräusche vermutete.

Durch die Hecken, die die Felder abgrenzten, konnte ich die Leute beim Spielen beobachten, ohne dass sie mich sahen. Als ich an Court 11 ankam, sah ich Senator Masson mit drei seiner Freunde. Ich war mir ziemlich sicher, dass auch sie Senatoren oder Geschäftsmänner aus der Gegend waren.

Ohne zu zögern ging ich zu Court 12 und schnappte mir einen Tennisball in der Nähe der Büsche. Niemand spielte auf dem Feld, sodass niemand sah, was ich tat.

Ich hob den Tennisball auf und schlug ihn so hart ich konnte direkt auf den Platz, auf dem Senator Masson spielte. Sofort lief ich zu den Büschen und rief in Richtung meines Feldes.

„Kein Problem Leute, ich hole den Ball und komme dann hinterher“, sagte ich und beugte mich nach vorne, um meinen Schuh zu binden. Natürlich entblößte ich dabei meinen mit einem Tanga bedeckten Hintern vor den Männern auf Platz 11.

Ich stand auf und drehte mich herum, um nach meinem Ball zu suchen. Da stand ein gutaussehender junger Mann vor mir und hielt den

Ball in der Hand. Ich schaute mich nicht weiter nach Senator Masson um, sondern behielt Augenkontakt mit dem attraktiven Mann vor mir.

„Ich könnte dir helfen deinen Schwung unter Kontrolle zu bringen“, sagte er mit einem Lächeln.

Für einen Moment hätte ich gerne weiter mit ihm geflirtet. Ich hatte keine Ahnung, wer er war. Die Idee von einer Nacht mit einem solchen Mann war verlockend. Doch ich musste einen größeren Fisch aus dem Teich ziehen und konnte mich nicht von einem heißen Typen ablenken lassen.

„Oh, das wird schon. Danke.“

Ich nahm den Ball und drehte mich, um zu gehen. Ich spürte eine gewisse Macht dabei, die Aufmerksamkeit von vier Männern komplett auf mich zu ziehen. Als ich ging, schauten sämtliche ihrer Augen auf mich, darauf wartend, dass ich mich erneut nach vorne beugte oder etwas ähnliches tat.

„Kayla?“, fragte Senator Masson.

„Oh, hey. Wie geht es Ihnen Senator Masson?“, fragte ich und versuchte professionell zu bleiben.

„Ich bin ziemlich sicher, dir gesagt zu haben mich George zu nennen.“

„Oh, ja. Hi George“, sagte ich merkwürdig.

„Leute, ich mache Schluss für heute. Das müssen wir unbedingt mal wiederholen", sagte er den Männern zuwinkend, mit denen er gespielt hatte, und drehte sich zu mir. „Hast du eine Minute? Ich würde mich gern mit dir unterhalten."

Ich lächelte nur und nickte. Es war ziemlich amüsant die Blicke der anderen Männer zu sehen, als ich mit Senator Masson davonging anstatt mit einem von ihnen. Zwar war Senator Masson älter als sie alle, aber George hatte eine Selbstsicherheit, die selbst ich nicht bestreiten konnte. Er wusste, wie er die Männer um sich vor Neid erblassen ließ.

Ich folgte ihm den Weg in Richtung Garten entlang und wir setzten uns. Er konnte einfach nicht aufhören auf meine Beine zu schauen, und ich fand es völlig in Ordnung ihn zu lassen. Ich drehte mich sogar um und legte eines auf die Bank, wodurch ich beinahe meine Unterwäsche entblößte. Aber nur beinahe.

Mein Plan war einfach. Ich wollte, dass Senator Masson zu jeder Zeit an mir interessiert war. Ich wollte, dass er mich unterstützte und dass das, was auch immer zwischen Matthew und ihm passieren würde, nicht meine Zukunft in Washington gefährdete.

„Es ist schön dich hier zu treffen", sagte ich und tätschelte seinen Arm sanft.

„Ich werde dir dein Kleid am Ende der Woche zurückgeben können. Vielleicht kann ich es für dich bei dir zu Hause abgeben? Ich will nicht, dass du irgendwelche Umstände hast."

Zwei Dinge passten mir an der Idee, es bei mir zu Hause abzugeben, überhaupt nicht: Erstens war es ein gammliges Loch und zweitens würde ich nicht mit George schlafen. Es gab also keinen Grund für ihn bei mir vorbeizukommen.

„Ich werde einfach kurz bei deinem Büro am Freitag vorbeikommen, wenn das in Ordnung ist?“, fragte ich und schaute ihm direkt in die Augen.

Es war so ein schmaler Grat, auf der einen Seite mit ihm flirten zu wollen und auf der anderen Seite nicht zu aufdringlich zu sein. Ich nahm mein Bein wieder von der Bank und überschlug es, um ihn nicht zu sehr zu reizen.

„Ich würde lieber zu dir kommen“, sagte George, während seine Hand leicht meinen Schenkel berührte.

Oh, mir war klar, dass er lieber zu mir kommen wollte. Seine Augen verrieten mir, dass es so einiges gab, was er mit mir hinter meiner Wohnungstür machen wollte.

Langsam lehnte ich mich zu George und legte meine Hand auf seine.

„Ich bin sicher, dass wir noch viel Zeit haben werden, um uns kennenzulernen. Ich beabsichtige für eine lange Karriere in Washington zu bleiben.“

„Na gut, komm Freitag in mein Büro und ich werde dir dein Kleid geben“, sagte George und stand auf.

„Werde ich mit Sicherheit.“

„Bist du sicher, dass du weiterhin für Storm arbeiten willst?“

„Ja, ich mag sein Büro und ich habe einige Freunde dort gefunden.“

„Aber sei vorsichtig in seiner Gegenwart. Dem Mann geht es nur um sich selbst. Auch wenn du denken magst, dass er es im gegenseitigen Interesse tut, es geht ihm wirklich nur um sich selbst.“

„Ich bin ein großes Mädchen. Ich werde klarkommen.“

Ich stand auf und drückte meinen Körper gegen ihn. Ich ließ meine Hand nach unten gleiten, an die Vorderseite seines Körpers, und schrammte an seinem harten Penis entlang. Er sah sich um, ob irgendjemand in der Nähe war, ehe seine Hand unter meinen Rock fuhr und ich spürte, wie seine Finger in mich stießen, noch bevor ich es verhindern konnte.

„Ich muss in dieser Muschi sein“, sagte seine tiefe Stimme in mein Ohr.

„Oh, du musst?“

„Verdammte scheiße, ja. Das muss passieren.“

„Wir können uns am Freitag unterhalten“, sagte ich leise und entfernte mich von ihm.

Ich sah zu, dass ich wegkam, denn der Griff unter meinen Rock war so nicht geplant gewesen. Die Dinge waren mir ein wenig aus der Hand geglitten.

Kapitel 12

Kayla

„Es ist so schön sie wiederzusehen, Senator Edwards“, sagte ich, als ich ihn zufällig vor unserem Büro traf.

„Ja, ich hatte mich gerade kurz mit Matthew getroffen. Wie läuft es für Sie? Haben Sie sich schon an die Politik in Washington gewöhnt?“

„Ich bin nicht sicher, ob man sich überhaupt jemals an dieses Leben gewöhnen kann, aber ich beginne mich wohler zu fühlen.“

„Es war schön, Sie zu sehen“, sagte Senator Edwards und ging den Flur hinunter.

„Ebenso.“

Ich wollte ihn fragen, worüber er und Matthew sich unterhalten hatten, allerdings dachte ich, dass das nicht gerade angemessen gewesen wäre, wenn man meine offizielle Position im Büro bedachte. Ich würde später Matthew fragen müssen, wenn ich mit ihm reden konnte. Hoffentlich hatte es Senator Masson geschafft, ihn ins Waffenkomitee zu bekommen, sodass wir unseren Plan weiter voranbringen konnten.

Als ich zurück zu meinem Schreibtisch ging, war ich nervös bei dem Gedanken daran, dass ich Matthew heute wiedersehen würde. Während der gesamten Woche hatte er nicht ein einziges Mal angerufen oder mir geschrieben. Normalerweise würde mich das, wenn ich mich mit einem Typen verabredete, sehr beunruhigen. Doch es passte irgendwie zur der Art von Beziehung, die Matthew und ich hatten.

Außerdem war ich so auf der Arbeit viel produktiver gewesen, als ich es je zuvor gewesen war. Ich hatte viele Projekte erledigen können, hatte mit meinen Freunden zu Mittag gegessen und konnte sogar ein paar Sporteinheiten einschieben. Es war beeindruckend, wie viel ich in der Lage war zu schaffen, wenn ich nicht ständig an Matthew denken musste.

„Ist er gut drauf?", fragte ich Steven.

„Ich denke schon. Er hat nach dir gefragt. Ich sagte, du wärst mit Senator Masson beim Mittag."

Mein Gesicht wurde kreidebleich. Der Gedanke an ein Mittagessen mit Senator Masson war wahrscheinlich exakt das, was Matthew von mir erwartete, während er weg war. Er erwartete, dass ich damit anfing, Senator Masson die Idee einzureden, sich um den Posten als Sprecher des Repräsentantenhauses zu bemühen. Doch bislang hatte ich das noch nicht mal im Ansatz getan. Sollte sich Matthew tatsächlich mit George unterhalten, würde ich in ziemliche Erklärungsnot kommen.

Unverzüglich rief ich Marge an und versuchte ein Gespräch mit George auf die Beine zu stellen.

„Hi Marge, ich sollte etwas von Senator Masson abholen. Hat er heute Zeit?"

„Tatsächlich hat er seine Mittagszeit ab 1 Uhr für dich reserviert."

„Großartig. Ich werde da sein. Vielen Dank."

Ich brauchte einen Grund, um aus dem Büro zu kommen, bevor

Matthew bemerkte, dass ich da gewesen war.

„Hey Steven, sollte ich heute nicht irgendwas besorgen?“, fragte ich auf der Suche nach einem Grund zum Gehen.

„Ich bin nicht sicher. Was war es?“

„Ich kann mich nicht erinnern.“

„Hm, wir könnten eine neue Ladung Druckerpatronen benötigen, wenn du Lust hat nach unten zu gehen und welche herzuholen.“

So schnell wie möglich sprang ich auf und ging nach unten in den Flur zu den Fahrstühlen. Mit Sicherheit konnte ich mit der Besorgung ein paar Minuten schinden. Unser Lagerraum war ganz unten im Keller und wurde von einer absoluten Quasselstrippe verwaltet.

Renee war ein seltsames Mädel und schien nicht gerade viele Freunde außerhalb des Kollegenkreises zu haben, mit denen sie sonst redete. In dem Moment, in dem ich in ihren Raum kam, um meine Sachen zu holen, fing sie unablässig damit an, von einer Fernsehserie zu erzählen, die sie geschaut hatte. Normalerweise fand ich einen Grund, um zu gehen, doch bei Renee hatte ich beschlossen, dass sie meine perfekte Komplizin war, um für eine Zeit lang dem Büro fernbleiben zu können.

Wir unterhielten uns fast eine Stunde, ehe ich beschloss, wieder nach oben zu gehen. Ich hatte außer den Druckerpatronen auch noch sechs Kartons Papier in meinen Armen, von denen ich dachte, sie problemlos tragen zu können. Allerdings bemerkte ich schnell, dass das eine Fehleinschätzung war.

Mithilfe meines Ellenbogens drückte ich den Fahrstuhlknopf. Dann lehnte ich die Kartons auf dem Haltegriff im Fahrstuhl ab, um meinen Armen ein wenig Entlastung zu gönnen. Als ich mich streckte, um an die Taste für meine Etage zu kommen, sah ich, wie George noch hereinhuschte. Die Türen schlossen sich hinter ihm und er stellte sich direkt hinter mich.

Seine Arme griffen um mich herum und er hob das Papier ein wenig an. Ich spürte, wie sich seine Hüften an meinem Hintern bewegten. Sehr schnell wurde er erregt und ich spielte ein wenig mit ihm, indem ich meinen Rücken gegen ihn drückte.

„Das Papier sieht ziemlich schwer aus“, flüsterte er in mein Ohr.

„Ja, ist ziemlich hart, alles allein zu tragen.“

„Apropos hart...“

Sein Penis war komplett steif, als er sich gegen mich drückte. In diesem Moment öffnete sich die Fahrstuhltür auf unserer Etage. George stand an mich gedrückt und mit seinen Armen um mich gelegt das Papier haltend, auf dem die Druckerpatronen balancierten.

„Hey George“, hörte ich Matthews Stimme sagen.

Sofort nahm George mir das Papier ab und hielt es vor seinen wild erregten Penis. Er versuchte so zu tun, als wäre nichts gewesen, aber es war unmöglich es zu leugnen. Matthew hatte definitiv gesehen, was George getan hatte. Doch was würde er nun dagegen machen?

„Hey Matthew, ich war gerade dabei Michaela mit den Sachen hier zu helfen“, sagte George, als er an Matthew vorbeiging.

Der Ausdruck in Matthews Gesicht war gefährlich. Es sah ganz so aus, als würde er George gleich hier im Flur ins Gesicht schlagen. Als ich an Matthew vorbeiging, musste ich lächeln und mit den Achseln zucken. Er war derjenige, der wollte, dass alles professionell ablief. Er war derjenige, der mich fickte und dann ohne eine einzige Textnachricht die ganze Woche zurückließ.

Ich hätte es nicht besser planen können. Der Moment, in dem Matthew uns sah; wissend, dass George sich an mich gedrückt hatte. Es war herrlich. Auch wenn ich noch nicht mit George wegen der Sprecherposition gesprochen hatte. Mir gefiel der Gedanke, Matthew ein wenig eifersüchtig zu machen.

George war den Flur zur Hälfte entlanggegangen und ich folgte dicht hinterher. Matthew beschloss, doch nicht nach unten fahren zu müssen und folgte mir stattdessen. Seine Augen starrten auf George und er sah wütend aus.

„Ich kann das ins Büro tragen“, rief Matthew hinter mir hervor.

„Kein Problem. Ich hab es.“

Als George im Büro ankam, öffnete ich die Tür, um ihn hereinzulassen. Dann schloss ich sie wieder und drehte mich zu Matthew.

„Ruinier das ja nicht. Sei kein Idiot“, sagte ich, öffnete die Tür und ging zu meinem Schreibtisch.

Ich hatte noch keine Gelegenheit für eine vernünftige

Unterhaltung mit Matthew gehabt, aber er musst wieder runterkommen und erkennen, dass es hilfreich gewesen wäre, George in eine kompromittierende Situation zu bringen, um das zu bekommen, was Matthew wollte.

Matthew ging rein und es schien, als hätte sich sein Gesichtsausdruck gewandelt. Er und George gaben sich die Hände und völlig geschockt musste ich mit ansehen, wie Matthew George in sein Büro einlud.

Oh, verdammt. Matthew war dabei mit George über die Position des Sprechers zu reden oder über mich. Mist!

Mein Herz raste, während ich auf Matthews Tür schaute und darauf wartete, dass beide Männer wieder herauskamen. Ich hatte Magenschmerzen und fühlte mich immer unwohler, je länger die beiden Männer im Büro waren. Ich konnte mir einfach nicht denken, worüber zum Teufel sie so lange dort drin redeten. Es dauerte weit länger als eine Stunde, bis beide wieder herauskamen.

Sie gaben sich die Hände, dann schloss Matthew seine Tür und George ging, ohne auch nur in meine Richtung zu blicken.

Ich setzte mich an meinen Tisch und tat so, als würde ich arbeiten, darauf wartend, dass Matthew mich in sein Büro rief. Doch als die Stunden des Tages nur so verflogen, beschloss ich, dass es das Beste wäre nach Hause zu gehen. Was auch immer bei Matthew passiert war, ganz sicher wollte er nicht mit mir darüber reden.

Die Fahrt von der U-Bahn nach Hause war kurz. Kaum war ich zu Hause, bemerkte ich, dass Raymond auf der anderen Seite der Straße parkte.

Als er das letzte Mal bei meiner Wohnung war, wartete er solange, bis ich endlich mitkam. Das würde nicht wieder vorkommen. Aus welchem Grund auch immer Matthew Raymond zu mir geschickt hatte, es interessierte mich dieses Mal nicht. Zumindest schwor ich mir, nicht in sein Auto einzusteigen.

Zögerlich lief ich zu Raymond hinüber, um zu erfahren, was er mir zu erzählen hatte. Selbst wenn der Himmel eingestürzt wäre, auf keinen Fall wäre ich mit zu Matthew gekommen. Er hatte auf Arbeit ja nicht einmal mit mir geredet. Ich war mir sicher, dass ich diese Nacht nicht in seinem Haus in die Falle gehen würde. Und ganz sicher wollte ich Matthew nicht die Oberhand überlassen über das, was auch immer es war, dass wir hatten.

„Hi Raymond. Ich werde nirgends mit dir hinfahren. Tut mir leid, aber bitte bleibe nicht die ganze Nacht hier draußen sitzen."

„Ich soll Ihnen nur das hier geben". Raymond gab mir eine kleine Schachtel.

„Was ist das?"

„Denken Sie wirklich, dass ich jemals reingucken würde?", fragte er lächelnd.

„Ja", lächelte ich zurück.

„Es ist ein Schlüssel und eine Nachricht. Die Nachricht ist versiegelt, ich konnte sie also nicht lesen. Keine Ahnung, wofür der

Schlüssel ist. Viel Glück."

Raymond ließ das Fenster hoch und fuhr davon.

Für eine Minute stand ich auf der Straße und versuchte mich zu entscheiden, ob ich in die Kiste schauen wollte oder nicht. Offensichtlich war es eines von Matthews Spielen und ich war mir nicht sicher, ob es eine gute Idee gewesen wäre mit ihm zu spielen.

Doch die Neugier siegte. Langsam öffnete ich die Kiste und nahm den Schlüssel heraus. Er sah nicht wie ein Autoschlüssel aus, wofür er aber war, wusste ich nicht. Vielleicht für einen Safe oder ein Schließfach. Ich war nicht sicher.

Mir war nicht danach auf der Straße zu stehen, während ich den Brief öffnete, also ging ich zurück und setzte mich in mein Auto. Es war ein kurzer Brief und wie ich sofort erkannte alles andere als eine Entschuldigung.

„Gehe zu dieser Adresse. Benutze den Schlüssel. Es ist eine Überraschung."

Die Nachricht las sich wie eine Art Schnitzeljagd oder so etwas Ähnliches und darauf hatte ich keine Lust. Was auch immer an dieser Adresse sein würde, hatte zu warten, denn ich hatte vor, früh ins Bett zu gehen.

Doch gerade als ich aus dem Auto stieg, erhielt ich eine Textnachricht von Matthew. Es war die erste seit einer Woche.

„Ignoriere es nicht. Du musste es sehen."

Er ließ es so dringend wirken. Als wäre dort irgendein lebendiges Tier, welches ersticken würde, wenn ich nicht aufkreuzen würde.

„Kann nicht. Ich geh ins Bett", schrieb ich Matthew zurück.

„Nein. Du gehst jetzt zu dieser Adresse."

Ich hasste diesen Ton. Ich war nicht seine Sklavin. Ich hatte einen eigenen Kopf und konnte selbst entscheiden, ob ich hingehen wollte, wohin auch immer mich diese Adresse führte.

So sehr ich mich auch weiterhin querstellen wollte, so wusste ich doch, dass Matthew nicht nachgeben würde, bis ich zu dieser Adresse gegangen war. Also gab ich klein bei und fuhr zurück in die Stadt. Glücklicherweise war es kurz vor zwanzig Uhr und der Berufsverkehr war vorbei.

Ich gab die Adresse in mein Navi ein und es brachte mich zu einem schicken Gebäude direkt gegenüber des Kapitols. Schon oft war ich daran vorbeigekommen, um mir Kaffee oder Mittag zu besorgen. Es war schön. Es gab einen Pförtner und eine schicke Lobby. Trotzdem konnte ich mir nicht erklären, warum Matthew mich zu dieser Adresse kommen ließ.

Ich versuchte ihm zu schreiben, aber er antwortete nicht.

„Soll ich da reingehen?", schrieb ich.

Keine Antwort.

Schließlich beschloss ich zu parken und den Pförtner zu fragen, ob er wüsste, wohin ich gehen sollte.

„Hallo, mein Name ist Michaela Wilson. Ich habe diesen Schlüssel…“

Noch ehe ich den Satz zu Ende bringen konnte, öffnete der Pförtner die Tür für mich.

„1715. Der Fahrstuhl befindet sich geradezu auf der rechten Seite.“

Skeptisch schaute ich ihn an und ging dann ins Gebäude. Es fühlte sich an wie in einem Film und ich kam mir völlig fehl am Platz vor. Ich hatte keine Vorstellung, was genau ich in Zimmer 1715 finden würde, aber es machte mich nervös.

Der Fahrstuhl war komplett mit Spiegeln ausgestattet und aus den Lautsprechern ertönte ausgefallene Musik. Es erinnerte mich an ein schickes Hotel, in dem ich übernachtet hatte, als ich einmal in Las Vegas gewesen war. Langsam stieg ich aus dem Fahrstuhl aus und ging in Richtung des Zimmers. Flüchtig blickte ich mich um, überprüfend, ob ich irgendetwas Verdächtiges sehen konnte. Aber es gab nichts.

Zuerst klopfte ich an der Tür und wartet einige Augenblicke. Als niemand kam, holte ich den Schlüssel heraus, den Matthew mir geschickt hatte. Er passte perfekt ins Schloss. Langsam drückte ich die Klinke nach unten und trat hinein.

„Hallo“, rief ich.

In dem Apartment war es dunkel, also glitt ich an der Wand

entlang auf der Suche nach einem Lichtschalter und schaltete das Licht an. Die Wohnung war leer, doch ich erblickte ein Licht aus einer Ecke, in der ich das Schlafzimmer vermutete.

„Hallo", sagte ich erneut.

Ich öffnete die Tür zum Schlafzimmer und sah ein Bett darin. Es sah aus, als ob es mit nagelneuen Laken bezogen war und da sich ansonsten nichts in der Wohnung befand, musste ich davon ausgehen, dass auch das Bett brandneu war.

Ich ging zum Bett und legte meine Hände darauf. Es wirkte ziemlich bequem und auch das Apartment war sehr schön.

„Gefällt es dir?"

„Verfluchte Scheiße, Matthew! Du hast mich zu Tode erschreckt."

„Gefällt es dir? Ich hoffe, du magst es?"

„Ja, es ist eine schöne Wohnung. Aber du hast ein wunderschönes Haus, warum brauchst du ein winziges Apartment wie dieses?"

„Es ist nicht meins", sagte er.

Mit einem jugendlichen Grinsen stand Matthew vor mir und ich hatte keine Ahnung, was zur Hölle gerade los war. Den ganzen Tag ignorierte er mich, um mir dann zu sagen, ich solle zu der Wohnung eines Fremden kommen. Wollte er mich nur näher an der Arbeit ficken? Ich wusste nicht, was ich denken sollte.

„Wem gehört es?“

Matthew sah nach unten zu dem Schlüssel in meiner Hand und lächelte einfach weiter. Ich brauchte lange, bis ich begriff, was er versuchte mir zu sagen. Ich sah zu ihm, dann zurück auf den Schlüssel. Wollte er, dass ich ihm den Schlüssel gab? Sollte ich den Schlüssel weglegen? Ich war so irritiert, dass ich etwas lachen musste. Dann begriff ich, was los war.

„Es ist meins?“, schrie ich.

„Ja. Ich kann nicht zulassen, dass du in diesem gefährlichen Viertel wohnst.“

„Was zum Henker, Matthew. Du kannst mir doch nicht einfach eine Wohnung geben.“

„Genau genommen, doch“, sagte er und griff in seine Tasche, um ein Stück Papier herauszuziehen. „Hier steht dein Name im Mietvertrag. Nur dein Name. Ich habe die Miete für das erste Jahr bezahlt. Dann kannst du alles danach zahlen oder ausziehen oder was auch immer du willst.“

Ich stand einfach nur da und versuchte es zu begreifen. Noch nie zuvor hatte ich ein so großes Geschenk bekommen. Es war riesig. Das Apartment musste um die $2000 pro Monat kosten, und er hatte es mal eben für ein ganzes Jahr bezahlt. Ich war mir nicht sicher, ob ich in eine solche Situation mit irgendeinem Mann gebracht werden wollte. Definitiv würde ich ihm etwas schuldig sein.

Ein Mann verschenkte nicht so etwas wie eine Wohnung, ohne dass daran irgendwelche Bedingungen geknüpft gewesen wären. Auf irgendeine Art und Weise würde er sein Geld zurückbekommen wollen und ich musste wissen, wie, bevor ich dieses Angebot annehmen konnte. Wenn alles, was er dafür wollte, meine Hilfe bei den Senatoren war, hätte ich es okay gefunden. Doch sollte es andere Forderungen für das Apartment geben, musste ich mir dieser bewusst sein, ehe ich einzog.

„Ich weiß nicht, Matthew. Es ist ziemlich groß."

„Den Satz höre ich öfter", witzelte Matthew, als er auf mich zukam, mir den Vertag aus der Hand zog und ihn auf den Boden warf. „Wir können später darüber reden. Es gibt noch etwas anderes, das ich gerne tun würde."

„Worüber hast du solange mit George in deinem Büro geredet?", platzte es aus mir heraus.

„Du willst gleich jetzt über Senator Masson reden?", Matthew öffnete seine Hose und sein pulsierender Penis sprang in Startposition.

„Nur grob. Worüber habt ihr geredet?", konnte ich meine Neugierde kaum stoppen. Ich musste unbedingt erfahren, worüber zur Hölle sie geredet hatten.

„Wir haben darüber gesprochen, dass er möchte, dass du für ihn arbeitest."

Matthew zog sich weiter aus, während er mir mehr darüber erzählte, was sie beredet hatten.

„Ich sagte nein und lenkte dann das Gespräch darauf, dass er die Rolle als Sprecher des Repräsentantenhauses einnehmen könnte. Ich bin ziemlich sicher, dass er ohnehin darüber nachgedacht hat."

„Und das dauerte eine Stunde?“

„Dann fragte er wieder nach dir. Man, der will dich unbedingt.“

Betreten schaute ich zu Boden. Ich wusste nicht, was ich sagen oder tun sollte. Ich wusste auch, dass George mich wollte. Es gab keinen Zweifel daran, dass mein aufreizendes Verhalten ihn nur noch mehr dazu gebracht hatte mich zu begehren als ohnehin schon.

„Was hast du ihm gesagt?“

„Ich sagte ja.“

„Was? Das hast du nicht! Ich will nicht mit ihm arbeiten“, sagte ich und schubste Matthew.

„Ich mache nur Spaß, Kayla. Ich werde dich ganz sicher nirgendwo hingehen lassen“, sagte er, während er damit begann mir meine Kleidung auszuziehen. „Ich habe vor, dich für eine sehr lange Zeit nur für mich zu haben.“

Mit seinen Händen auf meinem Körper konnte ich nicht klar denken. Mit der ersten Berührung wurde ich feucht und mit jeder weiteren erzeugte ich mehr Feuchtigkeit.

Seine dunklen Augen und Haare formten sein Gesicht unwiderstehlich. Er hatte ein markantes Kinn und da er fast doppelt so alt war wie ich, hatte er auch erkennbare Linien um seine Augen. Jeder Winkel seines Gesichtes war einfach perfekt, genauso perfekt, wie der Rest seines Körpers.

Meine Hände ruhten auf seiner Brust und ich atmete den süßen Duft seines Parfums ein. Sein Geruch hatte etwas Beruhigendes.

„Mir gefiel es nicht zu sehen, wie er seine Hände auf dir hatte“, sagte Matthew und drehte mich herum, meinen Hintern an sein Becken haltend.

„Tut mir leid“, sagte ich und drückte meinen Hintern an ihn.

„Sollte es auch. Ich war kurz davor mich dort zu vergessen. Mit ansehen zu müssen, wie er seine Hände auf dir hatte, das war kein Spaß. Scheiße, ich hätte es keine Sekunde länger ausgehalten.“

„Du weißt, dass ich nicht mit ihm geschlafen habe, oder?“

„Gut so. Ich will dich nur für mich alleine.“

Matthew griff nach meinem Höschen und zog es auf den Boden. Ich stieg heraus und lehnte mich nach vorn. Ich wollte gerade aufs Bett steigen, als er mich stoppte. Seine Lippen bewegten sich sanft meine Wirbelsäule entlang und er zog mich zu sich heran.

„Ich habe eine bessere Idee“, sagte er.

Matthew zog mich raus auf den Balkon, der den Blick über die Stadt ermöglichte. Wir waren hoch genug, damit man uns vom Fußweg aus nicht sehen konnte. Doch alle anderen Leute in den Apartments auf der anderen Seite konnte es, wenn sie es gewollt hätten.

„Matthew, auf keinen Fall.“

Ich zog an seiner Hand, um ihn wieder rein zu bekommen, aber er machte nicht mit. Er packte mich heftig und drückte mich gegen das Balkongeländer. Mit einer Hand hielt er meine Hände fest am Balkon, mit der anderen spreizte er meine Beine.

„Oh…scheiße", stöhnte ich, als er in mich fuhr.

Es fühlte sich an, als wenn Wochen vergangen wären, seitdem er das letzte Mal in mir drin gewesen war. Der Druck seines ungebändigten Penis als er in mich glitt ließ meinen ganzen Körper vor Verlangen schreien. Matthews Lippen ruhten auf meinem Nacken und er drückte mein Haar zur Seite. Mit jedem Stoß konnte ich durchflutete mich die Erregung.

Matthew versuchte nicht einmal mich zum Schweigen zu bringen. Er schien elektrisiert davon, auf dem Balkon zu stehen und mich stöhnen zu hören.

Seine Stöße begannen langsam, während seine Hände um meine Brüste und weiter zu meinen Hüften wanderten. Ich versuchte mich weiter an der Brüstung festzuhalten, während sein Körper mich ausfüllte.

Während seine Stöße immer stärker wurden, wanderten meine Augen von einem Fenster zum anderen, prüfend, ob uns jemand zusah. Zum Glück schien das nicht der Fall zu sein.

Ich versuchte mich zu entspannen, während er sich bewegte, aber ich hatte solche Angst erwischt zu werden, dass ich mich überhaupt nicht entspannen konnte. Ich wollte einfach nur reingehen. Ich wollte auf dem Bett liegen. Ich konnte keinen Sex im Freien haben, wo Leute mich hätten beobachten können. Das war einfach zu viel für mich.

„Lass uns reingehen", sagte ich und versuchte mich umzudrehen und Matthew anzugucken.

Doch irgendetwas war anders mit ihm. Er beachtete mich in keiner Weise. Matthew griff nach dem Geländer und begann mich so hart zu stoßen, dass ich schreien musste.

Immer härter stieß sein Penis in mich und ich spürte, wie meine Knie nachgaben.

„Matthew", schrie ich. „Langsamer."

Er ignorierte mich völlig. Stattdessen gingen seine Stöße immer tiefer, dann zog er ihn raus. Matthew drückte mich runter auf meine Knie, griff meine Haare und zog meinen Mund an seinen Penis. Gehörig öffnete ich meinen Mund und nahm ihn tief in den Rachen.

Ich war zufrieden damit, auf den Knien zu hocken und ihn in meinem Mund zu haben. So konnte mich wenigstens nicht jeder sehen.

Matthew brauchte ein paar weitere Stöße, dann erleichterte er sich auf meinen Brüsten. Er packte mich an der Hand und half mir hoch. Dann führte er mich ins Badezimmer und wir gingen unter die Dusche.

Während wir in der Dusche standen, wechselten wir kein Wort miteinander. Matthew wusch mich mit dem Waschlappen. Irgendetwas war anders an ihm.

Als wir damit begonnen hatten miteinander Sex zu haben, hielt

Matthew mich fest und seine Lippen waren nah an meinem Ohr. Ich konnte seine Leidenschaft für mich in jedem seiner Atemzüge hören. Doch je öfter wir miteinander schliefen, desto distanzierter wurde Matthew. Als ob er versuchte absichtlich rau zu mir zu sein.

Schweigend nahmen wir unsere Dusche und ich hatte erwartet, dass Matthew sich danach still vom Acker machen würde, so, wie er es beim letzten Mal getan hatte. Zumindest war ich mental dieses Mal etwas besser darauf vorbereitet.

Ich trocknete mich ab und nahm ein frisches Handtuch, ging zum Bett und legte es aufs Kopfkissen. Ich sagte kein Wort zu ihm. Stattdessen drehte ich mich in Richtung Balkon und schloss meine Augen.

So sehr ich es auch zu unterdrücken versuchte, spürte ich, wie mir die Tränen in die Augen schossen. Ich hasste es. Was auch immer es mit uns war, ich wollte, dass die Dinge wieder so waren wie in Chicago. Warum konnten wir nicht einfach wieder zu dem zurückkehren? Es musste nicht sein, dass die Politik in Washington uns zerstörte. Wir könnten unsere Beziehung so gestalten, wie wir es wollten.

Doch es spielte keine Rolle. Ich hörte wie Matthew seine Klamotten aufsammelte und sich auf den Weg machte. Ich musste nur ruhig warten, bis er gegangen war, dann konnte ich zusammenbrechen und weinen. Langsam holte ich ein paar Mal tief Luft und versuchte mich vom Weinen abzuhalten.

„Gute Nacht, Kayla“, hörte ich ihn von der Türschwelle aus.

Ich hatte nicht vor zu antworten. Ich ertrug es nicht länger und hätte es nicht geschafft gegen die sich aufbauenden Tränen anzureden. Ich lag einfach nur still da und wartete, dass er ging.

„Kayla, ich rufe dich morgen an", sagte er, während ich hörte, wie seine Stimme näher kam.

Er stand vor mir, lehnte sich zu mir herunter und küsste meine Wange. Ich hoffte, dass er nicht bemerkte, dass ich weinte.

Seine Schritte entfernten sich wieder und ich hörte ihn im Flur. Es hörte sich an, als hätte er die Tür ver- oder entriegelt und wartete darauf, dass sie sich öffnete. Aber es passierte nichts.

Ich richtete mich auf, um nachzusehen, was los war. Matthew stand in der Tür und warf sein Portemonnaie und seine Schlüssel auf den Boden. Mit schnellen Schritten kam er zurück zum Bett, zog sich wieder aus und schlug die Decke zurück.

„Ich werde bleiben", sagte er und nahm mein Gesicht in seine beiden Hände, um mich auf die Wange zu küssen. „Wenn das für dich in Ordnung ist?"

Ich konnte nicht reden. Ich nickte einfach nur und sank auf seine Brust.

Mit seinen Armen um mich geschlungen versuchte ich aufzuhören zu weinen. Ich wusste nicht, warum ich wegen dieser Nacht so emotional wurde. Wir hatten Spaß und es musste nicht mehr als das sein. Doch für mich war es so viel mehr.

Ich legte einen Arm und ein Bein auf seinen nackten Körper und fiel in den Schlaf. Es war keine perfekte Nacht, aber es fühlte sich an wie der Start zu etwas völlig anderem als das, was wir die ersten Wochen meiner Zeit in Washington hatten.

Ich war gern bereit ihm bei seinem Aufstieg ins Weiße Haus zu helfen, aber ich war nicht bereit mich als Spielzeug benutzen und dann wegwerfen zu lassen. Die Tatsache, dass Matthew seine Meinung geändert und sich entschlossen hatte zu bleiben, bedeutete sehr viel für mich. Es war, als wäre der innere Kampf zwischen Gut und Böse in Matthew endlich beendet gewesen, wobei er sich für die gute Seite entschieden hatte. Er hatte dasselbe gespürt wie ich und er war bereit zu schauen, wo es uns hinführen würde.

Ich war überzeugt, dass Washington keinen Schimmer hatte, was es mit uns als Team erwarten würde.

Kapitel 13

Matthew

Wir waren das perfekte Team. Es war, als hätte Kayla irgendeine Art Macht über die Senatoren und jedes Mal, wenn ich sie mit zu einem Meeting nahm, bekam ich, was ich wollte. Sie hatte so eine Unschuld in ihren Augen, der die Männer sich nicht entziehen konnten.

Generell mögen Männer Unschuld, was ziemlich merkwürdig ist, wenn man bedenkt, dass wir diese Unschuld nur dazu benutzen wollen unsere eigenen Ziele zu erreichen. Doch wissend, dass eine Frau eine gewisse Unschuld besitzt, bietet Macht für den Mann und für seine Absicht, ihr diese Unschuld zu nehmen.

Sicherlich wussten die Senatoren nicht, dass ich sie in unserer Freizeit fickte. Einige der Senatoren, mit denen wir uns trafen, flirteten ganz offen mit Kayla, sobald wir uns gesetzt hatten und über Geschäftliches sprachen. Ledig oder verheiratet, das machte keinen Unterschied. Sie alle flirteten mit ihr.

Es war, als wäre ich plötzlich einzig und allein deshalb angesehener, weil ich Kayla mit zu den Treffen brachte. Doch ich würde lügen, wenn ich behaupten würde, dass mich das störte. Im Gegenteil, ich hatte vor sie so oft ich konnte zu meinem Vorteil zu nutzen. Ganz besonders bei Senator Masson. Er hatte einen Dauerständer wegen Kayla. Er sah mich ungern mit ihr und versuchte unablässig sie von mir weg zu bekommen. Doch das würde nicht passieren. Was auch nicht passieren sollte war, dass Kayla und George Masson miteinander fickten. Ich würde sie nicht so weit mit ihm gehen lassen.

Es war mir egal, ob sie für dicke Eier bei ihm sorgte, solange sie ihn nicht wirklich fickte. Er war mindestens fünfzehn Jahre älter als ich, was bedeutete, dass er weit über fünfundfünfzig war. Kayla durfte nichts mit einem so alten Sack zu tun haben.

„Senator Masson, schön Sie wiederzusehen", sagte ich und packte mein künstliches Lächeln aus, während ich ihm die Hand schüttelte.

„Matthew, schön Sie zu sehen. Und noch schöner dich zu sehen, Kayla. Bist du jetzt Matthews Assistentin?"

In seinen Augen sah ich seinen abschätzigen Blick. Er hasste es, dass sie mir gehörte. George Masson wollte Kayla so unbedingt, dass es ihn fast umbrachte, dass sie mich nicht verlassen und zu ihm gehen würde.

„George, ich liebe es, wenn wir die Zeit haben, um mit dir zu Mittag zu essen. Ich würde nicht sagen, dass ich Senator Storms Assistentin bin, eher die Assistentin des Assistenten", sagte Kayla, als sie Senator Massons Hand länger als nötig schüttelte.

George hielt sie mit beiden Händen fest und es sah nicht so aus, als würde er sie wieder gehen lassen wollen. Ich setzte mich an den Tisch und wartete geduldig darauf, dass sie ihr kleines Flirtspielchen beenden würden. Es war äußerst peinlich, wie er so schnell ihrem Bann erlag. Hatte der Mann denn überhaupt keine Würde?

„Du weißt, dass ich dich liebend gerne für mich arbeiten lassen würde, wenn du es leid bist als Assistentin zu arbeiten. Ich könnte dir eine volle Stelle in meinem Büro anbieten."

Senator Masson fuhr die schweren Geschütze auf und das gefiel mir nicht. Er versuchte, Kayla mit dem Versprechen auf eine Beförderung wegzulocken. Das konnte ich nicht zulassen.

„Eigentlich war ich gerade dabei, sie in eine beratende Position in meinem Büro zu heben. Tut mir leid, George, ich lasse Sie sie mir immer noch nicht abwerben."

„Einen Versuch ist es wert."

Wir setzten uns alle hin und nahmen uns ein paar Minuten für die Mittagsbestellung und um ein paar obligatorische Floskeln auszutauschen. Ich hasste diesen Smalltalk, aber ich hatte schnell gelernt, dass es notwendig war, bevor man zum Geschäftlichen kommen konnte.

„George, ich würde Sie gern bei Ihrer Bewerbung auf die Stelle des Sprechers des Repräsentantenhauses unterstützen. Wie kann ich Ihnen helfen?", fragte ich, als wir mit dem Essen begannen.

Kayla saß neben mir und ich bemerkte, wie ihre Hand auf mein Bein kroch und dann meinen Schenkel hoch. Ich wusste zwar nicht genau, was sie bezwecken wollte, aber ganz sicher wollte ich sie nicht davon abhalten.

„Matthew, ich bin mir nicht sicher, ob das wirklich der richtige Weg für meine Karriere ist."

Er war so ein Arschloch. Er wollte nichts lieber als diese Position. Der einzige Grund, warum er seine Bewerbung zurückzog, war, dass er älter geworden war und nicht glaubte gewinnen zu können.

Ich wollte gerade etwas sagen, als Kayla meine Hose öffnete. Ich verschluckte mich an meinem Salat, was, so dachte ich, genau Kaylas Plan war. Sie machte damit weiter mit meinem Schwanz zu spielen, während sie zu George sah, als würde sie darauf warten, dass er weitererzählte.

„Wohin möchtest du denn deine Karriere bringen?“, fragte Kayla. Währenddessen rieb sie unter dem Tisch meinen Schwanz.

„Ich bin ziemlich zufrieden damit Senator zu sein. Als Sprecher des Repräsentantenhauses wäre ich viel stärker im Rampenlicht. Ich weiß nicht, ob es das ist, was ich möchte.“

„Völlig verständlich. Nicht jeder hat ein Interesse daran, ein solch mächtiger Mann zu sein.“

Wow, ich konnte nicht glauben, dass Kayla zu George gerade genau das gesagt hatte. Das war ein riesiger Seitenhieb an sein Ego und gewiss nichts, das ich ihm hätte sagen können. Doch wenn Kayla es sagte, wirkte dieser Kommentar irgendwie mitfühlend.

„Es ist eine ziemlich machtvolle Position“, sagte George, während er unerlässlich direkt in Kaylas Augen sah.

Was mich wirklich anfing anzukotzen, war, dass Kayla zu George Masson sah, während sie mir einen runterholte. Ich hatte das Gefühl, dass wir mitten in einem merkwürdigen Dreier waren. Nun, ich war nicht gegen eine spaßige Sex-Nacht mit einem Geschäftspartner, doch so sicher wie das Amen in der Kirche wäre das nicht mit George Masson gewesen, wenn wir denn so etwas getan hätten.

„George, das ist Ihre Chance. Ich kann Ihnen helfen ein paar Stimmen einzufahren und wir können Sie auf diesen Posten bekommen“, ergänzte ich.

„Matthew, ich weiß es zu schätzen, dass Sie versuchen mir zu helfen. Doch genau wie mit dem Waffenausschuss des Senats, könnte ich Ihnen nicht großartig helfen, wenn ich in dieser Position wäre."

„George, ich verlange überhaupt nichts von Ihnen. Ich möchte, dass Sie das wissen. Ich bin einfach nur überzeugt, dass Sie der Richtige für den Job sind."

Zu dieser Zeit rieb Kayla meinen Schwanz immer heftiger und schneller und ich begann mich zu sorgen, dass sie nicht aufhören würde, ehe ich gekommen war. Ich hatte nicht vor mich in der Mitte des Restaurants vollzuspritzen.

Ich legte meine Hand auf Kaylas und hielt sie davon ab weiterzumachen. Sie wurde wütend und zog ihre Hand weg.

„George, ich habe immer noch nicht das Kleid von dir zurückbekommen", sagte Kayla. „Würde es dir etwas ausmachen, wenn ich mit dir zum Büro komme, um es abzuholen?"

Kayla wusste definitiv, wie man einen Tiefschlag austeilte. Sie wusste, wie sehr ich die Vorstellung hasste, dass sie allein mit George sein würde, und die Tatsache, dass ich wusste, dass sie sauer war, machte es nur noch schlimmer. Ich wollte nicht, dass sie eine schlechte Entscheidung traf und mit George fickte, nur weil sie sauer auf mich war.

„Natürlich, Kayla. Sollen wir gleich gehen?", fragte George mit einem süffisanten Grinsen in seinem Gesicht.

„Senator Storm, ich werde nur ein paar Minuten brauchen und sie dann wieder im Büro treffen."

„Geht klar", sagte ich mit der ruhigsten Stimme, die ich aufbieten konnte.

Oh, Kayla würde es mir ordentlich zurückzahlen müssen, wenn ich später mit ihr allein sein würde. Sie hatte mich absichtlich heißgemacht und dann geplant mit Senator Masson abzuhauen. Es war ein dreckiges Spiel und ich war nicht gewillt sie gewinnen zu lassen.

Sie hatte keine Ahnung, welche Macht ich hatte, und sie musste lernen, dass man mit mir nicht wie mit einem dummen Uni-Bengel spielen konnte.

Kayla

„Lässt du mich jetzt endlich meinen Schwanz in deine hübsche, kleine Muschi stecken?“, fragte George Masson, als wir zu seinem Büro gingen.

Ich war angeekelt von dem Gedanken, dass sein runzliger Penis auch nur in meiner Nähe hart wurde, doch mir war klar, dass ich das nicht zeigen durfte. Ich durfte nicht im Geringsten den Anschein erwecken, dass ich überhaupt kein Interesse an ihm hatte. Tatsächlich hatte ich viel darüber nachgedacht und war mir ziemlich sicher, früher oder später mit Senator Masson schlafen zu müssen. Ich hatte nur keine Ahnung, wie ich ihn alleine noch weiter hätte hinhalten können.

Seit unserer Begegnung im Tennisclub waren Wochen vergangen und ich wusste, dass er immer frustrierter wurde. Wenn ich ihm nicht schnell etwas geben würde, würde er wütend werden. Ich musste ihn nur ausreichend genug reizen, damit er mit der Hoffnung auf mehr wiederkommen würde. Ihn scharf machen, damit er an dem interessiert blieb, was ich ihm mitteilen wollte.

Als wir in sein Büro kamen, bemerkte ich, dass Marge nirgends zu sehen war. Ich wusste, dass ich dort nicht wieder rauskommen würde, ohne zumindest ein bisschen auf George einzugehen. In meinem Kopf brodelten sämtliche Gedanken darüber, was ich tun sollte. Ich hatte die Dinge nicht sehr gründlich geplant und spürte, dass ich dabei war, einen großen Fehler zu begehen.

„Danke, dass du mein Kleid hast reinigen lassen“, sagte ich sanft, als wir in den Vorraum zu seinem Büro gingen. Ich hörte, wie er die Tür verriegelte und wurde sofort nervös.

George nahm das Kleid und brachte es zur Tür, um es an den Haken auf der Rückseite zu hängen. Dann nahm er mich und zog mich rüber zur Couch. Vorsichtig drückte er mich auf die Couch und ehe ich wusste, was geschah, hatte er seine Hand unter meinem Rock und zog meinen Slip aus.

„Oh George", sagte ich, während ich schüchtern tat.

„Ich brauch dich, Kayla. Du kannst mich nicht weiter so geil machen, ohne dass ich dich haben kann."

Rasch wanderten seine Lippen an meinem Schenkel hoch und er hob mein Shirt hoch, damit er mich ansehen konnte. Ich fühlte mich entblößt wie noch nie. Vielleicht deshalb, weil ich nicht mit ihm schlafen wollte. Vielleicht aber auch, weil es meine Vorstellungen überstieg. Was es auch immer geschah, ich wollte nicht so dort liegen, mit meiner Muschi komplett vor Senator George Masson entblößt.

Verzweifelt hoffte ich, dass Matthew kommen und an die Tür schlagen würde. Ich wollte, dass er mich aus dieser Situation rettete, in die ich mich selbst gebracht hatte, doch ich wusste nur zu gut, dass das nicht geschehen würde.

George starrte auf meinen nackten Körper und begann, seine Zunge auf mir arbeiten zu lassen. Recht schnell war ich positiv überrascht, dass der alte Knacker gewisse Fertigkeiten hatte. Erfahren fuhr er mit seiner Zunge über meinen Kitzler und ich fing an mich fallen zu lassen und den Moment so gut es ging zu genießen.

Er saugte, leckte und spielte sich durch mich durch, bis ich mit meinen Händen seine Haare ergriff und versuchte, ihn genau dort zwischen meinen Beinen zu halten.

Es war falsch. Alles in diesem Moment war schrecklich falsch, aber mein Körper scherte sich einen Scheiß darum. Mein Körper reagierte auf das, was gerade passierte und ich konnte mich nicht zurückhalten. Ich wollte mich an diesem Punkt nicht zurückhalten.

Seine Zunge war erfahren. George wusste genau, wie viel Druck es brauchte, damit ich stöhnte, und er wusste genau, wann er stoppen musste, um mich nach mehr betteln zu lassen. Ich spürte die Wärme des aufkommenden Orgasmus und war überrascht, wie schnell er mich heiß gemacht hatte.

Mein Becken drückte sich gegen seine Zunge und ich war kurz vorm Explodieren.

KLOPF, KLOPF, KLOPF.

George stoppte und sprang auf. Hastig zog ich meinen Rock wieder nach unten und meinen Slip nach oben Konnte es Matthew sein? Vielleicht hatte er gespürt, dass ich ihn brauchte? Oder er war so eifersüchtig, dass er es nicht aushielt daran zu denken, wie ich mit George Masson allein in einem Raum war.

„George, bist du vom Mittag zurück?", hörte ich Marge sagen.

George schaute zu mir, um sicherzugehen, dass ich wieder angezogen war. Dann gab er mir mein gereinigtes Kleid und öffnete schnell die Tür. Mir war es egal, wer es war. Ich war nur froh einen Grund zu haben, um gehen zu können.

Er hatte einen ersten Geschmack von mir erhalten und das wäre erst einmal genug, um ihn für eine Zeit ruhigstellen zu können. Es musste genug gewesen sein; ich hielt den Gedanken daran, noch mehr mit diesem Mann zu haben, nicht länger aus. Mein Plan hatte nicht so funktioniert, wie ich es mir vorgestellt hatte. Ich brauchte etwas Zeit, um meine Strategie neu zu überdenken.

„Hi Marge", sagte ich und umarmte sie. „Ich bin nur kurz vorbeigekommen, um endlich mein Kleid abzuholen."

„Oh, Kayla, es ist schön dich zu sehen."

„Senator Masson, Sie sollten sicherstellen, dass Sie sich um diese Dame kümmern. Sie ist mein absoluter Liebling", sagte ich, als ich das Büro verließ.

Hastig ging ich den Flur entlang, nur für den Fall, dass George auf die Idee gekommen wäre mir hinterherzugehen, um mit mir zu reden. Ich war wirklich nicht in der Stimmung für irgendetwas dergleichen. Ich wollte einfach nur zurück in mein Büro, meine Arbeit erledigen und dann nach Hause. Am liebsten hätte ich mich einfach nur betrunken, um alles zu vergessen, was ich gerade getan hatte.

Nach Hause, also in das neue Apartment, dass Matthew für mich gekauft hatte. Ich hatte es seitdem sehr schön hergerichtet und lud gern meine Freunde nach der Arbeit ein. Ganz offensichtlich hatte ich nun das beste Apartment von allen und brauchte eine gute Erklärung dafür.

Da jeder wusste, dass ich meiner Familie nicht gerade sehr nahe stand, erzählte ich einfach, dass ich einen Onkel hatte, von dem ich nichts wusste, und der mir nun nach seinem Tod Geld hinterlassen hatte. Meine Freunde waren überraschend leichtgläubig. Egal was ich ihnen sagte, sie glaubten es mir, ohne es auch nur annähernd in Frage zu stellen. Dass ich ihnen eine Runde Pizza und Getränke spendierte, als ich es ihnen erklärte, hatte es natürlich nicht gerade schwieriger gemacht.

Ich beschloss nicht mehr ins Büro zurückzugehen, sondern rief stattdessen Steven an. Ich täuschte Bauchschmerzen nach dem Mittagessen vor und sagte ihm, dass ich am kommenden Morgen anrufen würde, wenn es mir nicht besser ginge. Ich hatte tatsächlich Bauchschmerzen, aber eher von der Situation mit Matthew und George. Ich war mir nicht sicher, ob ich aus dem Holz geschnitzt war, um es in der Welt von Washington D.C.s sexueller Politik weit bringen zu können. Es war alles sehr viel schwieriger, als ich es erwartet hatte.

Ich ging heim. Doch als ich in der Wohnung saß, die Matthew für mich gekauft hatte, fühlte ich mich noch schlechter. Eine gefangene Frau zu sein hatte niemals auf meinem Plan für Washington gestanden. Ich wusste, dass ich Matthew nicht abblitzen lassen konnte, seit er mir die Wohnung angeboten hatte, doch ich hasste das Gefühl, tun zu müssen, was immer er von mir wollte.

Und als ich versucht hatte unsere Stimmung ein wenig aufzuhellen während unseres Geschäftsessens zum Mittag, hatte er mich einfach abgewiesen. Ich hoffte, dass er sich Sorgen darüber gemacht hatte, dass ich mit Senator Masson verschwunden war.

„Hi Kim, hier ist Kayla. Hast du Lust auf einen Drink?“, fragte ich, als ich sie spontan anrief.

„Hey Liebes! Ja. Anna und ich sind gerade dabei runter zu Sloan's zu gehen. Komm doch einfach dahin."

„Ja, das ist super. Ich muss echt mal tanzen und etwas Dampf ablassen."

„Perfekt. Wir sehen uns in ein paar Minuten."

Innerhalb von fünf Minuten hatte ich mir ein Kleid übergeworfen, meine Haare hochgesteckt und mich auf den Weg gemacht, mich mit Kim und Anna zu treffen. Es war eine Erleichterung einfach mal aus der Wohnung zu kommen und ich konnte es nicht erwarten ein paar Gläser hinterzugießen.

Ich war noch nie eine starke Trinkerin gewesen, aber die Politik in Washington machte mich ziemlich durstig. Ich konnte verstehen, warum so viele Senatoren und andere hier Suchtprobleme entwickelten. Es war eine niemals endende emotionale Achterbahnfahrt.

Kapitel 14

Kayla

Betrunken zu tanzen war mit Abstand meine liebste Art von Tanzen. Es fühlte sich so gut an einen sitzen zu haben und sich nicht im Geringsten darüber Gedanken machen zu müssen, was andere über einen dachten. Wenn man betrunken war, kümmerte es einen überhaupt nicht, ob andere Leute starrten oder lachten.

Das Beste am Trinken und Tanzen im Sloan's war, dass Kim, Anna und ich es tun konnten, ohne von irgendwelchen Typen bedrängt zu werden. Sloan's war ein Treffpunkt für das junge Volk von D.C. und so ziemlich jeder, der dort hinkam, war nur daran interessiert, Dampf von seinem unglaublich stressigen politischen Job abzulassen. Ab und an kam es vor, dass Leute abgeschleppte wurden, doch die meiste Zeit ging es nur ums Trinken und Tanzen unter Freunden, bis die Sorgen vergessen waren.

„Wie spät ist es?", schrie ich Anna zu, während wir tanzten.

„Ein Uhr."

„Scheiße, ich sollte nach Hause. Ich muss morgen arbeiten."

„Kayla, du wirst es auf keinen Fall zur Arbeit schaffen. Bleib einfach und tanz noch ein wenig. Wir können dich dann bei dir absetzen."

Es brauchte nicht viel Überredungskunst und ich kippte einen weiteren Drink, um anschließend wieder meinen Hintern auf der Tanzfläche zu schütteln. Ich brauchte diese Stressbefreiung. Ich musste meinen Kopf von all den Verschwörungen und Plänen um mich herum frei bekommen.

Während wir und andere Leute uns die Lunge aus dem Körper tanzten, bemerkte ich, dass ich mein Telefon zu Hause vergessen hatte. Nicht, dass ich es fürs Tanzen gebraucht hätte, aber es war ein komisches Gefühl den ganzen Abend ohne dort zu sein. Ich hoffte, dass nichts allzu Wichtiges passierte, dass ich hätte verpassen können.

Von seinem Telefon mal losgelöst zu sein, war ein wirklich befreiendes Gefühl. Zuerst löste es ein Gefühl der Angst aus, doch dann bemerkte ich, dass ich es eh nicht ändern konnte. Also beschloss ich mich einfach zu entspannen und den Rest des Abends zu genießen.

Der Abend endete damit, dass ich später nach Hause ging, als ich es mir hätte vorstellen können. Wir tanzten bis etwas zwei Uhr. Unterwegs hielten wir dann an einem Imbiss für einen Mitternachtssnack beziehungsweise für ein sehr frühes Frühstück mit ein paar anderen Freunden, die wir im Club getroffen hatten.

„Ihr Mädels seht aus, als hättet ihr ziemlich Dampf abgelassen. Was ist bei euch im Büro los?“, fragte Gene, ein Praktikant aus einem anderen Büro.

„Du weißt schon, normaler Washington-Scheiß“, sagte Kim.

Wir lachten alle heftiger und länger als wir es sonst vermutlich getan hätten, wenn wir nicht betrunken gewesen wären. Aber in ihrer Aussage steckte so viel Wahrheit. Ich war zwar erst seit kurzem in Washington, doch es sah so aus, als würde die immer gleiche Scheiße ablaufen, Jahr für Jahr. Ältere Senatoren bearbeiteten jüngere Senatoren, um ihre Ziele zu erreichen und neue Senatoren versuchten mit den alten Senatoren zu spielen. Es war wie leidige Katz und Maus Spiele.

Mein Ziel war es herauszufinden, wie ich sowohl die Katze als auch die Maus zu meinem Vorteil kontrollieren konnte. Das war eine Gratwanderung, die viel Fingerspitzengefühl verlangte und ich war bereit zu tun, was getan werden musste. Matthew war nicht der einzige, der Leute kontrollieren konnte. Wenn ich meine Karten vernünftig ausspielte, könnte ich alles erreichen, was ich für meine Karriere in Washington D.C. angestrebte.

Das Problem war, dass ich mehr als nur die große Karriere wollte. Ich wollte auch den Typen. Ich hatte das Gefühl, dass Matthew unablässig gegen seine Gefühle für mich ankämpfte. In manchen Momenten war er so süß und mir nahe, in anderen Phasen wirkte es, als würde er sich absichtlich wie ein totales Arschloch verhalten. Ich konnte noch immer keinen Grund für seine gegensätzlichen Verhaltensweisen finden, aber ich hatte immer das Gefühl, wie auf Eierschalen bei ihm zu laufen.

Ich konnte nicht alles auf eine Karte namens Matthew Storm setzen. Er war wie eine Rakete und es war absolut möglich, dass er jederzeit explodieren würde. Ich wollte nicht, dass seine Fehler auch mich zu Fall bringen würden, allerdings wollte ich dabei sein, wenn er es ins Weiße Haus schaffte. Es war eine ziemlich schwierige Situation.

Als wir mit dem Essen fertig waren, stiegen fünf von uns in ein Taxi und wir wurden alle nacheinander abgeliefert. Es machte Spaß mit all meinen neuen Freunden auszugehen. Ich fühlte mich wieder halbwegs normal und genau dieses Gefühl hatte ich gebraucht.

„Lasst uns erst Anna und Michael absetzen, dann Kim“, sagte Gene, als wir uns in Richtung der ersten Adresse aufmachten.

„Was ist mit mir und dir?“, fragte ich.

„Ich wohne in demselben Apartmenthaus wie du. Anna sagte, du bist in dem großen Haus gegenüber vom Kapitol, oder?“

„Ja, oh, das ist super. In welchem Stock wohnst du?“

„Dritter Stock. Alles darüber konnte ich mir nicht leisten. Was ist mit dir?“

Ich hasste es darauf zu antworten. Mir war klar, wie die Immobilienbranche funktionierte: Je weiter oben du in einem Haus wohnst, desto teurer ist es. Ich hatte wirklich keine Lust, dass jeder wusste, wie viel meine Wohnung jeden Monat kostete und da Gene die Preise kannte, hätte er es jedem sagen können, wenn er meine Etage wüsste. Ich wohnte im 17. Stock, doch es hatte niemanden etwas anzugehen, wie viel ich bezahlte. Besser gesagt, wie viel Matthew Storm dafür bezahlte.

„Ich bin knapp darüber“, sagte ich vage.

Nachdem wir alle abgeladen hatten, kamen auch Gene und ich bei unserem Haus an. Ich versuchte mich noch am Briefkasten aufzuhalten, in der Hoffnung, dass er einfach schon hochfahren würde. Aber der Gentleman in Gene ließ ihn auf mich warten, sodass wir gemeinsam zum Fahrstuhl gingen. Zwangsläufig musste ich auf meine Etagennummer drücken.

Ich hatte nur darauf gewartet, dass er irgendetwas sagte, aber als die Fahrstuhltür auf seiner Ebene aufging, sagte Gene nicht ein Wort. Auch bewegte er sich keinen Millimeter und die Türen öffneten und schlossen sich wieder, während er neben mir stand.

„Steigst du nicht aus?“, fragte ich.

„Nee, ich denke ein Gentleman würde zumindest sichergehen, dass du gut Zuhause ankommst.“

„Ist schon okay, ich bin sicher, ich schaffe das.“

„Ich bring dich einfach hin und geh dann wieder. Ich werde mich benehmen, versprochen.“

Ich hatte in Gene zu keiner Zeit mehr als einen Freund gesehen, bis zu diesem Moment. Der Blick in seinen Augen verriet mir seinen Wunsch, dass ich ihn zu mir reinbitten würde. Er wollte, dass ich ihm sagte, dass es okay wäre, sich nicht zu benehmen. Aber ich hatte wirklich genug von so etwas und brauchte im Moment nicht noch mehr Drama.

„Danke“, sagte ich, als wir bei meiner Tür ankamen.

„Kein Problem.“

„Hab eine gute Nacht, Gene“, sagte ich und schloss schnell die Tür hinter mir.

Ich drehte mich um und schaute durch den Spion, ob er stehen blieb oder ging. Zu meiner Erleichterung wartete er nur kurz und ging dann zurück zum Fahrstuhl.

Gene war ein netter Typ, aber ich hatte genug um mich herum am Laufen und brauchte gewiss keine Verkomplizierung der Dinge durch einen weiteren Mann. Zwei Senatoren in meinem Liebesleben waren genug. Wenngleich ich nicht vorhatte, die Sache mit George Masson fortzuführen.

Zuallererst prüfte ich mein Telefon und zu meiner Überraschung waren dort mehr als ein Dutzend Nachrichten. Mein Herz wurde langsamer, während ich begann sie zu lesen.

Zuerst sah ich mir Matthews Nachrichten an.

„Geht's dir gut? Was ist los?"

„Kayla, antworte mir."

„Ignorier mich nicht. Ich komme rüber."

Nachdem ich die letzte Nachricht gelesen hatte, sah ich mich in meiner Wohnung um, da ich dachte, dass Matthew vielleicht dort gewesen sein könnte. Aber er war es nicht. Dann las ich weiter.

„Da du nicht an der Tür reagierst, werde ich Raymond vor deinem Haus warten lassen, bis du wieder sicher zurückgekommen bist."

Scheiße! Wahrscheinlich war Raymond draußen, als ich mit Gene zurückkam.

Ich rannte auf den Balkon und hielt nach dem SUV Ausschau, mit dem Raymond typischerweise fuhr, wenn Matthew ihn zu mir geschickt hatte. Ich konnte ihn nirgends sehen, aber das hieß nichts. Raymond hätte ein anderes Auto fahren oder bereits wieder weggefahren sein können, als er mich mit Gene aus dem Taxi hatte steigen sehen.

Bei dem Gedanken daran, dass Raymond Matthew erzählte, wie ich mit einem Typen nach Hause kam, zuckte ich zusammen. Nicht nur hätte Matthew gesehen, wie ich mit Senator Masson vom Mittag weggegangen war, sondern hätte er auch gehört, dass ich mit einem jungen Hengst nach Hause gekommen war.

Scheiße. Scheiße. Scheiße.

„*Es geht mir gut. Ich war nur mit Freunden was trinken und tanzen*“, schrieb ich Matthew.

Es war 4:30 Uhr in der Nacht und ich vermutete, dass eine Suff-Nachricht von mir zu dieser Zeit vermutlich nicht besser war als die acht Stunden, in denen ich ihm nicht geantwortet hatte.

„*Wir unterhalten uns morgen. Trink etwas Orangensaft und nimm eine Paracetamol.*“

Wow. Das war eine schnelle Antwort für 4:30 Uhr in der Nacht. Ich fragte mich, ob er die ganze Nacht wacht gewesen oder doch nur ein Frühaufsteher war.

„*Alles klar.*“

Ich wusste nicht, was ich sonst hätte sagen sollen. Ich war zu erschöpft für eine ganze Unterhaltung. Aber ich hatte das Gefühl, dass er mit mir mehr besprechen wollte, als nur ein paar getippte Nachrichten. Ganz offensichtlich machte er sich Sorgen um mich. Er schien nicht böse auf mich zu sein, sondern sagte mir nur, dass ich auf mich aufpassen sollte. Vielleicht hatte ich mir ganz umsonst den Kopf zerbrochen?

Am Ende gewann die Müdigkeit und ich schlief in dem Moment ein, in dem mein Kopf mein Kissen berührte.

Ich schlief wunderbar selig für ganze sechs Stunden und wachte nicht vor 11:00 Uhr auf. Es war das Klingeln meines Telefons, das mich weckte und das ich mit einem Wischen über den Annahme-Button beendete. Es war Steven.

„Mein Gott, Kayla. Krieg deinen Arsch hierher. Matthew dreht völlig durch vor allen und er sagte, dass er dich feuern wird, wenn du nicht bist Mittag hier bist."

„Ich bin krank. Sag ihm einfach, dass ich krank bin", murmelte ich ins Telefon.

Matthew konnte mich nicht ernsthaft wegen einem Tag krank Sein feuern. Er wusste, dass ich die ganze Nacht unterwegs gewesen war. Er wusste es, da ich ihm in der Nacht geschrieben hatte. In seinen Nachrichten klang es noch, als sei es für ihn in Ordnung gewesen, dass ich schlief und mich ausruhte. Sicher, ich war die ganze Nacht unterwegs und am Trinken gewesen, aber das war ja nichts Neues in Washington D.C. und ich war nicht die erste, die ihrer Arbeit fernblieb.

„Das wird es nicht besser machen, Kayla. Du musst herkommen", sagte Steven mit verzweifelter Stimme. „Komm einfach nur kurz vorbei und ich werde sicherstellen, dass du hier so schnell wie möglich wieder rauskommst."

„Steven, lass ihn mich feuern. Ich komme nicht. Ich bin krank. Leuten ist es erlaubt krank zu sein. Er muss halt damit klarkommen."

Noch während ich auflegte, bereute ich meine Worte. Ich wollte nicht gefeuert werden. Ich war den ganzen Weg nach Washington D.C. gekommen, um meinen Träumen zu folgen und in der Politik zu arbeiten. Ich rollte mich aus dem Bett, schleppte mich in die Dusche und versuchte, den Schmerz meines Katers abzuwaschen.

Innerhalb von zwanzig Minuten war ich im Büro. Mein nasses Haar tropfte auf mein Oberteil und ich ging direkt zur Kaffeemaschine und goss mir eine sehr große Tasse ein. Ich hatte meine Meinung geändert. Ich wollte nicht gefeuert werden und ich war neugierig, was in aller Welt los war, was Matthew so sauer machte.

Es war kurz vor zwölf Uhr und ich kapierte nicht, was so dringend war, dass ich unbedingt zur Arbeit kommen musste. Das Ende der Welt stand ja nicht bevor. Auch standen keine wichtigen Treffen auf dem Tagesplan. Es gab einfach überhaupt nichts Wichtiges.

Dann hörte ich ihn. Matthew, wie er in seinem Büro jemanden anschrie, wer auch immer der Glückliche am anderen Ende des Telefons sein mochte. Alle im Büro hörten auf zu arbeiten und schauten sich an.

„Warum ist er so angepisst?“, fragte ich.

„Keine Ahnung. Er ist schon den ganzen Morgen so.“

„Wo ist Alex?“

„Keine Ahnung. Er war den ganzen Vormittag noch nicht hier. Senator Storm fragte nach dir, als er kam, und ich sagte, dass du noch nicht da wärst. Und nachdem ich dich anrief und du sagtest, dass du nicht kommst, drohte er, dir zu kündigen. Und dann drohte er, mir zu kündigen, wenn ich dich nicht herbekommen würde. Kannst du ihm wenigstens sagen, dass du hier bist? Ich will nicht gefeuert werden."

Ich fühlte mich mies wegen Steven. Ich vermutete, dass Matthew angepisst war, weil ich am Vortag vom Mittagessen abgehauen war und auf seine Nachrichten am Abend nicht reagiert hatte. Allerdings war mir unverständlich, warum er hier vor allen so durchdrehte.

„Ich glaube nicht, dass es klug wäre, jetzt mit ihm zu reden", sagte ich, während wir Matthew weiterhin dabei zuhörten, wie er am Telefon schrie.

Wir konnten nicht wirklich hören, worum es ging, aber er war definitiv wütend. Das Letzte, was ich wollte, war inmitten dieser Schimpftiraden ins Büro zu kommen.

„Okay, ich schicke ihm einfach eine E-Mail, dass du hier bist", sagte Steven.

Noch bevor ich reagieren konnte, hatte Steven auf seiner Tastatur herumgetippt und die E-Mail geschickt. Ich hielt den Atem an und wartete auf irgendeine Reaktion, keine Ahnung, worauf genau. Vielleicht gab es irgendeine wilde Explosion, wenn Matthew die Mail las. Aber es passierte nichts.

Nichts.

Nichts passierte, für mindestens dreißig Minuten. In Matthews Büro herrschte Ruhe und der Rest von uns tat so, als würde er arbeiten. Für einen kurzen Moment dachte ich, dass alles gut werden würde.

Es war definitiv die Ruhe vor dem Sturm. Die Spannung war zum Zerreißen und ich dachte, dass diese Ruhe nur noch ein paar Minuten halten würde. Matthew würde jederzeit herauskommen und damit beginnen uns anzuschreien; oder schlimmer: nur mich anzuschreien. Ich sollte Recht behalten.

„Michaela!“, brüllte Matthew aus seinem Büro heraus.

In Schockstarre sah ich zu Steven. Ich hatte mir irgendeine Art von Unterstützung erhofft, zum Beispiel das Angebot mich in Matthews Büro zu begleiten. Doch nichts dergleichen. Matthew war für alle, die für ihn arbeiteten, ein besonderer Fall. Er hielt unser aller Zukunft in seinen Händen und weder Steven noch sonst irgendjemand wollte mir beistehen.

Langsam stand ich auf und ging in Richtung seines Büros. Während ich auf die offene Tür seines Büros zuging, richtete ich mein Shirt und meine nassen Haare. Die unbekannte Wut in seinen Augen ließ mein Herz rasen.

„Schließ die Tür“, sagte er ruhig von seinem Schreibtisch aus.

Ich schloss die Tür und ging langsam auf seinen Tisch zu, wo ich stehen blieb. Matthew wandte mir den Rücken zu und ich sah, wie er versuchte sich zu beruhigen. Er atmete dreimal bewusst tief ein, dann fing er an zu reden.

„Du bist jung. Das verstehe ich bis zu einem gewissen Grad. Aber du weißt nicht, was das Beste ist. Deine dummen und unreifen Handlungen von gestern kamen mir teuer zu stehen.“

Ich hatte keine Ahnung, wovon er sprach, aber ich wollte ihn nicht unterbrechen. Die Wut in ihm triefte förmlich aus seinem Maßanzug und ich wusste, ein falsches Wort und er würde sich umdrehen und eskalieren.

„Senator Masson hat Alex von mir abgeworben und stellt jetzt eine Kampagne mit den anderen Senatoren auf die Beine, damit ich der Sprecher des Repräsentantenhauses werde.“

Wieder stand ich schweigend da. Ich kapierte nicht, warum das etwas Schlechtes war. Matthew hatte Senator Masson gerade selbst gesagt, welche Macht diese Position mit sich brachte. Warum wollte Matthew diese Macht nicht für sich selbst beanspruchen?

Doch ich wusste, es war besser nicht zu reden. Ich spürte, dass Matthew noch einiges mehr zu sagen hatte und ich würde einfach warten, bis er damit fertig war.

„Ich kann mich nicht entscheiden, ob ich dich feuern oder dich übers Knie legen und dir den Arsch versohlen soll“, sagte Matthew und drehte sich schließlich um.

Das Feuer und die Wut in seinen Augen ließen diese glänzen. Sein intensiver Blick hatte eine verführende Erotik und ich wollte ihn mehr als jemals zuvor. Ich verstand kein bisschen, warum er so verdammt wütend war, bis auf die Tatsache, dass er seinen Assistenten an Masson verloren hatte. Doch selbst das schien nicht der größte Verlust gewesen zu sein, da Alex nicht der weltbeste Assistent gewesen war.

Es war die Leidenschaft in seinen Augen, die mich anzog. Die Leidenschaft und das Feuer, wie nur ein mächtiger Mann sie haben konnte. Ich wollte diese Macht spüren und ich wusste genau, wie ich ihn herumkriegen konnte. Wenn Matthew die Macht über mich haben wollte, konnte ich ihm diese geben. Ich konnte ihm genau das geben, was er wollte.

Ich ging auf die Knie und schaute von der anderen Seite des Schreibtischs zu ihm hoch. Ich sagte kein Wort. Ich hockte einfach nur da und beobachtete, wie seine Augen auf mich runter sahen. Ich wusste, dass er die Oberhand haben musste. Ich wusste es von dem Tag an, an dem ich ihn traf, genauso wie ich es nun in diesem Moment wusste.

In Matthew schlummerte ein Bedürfnis, das mit Macht befriedigt werden musste. Macht, die er in der Nacht über mich hatte, in der er mir geholfen hatte, Macht, die er über seine Wähler hatte, und Macht, von der er dachte, sie in diesem Moment über mich zu haben. All diese Mächte elektrisierten ihn.

Irgendwo in ihm drin gab es einen süßen lieben Mann, der mich lieben und küssen wollte, aber die machthungrige Version in ihm kam sehr viel öfter zum Vorschein. Wie sein Beschützer wollte mir seine dominante Seite verdeutlichen, dass er die Hosen anhatte und ich nicht versuchen sollte, die Macht zu übernehmen.

Meine Augen waren gebannt auf seine gerichtet, während er um den Tisch kam und sich vor mich hinstellte. Ich bewegte mich nicht. Ich blieb auf den Knien und unsere Blicke tanzten weiter zur Musik der Macht. Automatisch griffen meine Hände an seine Hosen und während sie diese öffneten, erkannte ich ein flüchtiges Lächeln in seinen Mundwinkeln.

Ich fuhr fort, zog seine Shorts herunter und nahm seinen Penis in meine Hand. Währenddessen sah ich ihm unablässig in die Augen. Gezielt bewegten sich meine Hände, dann näherte ich mich mit meinem Mund, um die Arbeit zu übernehmen. Schließlich unterbrach ich den

Augenkontakt und schloss meine Augen, um ihn in mir zu begrüßen. Doch Matthew gefiel das nicht. Fest zog er an meinen Haaren, um mir zu verdeutlichen, dass ich meine Augen wieder öffnen und ihn weiter ansehen sollte.

Er sah gerne zu, wie ich ihm einen blas. Ich konnte das Vergnügen in seinen Augen sehen. Die Wut und die Unruhe wegen mir waren weg, stattdessen sah ich die aufkommende Lust in seinen tiefbraunen Augen. Ich hatte wirklich keine Idee, was er dachte, dass ich getan hätte, dass Alex gegangen war, aber ich entschuldigte mich. Ich entschuldigte mich auf meinen Knien sitzend mit seinem Penis weit in meinem Rachen.

Ich dachte, dass Matthew recht schnell in mir explodieren würde, aber er hatte andere Pläne. Stattdessen zog er mich hoch und legte mich über die Tischkante. Gehorsam hielt ich still, als er mir den Slip herunter zog und meinen Hintern vor sich entblößte.

„Ich werde dich jetzt versohlen“, sagte Matthew sehr ruhig.

Dann spürte ich, wie eine große Hand hart auf meinen Hintern schlug. Der Schmerz fühlte sich lusterfüllt an und ich stöhnte. Niemals zuvor war ich so versohlt worden. Ich wusste nicht einmal, dass ich es mochte. Bis jetzt.

„Nicht stöhnen“, befahl Matthew.

Ein weiterer heftiger Schlag traf mich und ich wusste, dass das Klatschen des Schlages bis nach draußen in den Vorraum zu hören war.

„Ich habe die Tür nicht verriegelt, Matthew“, sagte ich leise.

„Niemand wird es wagen reinzukommen“, sagte er nüchtern.

Noch ein weiterer tiefer, harter Schlag traf meinen Hintern und ich merkte, wie ich nach hinten zu ihm stieß. Ich wollte ihn in mir spüren. Mein Schmerz musste so schnell wie möglich durch Lust erlöst werden.

Matthew reagierte auf meine Bewegung und ich spürte, wie er seinen harten Penis gegen meinen Hintern drückte. Für einen Moment hielt ich inne, da ich mich fragte, ob er mich tatsächlich gleich dort im Büro in den Hintern ficken würde.

Langsam drückte sich sein Penis gegen meine Muschi und ich spürte, wie mein Körper seiner Aufforderung ihn reinzulassen nachkam. Ich drückte meinen Körper nach hinten gegen ihn und verlangsamte meine Atmung, während ich mich auf unsere Bewegung konzentrierte.

Matthew drückte sich fest in mich hinein und griff mich bei den Haaren. Behutsam zog er mich zu sich hoch und griff mit seinen Armen um mich herum und unter mein Shirt. Er umschloss meine Brüste mit seinen Händen und zog mich fest an sich heran. Seine muskulösen Arme waren stark und ich wehrte mich nicht. Ich genoss das Gefühl der Lust, welches er mir gab. Ich liebte es und drängte ihn, mir immer mehr zu geben.

Die langsamen Stöße seines Penis entfachten ein Feuer in meinem Körper, bereit zu explodieren. Doch es waren seine Finger, mit denen er meine Nippel kniff und zwirbelte und die mir wirklich den Rest gaben. Hart drückte ich meinen Hintern gegen ihn.

„Wirst du in Zukunft gehorchen?“, fragte er in mein Ohr.

Ich nickte mit dem Kopf, doch das reichte Matthew nicht. Wieder stieß er tief in mich und quetschte meine Nippel. Er wollte es hören. Er wollte hören, wie ich ihm sagte, dass ich ihm gehorchen würde. Ich gab mein Bestes.

„Ja, ich werde gehorchen“, stöhnte ich.

„Wir können es ins Weiße Haus schaffen, Kayla. Aber du musst die Dinge cleverer angehen. Du musst meine Pläne befolgen. Lass dich nicht von Praktikanten und Verlierern ablenken.“

Ah, jetzt ergab alles einen Sinn für mich. Matthew hatte gedacht, dass ich einen Typen vom Club mit nach Hause gebracht hatte. Er hatte gedacht, dass ich Gene gefickt hatte und deshalb nicht zur Arbeit gekommen war. Matthew war eifersüchtig.

Der Gedanke, dass sich Matthew tatsächlich Gedanken um mich machte, ließ mich kurz schmunzeln. Natürlich hätte er es nicht zugegeben, doch es juckte ihn, was ich tat und mit wem ich es tat, und deshalb war er sauer auf mich.

Ich spürte meinen Körper in einer fantastischen Explosion zusammenzucken. Matthew hielt sich an mir fest und drückte mich auf den Tisch, während er seine Lust in mich hineinstieß und stöhnte.

Ich lag auf dem Tisch und meine Beine waren schwach. Matthew zog mich wieder an, nahm mich und trug mich auf die Couch. Die Anstrengungen einer durchzechten Nacht kombiniert mit einem Mangel an Schlaf und der Nummer in seinem Büro war zu viel für mich.

***

Langsam spürte ich, wie mein Körper wieder zum Leben erwachte und ich öffnete meine schweren Augen. Es war dunkel im Büro und ich brauchte einen Moment, um mich zu orientieren und zu realisieren, wo ich war.

Ich setzte mich auf und schaute nach Matthew. Es war offensichtlich bereits spät, denn es war dunkel draußen und ich konnte die Lichter der Stadt sehen.

Angestrengt versuchten meine Augen den Raum zu durchsuchen, doch es ging nicht. Ich musste aufstehen und irgendwo Licht finden, um auch nur irgendetwas erkennen zu können. Ich schwang meine Beine von der Couch, doch anstelle eines festen Teppichs unter mir spürte ich etwas anderes.

„Autsch," rief Matthew aus.

„Sorry, ich kann überhaupt nichts sehen."

„Genauso schlafen die Leute für gewöhnlich. Im Dunkeln."

„Wie spät ist es?", fragte ich und legte meine Beine wieder auf die Couch.

„Etwa drei Uhr", sagte Matthew, nachdem er auf sein Telefon auf dem Tisch gesehen hatte.

„Warum schläfst du auf dem Boden?"

Matthew stand auf und schaltet die Lampe neben der Couch an, dann kletterte er zu mir aufs Sofa. Er zog meine Füße auf seinen Schoß und begann sie liebevoll zu streicheln. Ich war vollkommen durcheinander. Das war derselbe Mann, der nur wenige Stunden zuvor extrem wütend auf mich gewesen war. Jetzt saß er mit mir auf der Couch und berührte zärtlich meine Füße. Ich war irritiert.

„Es kam nicht in Frage dich hier allein zu lassen. Du warst völlig kaputt und wärst nicht aufgewacht."

„Ich hab letzte Nacht nicht viel geschlafen."

„Ich weiß, Raymond sagte, dass du sehr spät nach Hause gekommen bist. Ich bat ihn nach dir zu sehen, nachdem du mir nicht geantwortet hattest. Ich habe mir Sorgen gemacht. Aber ich bin froh, dass du gut nach Hause gekommen bist."

Er ignorierte die Tatsache, dass ich mit Gene zurückgekommen war. Ob er davon wusste?

„Weißt du, der Typ, mit dem ich nach Hause gekommen bin, wohnt im selben Haus. Er war nicht mit bei mir in der Wohnung", sagte ich leise.

Allerdings schaffte ich es nicht Matthew anzusehen, während ich ihm diese Information gab, da ich glaubte, er könne mich durchschauen und erkennen, dass mehr dahintersteckte. Denn die Geschehnisse vom Vortag beinhalteten mehr. Sehr viel mehr.

Ich hatte das Gefühl, dass Senator Masson Alex wegen mir gestohlen hatte und wegen dem, was zwischen uns gewesen war. Sicher, den Plan Alex abzuwerben musste er schon eine ganze Weile gehabt haben, doch ich glaubte, dass sich etwas geändert hatte, nachdem George bekam, was er von mir wollte. Naja, nicht alles, was er wollte, schließlich konnte ich ihn davon abhalten mich komplett zu bekommen.

„Kayla, wir sind ein Team. Ich brauche dich und das bedeutet, wir müssen kommunizieren. Kein George Masson mehr und keine dahergelaufenen Typen aus irgendwelchen Bars. Bitte."

Der Tonfall seiner Stimme war sanft. Mein Herz raste bei seinen Worten und ich hatte das Gefühl, dass sie beinahe eine Entschuldigung waren. Das war untypisch für Matthew.

„Du willst, dass ich nicht mehr mit Senator Masson flirte?", fragte ich.

„Nein, wir sind mit ihm fertig."

„Okay", sagte ich und griff Matthews Hand, um mich an ihn heranzuziehen.

Ich legte meinen Kopf auf seine Schulter und er legte seinen Arm um mich. Unsere Beziehung – oder was es auch war – war nicht perfekt. Aber wenn ich bei ihm war, hatte ich das Gefühl, die Welt erobern zu können.

„Es gibt bald ein Abendessen im Weißen Haus. Würdest du mich begleiten?", fragte Matthew.

„Bist du sicher? Die Leute werden denken…"

„Ich scheiße darauf, was die Leute denken“, unterbrach mich Matthew, woraufhin ich breit grinsen musste.

„Ja“, sagte ich, drehte mich um und küsste ihn. „Natürlich werde ich mit dir dahingehen. Ich würde liebend gerne.“

„Klasse. Wir müssen die anderen Senatoren dazu bringen, Masson für den Sprecher des Repräsentantenhauses zu wählen. Wir können mit den jüngeren Senatoren beginnen und uns dann zu den mehr eingesessenen vorarbeiten.“

Sein Blick war distanziert und ich konnte förmlich sehen, wie sich die Zahnräder drehten, während er den nächsten Schritt plante. Plötzlich realisierte ich, dass er mich gar nicht als seine Verabredung mitnehmen wollte. Er wollte, dass ich ihm dabei half, seinen Plan zu vervollständigen.

„Alles klar“, sagte ich mit sehr viel weniger Enthusiasmus.

„Ich werde dich zu meiner offiziellen Assistentin machen, jetzt wo Alex weg ist. Du hast es verdient. Niemand im Büro hat mir so sehr geholfen wie du. Masson kann Alex haben, ist mir egal. Ich werde mich nicht von ihm und seinen kindischen Spielen aufhalten lassen.“

Ich hatte keine Wahl. Wollte ich in Washington bleiben und weiterarbeiten, musste ich Matthew helfen das zu bekommen, was er wollte. Ich sah die Entschlossenheit in seinen Augen. Er war dabei alles zu bekommen und ich wollte ihm nicht im Weg stehen.

Kapitel 15

Matthew

Ich weiß, dass Kayla mehr von mir wollte, und ein gewisser Teil von mir wollte es ihr auch geben. Ich mochte es, sie in meiner Nähe zu haben und liebte es, wenn sie in meinem Bett war. Aber die Position, in der ich war, erlaubte es mir nicht, sie als offizielle Freundin zu haben.

Ich wusste auch, dass ich mich mit meiner Wut ihr gegenüber mehr zurückhalten musste. Sie hätte nicht mehr lange für mich arbeiten wollen, wenn ich immerzu ein Arschloch war.

Die Enttäuschung in ihrem Gesicht war herzzerreißend, als ich ihr sagte, dass ich sie ins Weiße Haus einlud, um mir zu helfen. Sicherlich hatte sie gedacht, sie sei mein Date für den Abend. Doch das ging nicht.

„Kayla, komm her“, schrie ich im Büro.

Kayla hasste es, wenn ich nach ihr schrie. Mehrfach hatte sie mich gebeten, ihr einfach eine Nachricht zu schreiben. Aber ich mochte es, nach ihr zu schreien. Mir gefiel es, wenn sie sich über mich aufregte, da es mir half, auf der Arbeit eine gewisse Distanz zu ihr zu wahren. Außerdem war es eine gute Möglichkeit, um die anderen im Büro nicht auf die Idee kommen zu lassen, dass Kayla und ich mehr als nur Kollegen waren, auch wenn ich mir mittlerweile nicht mehr sicher war, dass wirklich alle davon überzeugt waren.

Ich sah das Unbehagen in ihrem Gesicht, als sie von ihrem Tisch aufstand und zu mir ins Büro kam. Ich hatte Mühe sie nicht anzulächeln. Sie war so scheiße hinreißend, wenn sie wütend war.

„Senator Storm, gerne können Sie mich jederzeit anklingeln oder mir eine Nachricht schreiben, wenn Sie mich benötigen. Gerne komme ich dann umgehend vorbei“, sagte Kayla laut genug, dass es das ganze Büro hören konnte.

Ich ignorierte sie und kam direkt zur Sache.

„Morgen haben wir das Abendessen im Weißen Haus. Wir müssen unsere Strategie durchgehen.“

„Sicher“, sagte Kayla widerwillig.

Als ich die Bürotür schloss, sah ich etwas aus dem Augenwinkel auf mich zufliegen. Es war Kaylas Hand.

Fast hätte diese mein Gesicht getroffen, doch ich konnte gerade noch rechtzeitig hochgreifen und sie stoppen. Das Feuer in ihren Augen hatte eine solche sexuelle Anziehung auf mich, dass es mir egal war, wie sauer sie auf mich war. Ich musste mir auf die Lippen beißen, um mich davon abzuhalten, sie gleich hier flachzulegen.

„Matthew, hör auf mich vor allen anderen anzuschreien. Sie kapieren es! Wir verabreden uns nicht! Ehrlich, jeder denkt bereits, dass du ein Vollidiot bist. Du kannst damit aufhören.“

„Macht es dich wütend?“, fragte ich, während ich ihre Hand weiterhin in die Luft hielt. Ich konnte mir ein kleines Grinsen nicht verkneifen, auch wenn ich es versuchte.

„Lach ja nicht über mich, Matthew. Wage es nicht über mich zu lachen.“

„Es tut mir leid“, sagte ich, als ich völlig unbeabsichtigt in schallendes Gelächter ausbrach. „Es tut mir wirklich leid.“

„Matthew Storm, du machst mich absichtlich wütend.“

„Nein, habe ich wirklich nicht. Aber dein Gesichtsausdruck hat mich in diesem Moment so angemacht, dass ich nicht widerstehen konnte.“

Ich hatte gedacht, dass es sie beruhigen würde, wenn ich ihr sagte, dass mich ihre Wut anmachte. Doch es war eher das Gegenteil. Sie wurde noch zorniger. Ihre Augen glühten, als sie mich ansah, und ich beschloss mich etwas zurückzunehmen.

„Willst du über das Weiße Haus reden oder nicht?“, blaffte sie schließlich.

„Will ich.“

„Dann schieb deinen Hintern hier rüber, setz dich hin und lass uns anfangen. Mit wem müssen wir uns unterhalten? Was müssen wir umsetzen?“

„Gott, auch wenn du übers Geschäftliche redest bist du so scheiße sexy.“

Ich wollte sie greifen und zu mir ziehen, aber Kayla ging einfach weg und setzte sich an den kleinen Konferenztisch in der Ecke meines Büros.

Seit dem Tag nach ihrer Partynacht hatten wir keinen Sex mehr gehabt. Der Nacht, in der ich sie einlud mit mir zu der Veranstaltung im Weißen Haus zu kommen, und ihr dann sagte, dass ich sie als meine Assistentin bräuchte.

„Wenn du nichts Wichtiges zu besprechen hast, werde ich wieder an meinen Schreibtisch gehen."

„Habe ich. Setz dich."

Die Entschlossenheit meiner Stimme verdeutlichte Kayla, dass ich es ernst meinte, und von diesem Moment an hörte sich meine Pläne für die Nacht im Weißen Haus an.

„Senator Masson muss der nächste Sprecher des Repräsentantenhauses werden und wir werden jeden davon überzeugen, wie großartig er dabei sein wird. Jetzt, da Edwards im Waffenausschuss ist, habe ich einige Informationen erhalten und ich muss Masson aus meinem Weg haben."

„Was meinst du? Wie wird er aus dem Weg sein, wenn er der Sprecher ist? Wäre er nicht eher viel mehr in deinem Weg?"

Ich wollte Kayla nicht alles erzählen. Zu ihrem Schutz und zu meinem. Doch innerhalb weniger Monate würde sich eine Position im Weißen Haus ergeben und ich musste bereit sein, diese zu übernehmen. Das bedeutete, dass Senator Masson mitten in einem politischen Chaos sein musste, und die einzige Möglichkeit das zu erreichen war, wenn er Sprecher des Repräsentantenhauses war.

„Du wirst mir dabei vertrauen müssen, Kayla."

Zuerst rollte sie mit den Augen, doch dann schien sie die Szenarien im Kopf durchzugehen. Sie war ein cleveres Mädel und ich vermutete, dass sie dahinter kommen würde, warum ich tat, was ich tat. Doch ganz sicher hätte ich es nicht laut ausgesprochen. Ich konnte es nicht riskieren mich selbst öffentlich zu belasten.

„Ich habe eine Bedingung."

„Was?"

„Du wirst aufhören mich vor allen anderen anzuschreien. Hast du Alex so angeschrien?"

„Ja. Wahrscheinlich noch schlimmer als dich. Ich bin mir ziemlich sicher, dass ich ihn auch beschimpft habe."

„Mit mir nicht mehr. Es stresst mich und ich will dir am liebsten eine verpassen, jedes Mal, wenn du es tust. Also, im Namen Gottes, hör auf mich vor allen anzuschreien!"

Kaylas Stimme wurde zunehmender lauter, während sie aufstand und mit einem lauten Schlag auf den Tisch ihren Standpunkt unterstrich. Verdammt, sie war so unheimlich sexy, wenn sie wütend war.

„Sicher. Ich höre auf", sagte ich mit einem Lächeln.

Mit verachtendem Blick sah Kayla mich an und ging zur Tür. Sie hielt kurz inne und schaute zu mir zurück.

„Und hör auf mich immer anzugrinsen!“, rief sie, ehe sie die Tür zuschmiss.

An ihrem Tonfall erkannte ich, dass ich ein paar Dinge ändern und etwas musste, wenn ich sie weiterhin als Figur in meinem Spiel behalten wollte. Ich brauchte sie, sonst wäre mein Plan nutzlos.

Kayla

Er war so ein egoistischer Arsch und ich kam einfach nicht dahinter, warum er mich als seine Assistentin wollte. Seitdem ich diese zusätzliche Verantwortung übernommen hatte, war Matthew schlimmer als je zuvor.

Als er verkündete, dass ich den Job der Assistentin bekomme, waren alle im Büro stocksauer. Seit einer Woche musste ich mir also ihre abfälligen Bemerkungen anhören. Selbst wenn Matthew mich anschrie und sich vor allen wie ein Arsch aufführte, tuschelten sie über mich und sagten, dass ich es nicht verdiente, da ich erst so kurze Zeit da war.

Ich war ernsthaft kurz davor meinen Job aufzugeben, Matthew zurückzulassen und weiterzuziehen auf der Suche nach weniger Stress. Ich konnte es nicht länger ertragen und sein ständiges abfälliges Lächeln kotzte mich allmählich an. Er dachte, dass er mich einfach ansehen konnte und ich nur so dahin schmelzen würde. Aber so funktionierte es einfach nicht.

Meine Hände zitterten vor Wut, als ich aus seinem Büro stürmte. Ich konnte nicht fassen, dass er nicht einsah, wie er mich behandelte. Oder sah er es und es juckte ihn einfach nicht? Vielleicht war er absichtlich so ein Idiot? Ich hatte keine Ahnung, aber der Matthew, den ich in Chicago getroffen hatte, war lange Geschichte. Und den, der nun da war, konnte ich nicht ab.

„Anna, hast du Lust vorbeizukommen und zusammen zu Abend zu essen und zu quatschen?“, schrieb ich.

„Gern, kann ich meinen Freund mitbringen? Er würde so gerne mal dein Apartment sehen?“

Sie hatte einen Freund? Man, ich wollte keinen Kerl um mich haben. Ich wollte nur jemanden, mit dem ich über meinen Job ablästern konnte. Doch ich wollte Anna nicht abweisen. Sie war die einzige von meinen Freundinnen, die Zeit zu haben schien, als ich schlecht drauf war.

„Ich würde ihn gern kennenlernen. Wie sieht‘s mit acht Uhr aus?“

„Klingt gut. Bis dann.“

Ich konnte Anna ziemlich gut leiden. Sie hatte mich schon so manches Mal beruhigt, wenn Matthew sich wie ein Arsch mir gegenüber benommen hatte.

Jetzt wo ich seine Assistentin war, spürte ich eine gewisse Verpflichtung gegenüber Matthew, die ich so vorher nicht hatte. Und dass er mein Apartment für ein ganzes Jahr zahlte, hatte die Dinge auch nicht besser gemacht.

Sobald die Uhr um fünf schlug, flitzte ich aus dem Büro die Straße hinunter zum Supermarkt. Ich wollte nicht mit Matthew reden müssen und schon gar nicht wollte ich alleine mit ihm im Büro sein. Die einzige Möglichkeit ihn zu vermeiden bestand darin, abzuhauen, bevor er überhaupt auf die Idee kam Feierabend zu machen.

Ich schnappte mir ein paar Pasta-Zutaten und ging zurück nach Hause. Ich musste trotz allem zugeben, dass das neue Apartment auch seine Vorzüge hatte. Es verkürzte mein tägliches Pendeln von zuvor zwei Stunden auf zwanzig Minuten. Obendrein machte es mächtig Spaß, Leute zu sich einzuladen, wenngleich es in letzter Zeit den Anschein hatte, dass jeder sehr von seinem Job eingenommen war.

Während ich die Spaghetti kochte und die Wohnung aufräumte, konnte ich es nicht erwarten Anna und sogar ihren Freund zu sehen. Es fühlte sich erwachsen an, dass ein Paar zu Besuch kam statt nur meine Freundin. Ich stellte sogar richtiges Geschirr auf den Tisch.

Es klopfte und ich hastete zur Tür, um meine Freundin und ihren Freund zu begrüßen. Doch ganz sicher hatte ich nicht erwartet, was ich dann sah.

„Hey Anna…“, begann ich, bevor ich realisierte, dass es Matthew war, der vor meiner Tür stand.

„Nicht Anna.“

„Scheiße, Matthew. Sie werden jeden Moment hier sein. Du musst gehen.“

„Sag ihnen, sie sollen gehen, ich will dich sehen. Ich brauche dich“, sagte Matthew und trat in meine Wohnung mit dem Versuch mich zu küssen.

Ich drückte ihn weg und war gerade dabei die Tür zu schließen, als ich hörte, wie sich die Fahrstuhltür am Ende des Flures öffnete. Hastig zog ich Matthew in meine Wohnung und schloss die Tür.

„Du musst dich verstecken. Geh ins Schlafzimmer.“

„Wenn du darauf bestehst“, sagte er mit einem Grinsen im

Gesicht. „Schick sie einfach weg und wir können ein leckeres Abendessen genießen. Ich verhungere."

„Los. Los. Los", sagte ich und zeigte auf mein Schlafzimmer. „Und schließ die Tür."

Gerade als Matthew in meinem Schlafzimmer verschwand, klopfte Anna an der Wohnungstür. Ich holte ein paarmal tief Luft und öffnete die Tür, um sie zu begrüßen. Ich versuchte so zu tun, als wäre nichts gewesen.

„Anna!", sagte ich und umarmte sie. „Und du musst der Freund sein?"

„Jep, das ist Todd."

„Schön dich kennenzulernen, Todd. Kommt rein, kommt rein. Ich habe Spaghetti gemacht."

Mir war klar, dass Matthew wütend war, weil ich sie eingeladen hatte, aber ich war nicht gewillt einen Abend mit meinen Freunden abzusagen, nur weil er zufällig flachgelegt werden wollte.

„Kayla, ich komme einfach nicht darüber hinweg, wie schön deine Wohnung ist", sagte Anna, während sie in Richtung Balkon wanderte. „Oh Todd, du musst die Aussicht von ihrem Balkon sehen. Es ist fantastisch."

Ich hörte sie reden, aber ich brauchte ein paar Sekunden, um zu realisieren, dass sie nun auf mein Schlafzimmer zusteuerten.

„Oh, äh, Anna…da drin ist Chaos", sagte ich bei dem Versuch sie aufzuhalten.

Ich kam um die Ecke zwischen Küche und Schlafzimmertür und blickte bangend durch den Raum, während ich Anna und Todd auf dem Balkon sah. Es war unmöglich, dass Matthew unter das Bett gepasst hätte, also sah ich im Bad nach ihm. Schließlich sah ich, dass mein Kleiderschrank leicht geöffnet war und er sich dort drin versteckt haben musste.

Ich musste innerlich grinsen bei der Vorstellung, dass sich der Senator des Staates Illinois in meinem winzigen Kleiderschrank versteckte.

„Ihr müsst nach links sehen, da könnt ihr in einer klaren Nacht das Weiße Haus sehen“, sagte ich, während ich rüber zum Schrank ging und ihn komplett schloss. Ich hatte jedoch nicht vor, direkt das Feld zu räumen – Matthew könnte ruhig ein wenig im Schrank ausharren.

Nach etwa zehn Minuten der Unterhaltung auf dem Balkon gingen wir zurück ins Wohnzimmer und aßen. Auf dem Weg dahin schloss ich die Schlafzimmertür, um Matthew die Gelegenheit zu bieten sich etwas zu entspannen, während er da drinnen festsaß. Ich ging davon aus, dass er verdammt wütend mit mir sein würde, sobald ich Anna und Todd erst einmal verabschiedet hatte.

Unser Abendessen ging bis spät in den Abend und als die Verabschiedung von meinen Gästen nahte, war ich sicher, dass Matthew sauer auf mich war. Zögerlich öffnete ich die Schlafzimmertür mit der Erwartung, ihn auf meinem Bett liegend oder in meinem neuen Sessel sitzend zu finden. Doch Matthew war nirgends zu sehen.

„Matthew“, rief ich, als ich mich umschaute. „Wo bist du?“

„Die Schranktür lässt sich nicht von innen öffnen“, hörte ich Matthew energisch sagen.

„Oh mein Gott“, sagte ich, als ich in unkontrolliertes Lachen verfiel. „Du bist den ganzen Abend im Schrank gewesen?“, fragte ich und öffnete die Tür.

Und als ich die Schranktür öffnete, konnte ich mein Lachen nicht mehr stoppen. Denn was ich fand, war Matthew, der komplett nackt in meinem winzigen eineinhalb Meter breiten Schrank zwischen meinen Klamotten stand.

Ich überschlug mich vor Lachen. Die Art von Lachen, bei der man weiß, dass sie unangebracht ist, die man aber nicht aufhalten kann. Ein Lachen, dass einem die Tränen aus den Augen und übers Gesicht laufen lässt.

„Das werde ich dich büßen lassen“, sagte Matthew mit einem Lächeln auf den Lippen, als er langsam auf mich zukam.

Ich rannte vom Schlafzimmer ins Wohnzimmer und verschanzte mich hinter einem Stuhl, darauf wartend, dass er mich verfolgen würde. Noch immer konnte ich bei dem Gedanken, dass er die letzten zwei Stunden nackt in meinem Schrank gestanden hatte, nicht aufhören zu lachen. Das hatte es fast wieder gut gemacht, dass er zuvor an diesem Tag ein Arsch zu mir war.

„Es tut mir leid, dass ich lache. Aber du sahst so hinreißend aus, wie du nackt in meinem Schrank gestanden hast“, sagte ich immer weiter lachend.

Matthew kam direkt auf mich zu und legte mich so zielstrebig über seine Schulter, dass ich immer weiter lachen musste.

„Warum warst du nackt?“, fragte ich durch mein Lachen hindurch.

„Ich wollte dich überraschen, nachdem du sie weggeschickt hast. Ich hatte mich gerade ausgezogen, als ich hörte, wie deine Freundin sagte, sie wolle auf den Balkon schauen. Zum Glück war ich gerade beim Schrank, als ich es hörte, denn ich konnte gerade noch so die Tür ranziehen, als sie reinkamen.“

„Oh…mein…Gott. Ich kann nicht aufhören zu lachen“, sagte ich mit Tränen in den Augen, als er mich aufs Bett legte.

„Ich werde dafür sorgen, dass du aufhörst zu lachen.“

Argwöhnisch beobachtete ich, wie er sich meine Beine griff und mich zu sich ans Bettende zog. Er verschwendete keine Zeit und zog meinen Slip runter und mein Shirt über meinen Kopf, um es dann um meine Handgelenke zu binden.

Er fixierte meine Hände über meinem Kopf, während seine Finger meinen Körper hoch und runterliefen. Mit seinem Blick fraß er mich förmlich auf, während er sich zu entscheiden versuchte, was er mit mir machen wollte. Und er hatte Recht, ich hatte aufgehört zu lachen.

Zu meiner völligen Überraschung beugte sich Matthew zu mir runter und küsste mich so sanft, dass es mir glatt die Sprache verschlug. Die Küsse erinnerten mich so sehr an unsere allererste Nacht, als wir uns in Chicago getroffen hatten. Er war sanft und lieb, vor allem aber war er ganz unverstellt mit mir in diesem Moment.

Unsere Lippen umschlossen sich so voller Leidenschaft und Liebe, dass ich ihn mehr haben wollte, als ich es mir nur wenige Stunden zuvor auch nur hätte vorstellen können. Er wich zurück und sah mich mit der Absicht an, mich in dieser Nacht zu lieben. Nicht mich zu ficken, sondern wahre Liebe mit mir zu machen. Ich war voll und ganz ergeben.

Trotz all meiner Wut auf Matthew, war es seine Distanz zu mir, weswegen ich mich von ihm zurückgezogen hatte. Ich fühlte mich ausgelaugt davon, dass er mich dazu brauchte, seine strategischen Pläne umzusetzen. Ich war wütend gewesen, weil ich wusste, dass da mehr zwischen uns war, das Potenzial, ein richtiges Paar zu sein. Ich als seine Frau, und nicht nur als Angestellte, das war es, was ich damals gespürt hatte. Und ich wollte dieses Gefühl unbedingt zurück haben.

Sein auf mir sitzender Körper schmiegte sich perfekt an meine Kurven. Als er in mich fuhr, bewegte ich meinen Körper mit absoluter Leidenschaft zu seinem. Unsere Stöße waren langsam, überlegt und sinnlich.

Ich hatte wirklich keine Ahnung, was sich bei ihm geändert hatte oder warum. Aber das war der Matthew, den ich um mich herum haben wollte und für den ich alles getan hätte. In Anbetracht der Veranstaltung im Weißen Haus am morgigen Tag fühlte ich mich gleich viel wohler mit der Vorstellung, ihm bei seinen Plänen zu helfen.

Kapitel 16

Kayla

„Ich bin sofort fertig“, rief ich Matthew zu, der überpünktlich wieder zurückgewesen war, nachdem er sich zu Hause fertig gemacht hatte.

„Du weißt schon, dass es um das Abendessen mit dem Präsidenten geht; wir sollten also pünktlich dort sein“, sagte Matthew von meiner Couch im Wohnzimmer aus.

„Ich komme ja, ich komme ja“, sagte ich und eilte aus meinem Schafzimmer, während ich meinen Mantel und meine Handtasche einsammelte. „Alles klar, los geht’s.“

Mit buchstäblich offenem Mund stand Matthew auf. Er sah an mir hoch und runter, immer und immer wieder. Auf einmal schien er nicht mehr so in Eile zu sein.

„Mach dieses Drehzeugs“, sagte er und deutete eine Kreisbewegung an.

„Ich dachte, du hast es eilig?“

„Oh, ich habe die Zeit, um mir die Drehung anzugucken.“

Ich tat ihm den Gefallen und drehte mich, sodass er mein Kleid in seiner ganzen Pracht bestaunen konnte. Mir gefiel es, die Lust in seinen Augen zu sehen, doch was ich eigentlich wollte, war die anderen auf der Party mit meinem Style zu beeindrucken.

„Ist es nicht zu freizügig?“, fragte ich.

„Nein, es ist perfekt. Die Männer werden dich ficken wollen und die Frauen werden so sein wollen wie du.“

Ich grinste verwegen und Matthew nahm meinen Mantel, um mir hineinzuhelfen. Seine Hände stoppten an meinem Hals und verweilten kurz, ehe er sie wieder wegzog.

„Können wir los?“

„Ja, lass uns das durchziehen“, sagte ich und wir machten uns zur wartenden Limousine auf.

In meinem bisherigen Leben hatte ich nicht gerade viel Zeit in Limousinen oder auf schicken Partys verbracht. Ich war ziemlich aufgeregt über die Möglichkeit, ins Weiße Haus zu kommen und mich dort unter so viele wichtige Menschen zu mischen.

Der Haupteingang zum Weißen Haus war voller Personen vom Secret Service, Sicherheitsdiensten und Polizisten. Es gab zahlreiche Sicherheitsschleusen durch die wir hindurch mussten, nur um zum Haupttor zu gelangen. Sobald wir am Eingang waren, wurden wir durchsucht, mussten durch einen Metalldetektor gehen und schließlich noch unsere Fingerabdrücke nehmen lassen. Es dauerte etwa zehn Minuten, bis alles überprüft war, dann konnten wir ins Hauptgebäude.

Nie zuvor in meinem Leben hatte ich von diesem hohen Sicherheitsstandard gehört, wenn man ins Weiße Haus wollte. Doch es war aufregend.

Der Tanzsaal war wunderschön hergerichtet und jeder war gekleidet, um möglichst viel Eindruck zu schinden.

„Senator Masson ist dort drüben“, flüsterte ich Matthew zu, als wir in den großen Ballsaal kamen.

„Ich sehe auch Senator Edwards. Wir sollten uns erst einmal von Masson fernhalten und auf der andere Seite des Saals starten.“

„Klingt gut. Arbeiten wir zusammen oder teilen wir uns auf?“

„Ich denke, du solltest dich um die Männer kümmern und ich übernehme die Frauen; besser, wenn wir uns aufteilen. Obwohl, vielleicht sollten wir zusammenarbeiten“, sagte Matthew, während er immer wieder darüber nachzudenken schien, wie sein Plan aussehen würde.

„Lass uns getrennt anfangen und die sehr harten Fälle machen wir zusammen. Wie klingt das?“

Matthew zögerte, als eine der Sekretärinnen des Präsidenten auf uns zukam. Ich erstarrte, während ich sie kommen sah. Matthew schien absolut ruhig zu sein.

„Ja, klingt gut“, sagte er noch schnell, bevor sie zu nah war.

„Senator Storm, der Präsident möchte mit Ihnen und ein paar anderen im Konferenzraum dort drüben sprechen.“

Matthew sah in die Richtung, in die die Frau zeigte, und nahm sich einen Moment, um abzuschätzen, wer sonst noch zu einem Gespräch mit dem Präsidenten eingeladen wurde. Er lächelte mich an und nickte in Richtung der anderen Seite des Saals.

„Alles klar, ich werde gleich dort sein", sagte Matthew und sah mich an.

Es schien, als hätte er mir noch etwas sagen wollen, bekam aber nicht mehr die Möglichkeit, bevor die Frau ihn am Arm griff und förmlich in Richtung des Raumes wegzog, in dem sich alle treffen würden.

Da war ich nun, im Weißen Haus, völlig auf mich allein gestellt. Ich tat das erstbeste, was mir einfiel, um mich wohler zu fühlen; ich holte mir Alkohol. Ich kippte mir den ersten Drink direkt runter und schnappte mir gleich einen zweiten. Etwas flüssiger Mut konnte nie schaden.

Während ich meinen Vodka Sour hinunterkippte, sah ich mich im Saal um. Ich wusste noch nicht wirklich, wie ich die Leute davon überzeugen sollte, Senator Masson als Sprecher des Hauses zu wählen. Doch ich hatte gehofft, es im Laufe des Abends herausfinden zu können.

Der erste Senator, den ich ansteuerte, sah fast genauso jung aus wie ich. Ich konnte mich nicht mehr an seinen Namen erinnern, war aber ziemlich sicher, dass er aus einem Staat aus dem mittleren Westen war. Mir war so, als wäre es Iowa oder Kansas gewesen, wusste es aber nicht mehr.

„Hey, das ist eine ziemlich tolle Party", sagte ich beiläufig, als ich mich neben ihn stellte.

„Ja, ich bin das erste Mal hier. Ziemlich beeindruckend hier sein zu dürfen. Ich bin übrigens Seth."

„Hi, ich bin Michaela. Ich arbeite mit Senator Storm.“

Ich schaute runter auf seine Hand, um nachzusehen, ob er einen Ring trug. Für mich als Frau war es eine natürliche Reaktion nachzusehen, wie es bei Kerlen an der Beziehungsfront aussah. Wenngleich ich auch vor kurzem erst gelernt hatte, dass es für manche Männer keine Rolle spielte, ob sie verheiratet waren.

Seth hatte keinen Ring und er sah auch sehr jung aus für einen Senator. Er verriet nicht gerade viel über sich. Sein Lächeln und sein freundliches Auftreten mir gegenüber ließen für mich nur den Schluss zu, dass er aus dem mittleren Westen kam. Doch nicht einmal, als ich ihm sagte, dass ich für Senator Storm arbeitete, erzählte er mir, wo er tätig war.

„Schön dich kennenzulernen, Michaela.“

Schweigend standen wir nebeneinander, während wir die anderen Leute dabei beobachteten, wie sie sich miteinander unterhielten. Es wirkte wie ein großes extravagantes Geschäftstreffen.

„Es wäre klasse, wenn sich die Leute etwas entspannen würden. Jeder sieht aus, als hätte er einen Stock im Hintern“, sagte Seth, während wir in die Masse schauten.

Ich musste lachen. Er hatte völlig Recht. Niemand in Washington schien einfach nur abhängen zu wollen, sofern er oder sie kein Praktikant oder Assistent war. Sobald die Leute die Leiter ein klein wenig nach oben gekommen waren, sah jede Party plötzlich wie eine weitere berufliche Möglichkeit aus. Es war traurig, dass anscheinend alle in Washington die Fähigkeit verloren hatten, Spaß zu haben.

„Stimmt genau. Ich würde nur zu gern sehen, wie einer der Senatoren einfach mal für eine Nacht die Politik vergisst, auf die leere Tanzfläche geht und mal ein bisschen abzappelt", lachte ich.

Seth nahm mein Getränk, stellte es auf den Tisch hinter uns und hielt mir die Hand hin, als würde er mich zum Tanz auffordern. Zuerst hob ich misstrauisch meine Augenbrauen, dann nahm ich seine Hand und folgte ihm zu der Band.

Er flüsterte dem Bandleader etwas ins Ohr, dann zog er mich auf die Tanzfläche. Mein Kleid war nicht gerade geeignet, doch ich machte mit, als das Lied „We Will Rock You" begann.

Es war nicht gerade die Art Lied, zu der man mit einem Partner tanzte, aber wir standen nebeneinander und wir stampften im Takt der Musik. Ich schaute mich um und wusste, dass wir ein paar mehr Leute auf die Tanzfläche holen mussten, wenn wir nicht hätten lächerlich wirken wollen. Also schnappte ich mir die Senatorinnen Lynn und McGuire aus Idaho und Montana, die in unserer Nähe standen.

Die zwei weiblichen Senatoren zogen ihre Ehemänner mit und schon hatten wir einen kleinen Tanzwettbewerb. Seht holte sich ein Paar von der anderen Seite der Tanzfläche und als das Lied beim Refrain ankam, strömten die Leute zu uns auf die Fläche, um mitzumachen.

„Also du weißt, wie man eine Party startet", hörte ich Matthew sagen, als er hinter mir erschien.

Seine Hand griff um meine Hüfte und ich sah den Blick in Seths Augen, als er mich und ihn ansah. Er wusste, dass ich mehr als nur Matthews Assistentin war. Sein Blick verriet ganz genau, was er davon hielt.

Ich wusste nicht, warum es mich so sehr störte, wie er mich ansah. Doch mir wurde übel, als ich seinen angewiderten Ausdruck sah.

Seth schüttelte mit dem Kopf in meine Richtung und drehte sich dann um, um mit den anderen Leuten auf der Tanzfläche zu tanzen. Ich schwang mich herum zu Matthew und war positiv überrascht, meinen ganz normalen und entspannten Chef zu sehen, wie er zu der Musik hoch- und runtersprang, wie alle von uns.

Als das Lied zu Ende war, gingen Matthew und ich wieder an die Arbeit und mischten uns unter die Leute. Die Stimmung hatte sich relativ gut gelockert und es war einfacher mit den Leuten zu reden, als ich es gedacht hatte.

Ich verbrachte den Großteil des Abends damit, mich mit den jüngeren Senatoren zu unterhalten und fand schließlich heraus, dass Seth in Wahrheit Senator Roberts aus Iowa war. Es schien zu ihm zu passen, sah er doch aus wie jemand, der im mittleren Westen zuhause war. Ich fragte mich, ob Kim jemals etwas mit dem jungen Senator gehabt hatte, mit dem sie arbeitete. Ich musste mich fragen, ob sie mit ihm geschlafen hatte oder nicht. Es gehörte zu den Dingen, die ich auf die Liste der Dinge setzte, nach denen ich sie fragen wollte.

„Ja, ich denke Senator Masson wird einen großartigen Sprecher abgeben, denkst du nicht?“, warf ich während meiner Unterhaltungen ein.

Zuerst schienen sie über die Neuigkeit überrascht zu sein, doch niemand in Washington hätte jemals zugegeben, nicht gewusst zu haben, was ablief. Niemand wollte derjenige sein, der bei Geheimnissen außen vor war.

„Oh, ja. Er wäre fantastisch. Es ist ein großer Schritt für ihn. Ich kann es gar nicht erwarten zu sehen, wie er sich schlägt“, antwortete ein Senator.

Die Antworten klangen immer ähnlich und gegen Ende des Abends hatte ich das Gefühl, dass jeder im Saal wollte, dass Senator Masson Sprecher des Repräsentantenhauses wurde. Allerdings gab es noch eine Person, mit der ich reden musste. Ich gewann Seths Aufmerksamkeit und winkte ihn zu mir herüber. Zuerst schien er sehr uninteressiert und hielt nicht einmal Blickkontakt mit mir.

„Habe ich irgendwas getan, um dich anzupissen?“, fragte ich direkt.

„Geht mich ja nichts an, Michaela, aber ein Kerl wie Storm ist keiner, mit dem ein Mädel wie du zu tun haben sollte.“

Der Klang in seiner Stimme verriet, dass Matthew gefährlich war und mehr als nur mein Herz brechen würde. Ich wollte Matthew verteidigen und verstand nicht, warum Seth ihn so sehr hasste. Aber ich war neugierig mehr darüber zu erfahren, warum Seth meinte, dass es für mich so gefährlich sein würde.

„Was meinst du?“

„Spar die den Scheiß, ich weiß, dass du den Typ fickst. Aber selbst nachdem das letzte Mädel ermordet wurde, begibst du dich in diese Situation. Warum? Für politische Ziele? Du hast auf mich nicht gerade den Eindruck gemacht, die Art von Frau zu sein, die ihr Leben für die nächste

Stufe auf der politischen Leiter riskieren würde.“

„Was soll das heißen, ermordet?“, fragte ich geschockt und starrte ihn an.

„Letztes Jahr hatte er eine süße junge Auszubildende, die für ihn arbeitete. Jeder wusste, dass er sie fickt und dann plötzlich fand man sie tot auf. Die Polizei erklärte ihn für unschuldig, allerdings hatte ich die beiden eines Nachts streiten sehen. Ich sah den Blick in seinen Augen. Er ist niemand, mit dem man sich anlegen sollte.“

Die Worte kamen aus Seths Mund, doch ich konnte ihnen nicht glauben. Er konnte keineswegs über Matthew Storm geredet haben. Selbst der wütende, schreiende Mann, den ich aus dem Büro kannte, wirkte nicht wie jemand, der einen Mord begehen würde. Das passte einfach nicht.

„Na ja, wenn die Polizei sagt, er war es nicht, dann war er es nicht“, sagte ich strikt.

„Michaela, ich sage dir…der Mann ist gefährlich.“. Seth blickte auf und sah, dass Matthew auf uns zukam. „Komm von ihm weg oder du wirst die nächste sein.“

Ich drehte mich um in Richtung Matthew, der mit einem breiten Lächeln auf seinem Gesicht auf mich zukam. Die Informationen, die Seth mir gerade gegeben hatte, waren noch zu frisch, als dass ich sie verarbeiten konnte. Ganz sicher konnte Matthew Storm ein riesiges Arschloch sein, aber er war kein Mörder. Unter keinen Umständen wäre er so weit gegangen, um jemanden loszuwerden.

„Bist du bereit, von hier zu verschwinden? Ich will nicht länger als nötig hier sein“, sagte Matthew und hauchte heimlich einen Kuss auf meine Wange.

„Ja, zu dir oder zu mir?“, lächelte ich.

Seth musste sich irren. Dennoch nahm ich mir vor, den Dingen noch auf den Grund zu gehen. Doch für den Moment wollte ich mich nicht davon beeinflussen lassen.

„Zu dir natürlich, es ist näher“, sagte Matthew mit eindeutigem Lächeln.

Auf unserer Fahrt zurück zu meinem Apartment wollte ich Matthew nach der toten Frau fragen, wusste aber nicht, wie ich es hätte anstellen sollen. Gewiss hätte ich ihn nicht des Mordes an einer Frau beschuldigen können, der erst kürzlich geschehen war. Aber ich wollte wissen, wie er reagierte, wenn ich das Thema ansprach.

„Dieser Senator, äh, Seth Roberts….kennst du ihn?“, fragte ich.

„Ja, netter Junge. Aus Iowa. Ist Demokrat, wir werden ihn also kaum beeinflussen können. Er ist ein ziemlich liberaler Typ.“

„Was ist mit dem Mädchen passiert, das letztes Jahr gestorben ist?“, platzte es aus mir heraus, völlig meinen Plan ignorierend, gleichgültig zu wirken.

Matthew pausierte einen Moment und schien etwas emotional zu werden, ehe er losredete. Als er begann, war seine ruhige Stimme zurückhaltend und seine Worte wirkten für ihn ungewöhnlich schwerfällig.

„Sie hat für mich gearbeitet. Sie hatte großes Heimweh und wollte immer wieder zurück. Wir unterhielten uns ein paar Mal und ich versuchte sie davon zu überzeugen, dass es besser werden würde. Aber ich denke, sie war depressiver als ich es ahnen konnte. Eines Nachts kreuzte die Polizei bei meinem Haus auf und sie sagten mir, dass man sie tot aufgefunden hätte mit einer Überdosis verschreibungspflichtiger Medikamente. Sie hatten unsere Textnachrichten, die wir uns geschickt hatten, und wollten mich dazu befragen.

„Hast du mit ihr geschlafen?"

„Nein."

Sein Gesicht zeigte ehrliche Gefühle, während er über diese Frau sprach, und es stand nicht zur Debatte, dass ich seine Antworten beziehungsweise seine Aufrichtigkeit hätte in Frage stellen können. Ich nahm seine Hand und für den Rest der Fahrt zu meiner Wohnung saßen wir schweigend da.

„Das klingt ziemlich schwierig", brachte ich letztendlich raus.

„Ja, es war traurig. Aber die Erde bewegt sich weiter und so müssen es auch wir tun."

Als wir an meinem Apartment ankamen, stieg Matthew aus und öffnete meine Tür. Er unterhielt sich noch für ein paar Minuten mit unserem Fahrer und dankte ihm; ich sah, wie er dem Mann einen großen Betrag Trinkgeld gab. Dann blieb Matthew stehen und sprach für eine Minute mit dem Pförtner und auch ihm gab er reichlich Geld in die Hand.

Als wir oben an meiner Wohnung ankamen, war ich bereit ins Bett zu gehen und zu schlafen. Die Wahl zum Sprecher des Repräsentantenhauses war am Montag und ich war gespannt auf den Ausgang. Ich hoffte, dass sich die Arbeit, die Matthew und ich mit den Senatoren geleistet hatten, auszahlen würde. Zu meiner Überraschung hörte ich niemanden darüber reden, dass Matthew zum Sprecher gewählt werden sollte, was merkwürdig erschien, wenn man bedachte, dass er davon ausging, dass Masson versuchte, ihn in die Position zu drängen.

Während ich die Tür aufschloss, wischte Matthew meine Haare aus meinem Nacken und küsste mich zärtlich. Seine Berührung war so süß und flüchtig, dass ich sofort dahinschmolz.

„Bleibst du?“, fragte ich.

„Wenn ich darf.“

„Ja“, flüsterte ich und öffnete die Tür.

Matthew und ich schlossen schnell die Tür und zogen uns gegenseitig aus. Es war ein wildes Rennen darum, wer den anderen schneller aus seinen Klamotten bekommen konnte. Ich fühlte mich wie ein Teenager, der versuchte schnellstens Liebe mit seinem Freund zu machen, ehe seine Eltern zurück waren.

Seine Lippen trafen meine mit gleicher Leidenschaft und ich konnte es nicht erwarten ihn wieder in mein Bett zu bekommen. Die Dinge zwischen uns veränderten sich, wir kamen uns näher und ich liebte es. Ich liebte es, dass Matthew seine Wut und Hetzerei abgelegt hatte und versuchte, mehr für mich zu sein.

Unsere Körper schlangen sich im Bett umeinander, während wir uns küssten und berührten. Seine Hände wanderten entlang der Kurven meines Körpers, und ich hielt mich eng und fest an ihn. Unsere Bewegungen waren im harmonischen Einklang und verlangten nach einer intimen sinnlichen Nähe, wie wir sie noch nie zuvor hatten.

„Werde ich an dieses Bett gefesselt wie du es mir versprochen hast?“, fragte Matthew, als ich ihn ansah.

Ich kicherte bei dem Gedanken daran. Als ich es damals gesagt hatte, war es nur ein Spaß gewesen, doch mir gefiel die Vorstellung, zur Abwechslung mal die Macht über Matthew zu haben. In unserer Beziehung hatte er immer die Macht gehabt. Seit unserer ersten Begegnung hielt er die Zügel in der Hand.

Ich sprang auf, schnappte mir ein paar Tücher aus meinem Kleiderschrank und drückte Matthew aufs Bett, während ich begann, seine Handgelenke an die Kopflehne zu binden. Die Beklommenheit in seinen Augen ließ mich freudig lächeln und ich musste an den Spaß denken, ihn bewegungsunfähig in meinem Bett zu haben.

„Du wirst für immer mein sein“, neckte ich ihn und streichelte dabei seinen Körper, während ich an ihm hinunter sah.

Langsam ließ ich ihn in mich gleiten und beobachtet sein Gesicht, als er das Vergnügen meines Körpers auf ihm genoss.

„Oh, du hattest mich schon in Chicago“, sagte Matthew unter schwerem Atem. Ich lächelte bei dem Gedanken daran, dass ich ihn schon in Chicago für mich gewonnen hatte.

Langsam bewegte ich mich auf ihm, während seine Arme, vom

Stoff fixiert, über seinem Kopf lagen. Ihm schien die neue Position zu gefallen, genau wie mir. Voller Erregung pulsierte mein Körper, als ich auf seiner Härte thronte.

Die Geräusche, die wir von uns gaben, waren für meine Nachbarn nicht zu überhören und ich musste mich daran erinnern, das nächste Mal, wenn ich sie sehen würde, nett zu ihnen zu sein, dafür, dass ich sie die ganze Nacht nicht schlafen ließ. Matthew hatte seine Augen geschlossen und ich spürte, wie er unbedingt explodieren wollte. Doch er hielt inne und wartete, bis er spürte, wie sich mein Körper um ihn festzog. Erst dann ließ er die Erlösung zu und gab der überwältigenden Ekstase nach, die ihn im Griff hatte.

Erschöpft fiel mein Körper auf seinen, aber ich raffte mich für einen kurzen Moment auf und befreite seine Hände von meiner Kopflehne. Als er sie um mich schlang und mich zu sich heranzog, dachte ich, gehört zu haben, wie sich eine Anspannung in ihm löste.

***

Am Tag der Wahl des Sprechers des Repräsentantenhauses war Matthew immer noch in meiner Wohnung, als wir aufwachten und dann gemeinsam zur Arbeit gingen. Wir hatten den gesamten Vortag gemeinsam im Bett verbracht und wie ein altes, verheiratetes Paar in meinem Apartment gelümmelt. Unser gemeinsamer Wohlfühllevel war gestiegen und die Privatsphäre, die uns mein neues Apartment erlaubte, war perfekt.

„Bist du nervös?“, fragte ich, als wir uns zum Kapitol aufmachten.

„Ach was. Er wird ganz sicher gewählt werden.“

Die Zuversicht in seiner Stimme war unerschütterlich und auch ich war optimistisch, dass Senator Masson die Position bekommen würde. Ich hatte mit ihm nicht mehr geredet, seitdem wir in seinem Büro intim gewesen waren und er Alex von Matthew gestohlen hatte. Ich hatte das Gefühl, dass da noch so viel mehr hinter dieser Geschichte steckte, doch es gab keine Möglichkeit, dass mich Matthew oder George mit mehr Informationen versorgt hätten.

„Ich melde mich später. Ich gehe und hole Bürozubehör aus dem Keller“, sagte ich, als wir das Gebäude betreten hatten.

Mir war klar, dass Matthew nicht wollte, dass man uns zusammen ankommen sah, und auch ich wollte das Schicksal nicht unnötig herausfordern.

Matthew ging zur Hauptetage, gerade rechtzeitig, um an der Wahl teilnehmen zu können, wenngleich er natürlich wollte, dass Senator Masson neuer Sprecher wurde. Ich hoffte, dass sein Plan aufging.

Ich unterhielt mich eine Weile mit Renee aus dem Kopierraum und schnappte mir dann die Sachen, um wieder nach oben ins Büro zu gehen. Als ich reinkam, waren alle vor dem Fernseher und sahen der Wahl zu. Auch wenn das Büro nicht einmal wusste, warum und wie sehr Matthew wollte, dass George Masson Sprecher wurde, war es ein spannender Moment in Washingtons Politik.

„Wie laufen die Wahlen?“, fragte ich.

„Masson wird es ganz sicher machen“, sagte Steven.

„Gut, er ist ein guter Mann“, pflichtete Sarah bei.

Ich sagte nichts dazu. Ich war nur froh, dass das Chaos für eine Weile vorbei war und wir uns entspannen konnten. Matthew würde Senator Masson seinen neuen Job machen lassen und gleichzeitig an seinen eigenen Plänen feilen, eines Tages ins Weiße Haus zu kommen.

„Hast du davon gehört, dass man von Vizepräsident Howard seit ein paar Tagen nichts mehr gehört hat?“, fragte mich Sarah über ihre Schulter hinweg.

„Ja, ich glaube seine Frau meinte, dass er nie von der Party im Weißen Haus nach Hause kam.“

„Echt komisch. Vielleicht hat er sich mit seiner Geliebten aus dem Staub gemacht oder so“, lachte ich.

Alle lachten mit. Es war alles andere als unüblich, dass einer der Senatoren in Schwierigkeiten mit einer Geliebten geriet. Allerdings wäre es sehr komisch gewesen, wenn sich der Vizepräsident in ebensolche Probleme gestürzt hätte.

Wir verfolgten die Bekanntgabe des Abstimmungsergebnisses und Senator Masson war tatsächlich als Senatssprecher des Repräsentantenhauses gewählt worden. Er schien ziemlich aufgeregt zu sein, als er hörte, dass er gewonnen hatte, und ich fragte mich, warum. Wenn er diese Position wirklich nicht gewollt hatte, warum war er dann so erfreut, als er sie bekam?

Während wir alle wieder an die Arbeit gingen, versuchte ich weiter darüber nachzudenken, was es mit Matthews wahrem Plan auf sich hatte. Es wurde immer offensichtlicher für mich, dass er etwas anderes vorhatte, als er es mich wissen ließ. Ich musste vielleicht nicht alles wissen, aber ich wollte das Ende kennen, und irgendetwas an Senator Masson fühlte sich nicht richtig an.

Die Bürotür sprang auf und alle drehten sich um, um zu sehen, wer es war, der so hereingestürmt kam. Es war Matthew. Er sah nicht einen einzigen von uns an, sondern ging direkt in sein Büro und knallte die Tür zu.

„Was war denn das?", fragte ich Steven.

„Keine Ahnung, aber ich würde ihn nicht nerven."

„Ich bin die Assistentin, es wird von mir erwartet ihn zu unterstützen, richtig? Ich sollte diejenige sein, die hilft, wenn es verrückt wird. Ich denke, ich sollte reingehen."

Steven schüttelte einfach nur den Kopf, als ich aufstand und in Matthews Büro ging.

„Was ist los?“, fragte ich ruhig, während ich die Tür hinter mir schloss.

„Nichts“, sagte Matthew, als er sich genug beruhigt hatte, um zu mir hochzusehen.

„Kann ich dir irgendwie helfen?“

„Nein! Mach weiter und geh wieder an die Arbeit.“

Er war nicht unhöflich, aber er war sehr abweisend. Ich hatte keine Ahnung, was los war, aber es war offensichtlich, dass Matthew keinerlei Absicht hatte, mich in das Geheimnis einzuweihen.

„Also, was ist los?“, fragte Steven, als ich zurück zu meinem Schreibtisch ging.

„Ich bin mir nicht sicher. Er hat sich durch sein Smartphone gewischt und schien keinerlei Interesse an einer Unterhaltung zu haben.“

Das Telefon klingelte und als die Sekretärin ranging, sah ich sie aufstehen. Ihr Gesicht war blass, sie sah zu mir hinüber und verdeutlichte mir zu ihr zu kommen.

„Wer ist es?“, fragte ich.

„Es ist der Präsident. Er will, dass Senator Storm sofort ins Weiße

Haus kommt."

„Wozu?"

„Weiß ich nicht", sagte sie.

„Ist er noch am Telefon?", fragte ich und deutete auf den Hörer in ihrer Hand.

„Oh, nein", hängte sie den Hörer auf. „Ich habe nur vergessen aufzulegen. Wollen Sie es Mr. Storm erzählen oder soll ich es machen?"

„Nun, ich denke, ich kann das", sagte ich zögernd, während ich mich umdrehte und zu Matthews Tür sah. „Es ist mein Job, richtig?"

Kapitel 17

Matthew

„Mr. President", sagte ich, als ich das Oval Office betrat.

Der Präsident hatte mich einberufen, da sein Vizepräsident verschwunden war. Hier ging es um mehr als nur meine Person. Ich war einfach nur dort, um dem Präsidenten die nötige Unterstützung anzubieten. Wenngleich ich sicherlich meinen eigenen Plan für das hatte, was vor uns lag.

„Wie Sie sicher wissen, hat man von Vizepräsident Howard seit der Party am Sonnabend nichts mehr gehört", sagte der Präsident in einem wenig emotionalen Ton. „Natürlich habe ich jeden verfügbaren Polizisten auf den Fall angesetzt, um herauszufinden, wo er ist beziehungsweise was mit ihm geschehen ist."

Der Präsident sprach so, als hätte ich nicht gewusst, was los war, oder aber so, als wäre sein Büro verwanzt gewesen. Wie auch immer, gerne spielte ich dieses Spiel mit.

„Es tut mir leid, Sir, kann ich Ihnen irgendwie behilflich sein?"

„Ja, Senator Masson ist Vorsitzender des Waffenausschusses des Senats und mir kam gerade zu Ohren, dass es zu Unstimmigkeiten in Bezug auf den Umgang mit Finanzmittel gekommen ist. Sie sind mit Senator Masson befreundet? Denken Sie, er hat etwas damit zu tun?"

„Mr. President, ich habe gelernt, dass mein Bild, das ich von

Menschen habe, nicht immer richtig ist. Ich würde Sie gerne darin unterstützen, ein sachgemäßes Verfahren durchführen zu lassen."

„Das Problem ist, dass wir keine Zeit haben. Sollte der Vizepräsident nicht gefunden werden, werde ich die Neubesetzung des Postens in Gang bringen müssen. Ich kann keine Person bestimmen, die in Ermittlungen verstrickt ist."

„Ich verstehe."

Ich wollte nicht noch tiefer in die Schlussfolgerungen unseres Gesprächs gehen. Ich kannte den Plan genauso gut wie es der Präsident tat. Wir spielten das Spiel einfach so, wie wir es mussten, um sicherzustellen, dass keiner von uns ertappt werden würde.

„Amber, bitte sorgen Sie dafür, dass sich die Berater schnellstmöglich hier einfinden", sagte der Präsident in seine Sprechanlage.

Amber, die Assistentin des Präsidenten, kam nach knappen zehn Minuten ins Büro. Sie hielt einen Stapel Zettel in ihren Händen, die der Präsident durchgehen sollte.

„Mr. President, ich musste jeden herrufen. Sie sollten in Kürze hier sein. Kann ich sonst noch etwas für Sie tun?"

„Das wäre erst einmal alles."

„Mr. President, bitte lassen Sie mich jederzeit wissen, wenn ich Ihnen weiterhin behilflich sein kann", sagte ich und folgte Amber aus dem Büro.

Ich wollte nicht länger als nötig beim Präsidenten sein. Er musste zu dem Schluss kommen, dass ich der beste Vizepräsident gewesen wäre, den er hätte haben können. Wir hatten große Pläne für das Land erörtert und er wusste, dass ich nur beste Absichten für ihn hatte. Zumindest stellte ich sicher, dass er das dachte.

Was der Präsident nicht wusste, war, dass ich seine Position wollte, nicht die Vizepräsidentschaft, wenngleich ich mich auf diesen Posten wohl vorübergehend würde einlassen müssen.

Ich ging direkt zurück zu meinem Büro und zu Kayla. Über die kommende Woche musste ich so viel Zeit wie möglich mit ihr verbringen, um sicherzustellen, dass ich ein starkes Alibi hatte und man meine Motive nicht hinterfragen würde. Ich durfte absolut nichts mit dem Verschwinden des Vizepräsidenten zu tun haben, gleichzeitig aber musste ich als die beste Möglichkeit zu seinem Ersatz angesehen werden.

„Was wollte er?“, fragte Kayla, als ich zur Tür reinkam.

Es war bereits nach sechs Uhr am Abend und alle anderen waren bereits im Feierabend. Es war erleichternd ein paar Minuten allein im Büro zu haben, so konnten wir uns an den nächsten Schritt meines Planes machen.

„Es klingt, als wäre der Vizepräsident wirklich verschwunden. Vielleicht ist ihm etwas Schlimmes zugestoßen oder er ist nur mit seiner Geliebten durchgebrannt; ich weiß es nicht, aber der Präsident dreht durch.“

„Das ist verrückt und nun da Senator Masson zum Sprecher des

Repräsentantenhauses gewählt wurde, würde er in die Rolle des Vizepräsidenten schlüpfen, richtig?“

„So läuft es normalerweise.“

„Nun, ich habe auch schlechte Nachrichten. Mein Vater ist erkrankt und ich werde zurück nach Illinois gehen, um bei ihm zu sein“, sagte Kayla, während ich sah, wie sich die Tränen in ihren Augen aufbauten.

Das passte mir ganz und gar nicht. Ich brauchte sie für die ganze kommende Woche hier bei mir, um sicherzustellen, dass ich jederzeit ein Alibi hatte. Es tat mir leid, dass ihr Vater krank war, aber ich konnte sie für keine Minute entbehren.

„Deine Mutter ist doch da. Sie kann sich um ihn kümmern, oder?“

„Ja, ist sie, aber er ist sehr krank. Er hatte eine Herzattacke und hat Probleme mit dem Atmen. Ich werde mir einen Flug suchen müssen oder einen Bus oder so nehmen. Ich muss nach Hause.“

Selbst wenn ich der herzloseste Arsch der Welt gewesen wäre, hätte ich sie nicht davon abhalten können nach Hause zu gehen und ihren Vater zu sehen, wenn er so krank war. Ich musste mir einen neuen Plan einfallen lassen. Vielleicht einen besseren als in Washington D.C. zu bleiben.

„Ich bring dich heim. Ich habe einen Privatjet zur Verfügung. Wir könnten heute Abend fliegen.“

Die Überraschung in ihrem Gesicht war ziemlich erfreulich. Ich sah, wie sehr sie um ihren Vater besorgt war und es fühlte sich tatsächlich gut an, ihr etwas Gutes zu tun.

„Du kannst Washington jetzt nicht verlassen."

„Ich kann. Wir haben diese Woche keinerlei Wahlen. Sollte doch etwas dazwischen kommen, kann ich jederzeit zurückfliegen."

Kayla schlang ihre Arme um mich und begann mich wiederholt zu küssen.

„Oh, vielen Dank Matthew. Ich werde meine Mutter gleich anrufen und es ihr sagen. Wann denkst du, können wir los?"

„Kayla, wir können sofort los, wenn du willst. Wir halten nur kurz bei uns Zuhause an und holen ein paar Sachen. Dann lasse ich den Jet vorbereiten. Wir können in weniger als fünf Stunden bei deinem Vater sein."

„Heilige Scheiße! Ich werde meine Mutter nicht anrufen. Wir werden sie einfach überraschen", sagte Kayla und küsste mich ein weiteres Mal.

Es fühlte sich merkwürdig gut an als der Gute angesehen zu werden, der den Tag rettete. Normalerweise war ich der Typ, der alles ruinierte. Doch ich kannte die Wahrheit und ich war dabei, Kaylas Leben zu ruinieren. Doch wer nach oben, wollte, der musste manchmal harte Entscheidungen treffen. Sie war nur ein Kollateralschaden. Zumindest redete ich mir das weiter ein, während ich mit meinem Plan fortfuhr.

ENDE TEIL I

Liebe Leser,

vielen Dank für das Lesen meines Buches, ich hoffe sehr, dass es euch gefallen hat! Ohne eure Unterstützung wäre es mir nicht möglich, meinen Traum als Autorin zu leben – Ihr seid die Besten!
Falls euch das Buch gefallen hat, würde ich mich sehr über eine kurze Bewertung auf Amazon freuen!

Liebste Grüße,
Eure Mia

Printed in Poland
by Amazon Fulfillment
Poland Sp. z o.o., Wrocław

32866750R00161